ブラックペアン1988

KAIDO TAKERU BLACK PÉAN 1988

海堂尊

講談社

目次

目次

ブックデザイン　鈴木成一デザイン室
カバーＣＧ　桑原大介
初出　「小説現代」２００７年4月号〜8月号

ブラックペアン1988

序章
昭和の残照

一九八八年。昭和六十三年。世は未曾有の好景気に沸き、バブル景気の頂点を迎えようとしていた。右肩上がりの経済成長の空気の中で長年過ごしてきた人々は、それが栄華のピークであるとは思わず、日本の国力と勤勉な国民性が達成した当然の帰結であり、この先もずっと、この状態が続くと信じていた。

それはちょうど、昭和という年号に対する人々の意識と似ていた。

六十年以上齢《よわい》を重ねた〝昭和〟という年号は空気のような存在と化し、永続するものだという錯覚を、大半の日本人は持っていた。だから前年に昭和天皇が慢性膵炎《まんせいすいえん》に罹患《りかん》している、と発表されていたのが、実は十二指腸部の癌《がん》だったと聞かされたとき、多くの人が驚いた。だが、それでも人々は無邪気に昭和という時代が続くものと信じ、来る二十一世紀は昭和七十六年だ、などという他愛もないことを言い合っていた。

しかし巷《ちまた》では、没落の足音が聞こえ始めていた。好景気にも、昭和という時代にも。多くの人間は、その響きに耳を傾けようともしなかったのだが。

永遠に続くかと思われた昭和という時代は翌年一月、昭和天皇崩御によりあっさり終焉《しゅうえん》を迎える。そして期を同じくするように、バブル景気の崩壊が追随した。

時代は平成に移り、およそ二十年。振り返ってみると、その間に社会は驚くほど変貌した。そして社会の変質を構成する要素に、医学界の激変も含まれる。

一九八八年当時、医学界では、現在ほど多くの知識が集積されていたわけではなかった。だが今振り返ると、そこには現在の医療問題の総《すべ》ての萌芽が見られる。

近年、医療制度の崩壊が指摘されているが、そうしたことはある日突然生じたわけではない。緩やかに、だが着実に崩壊の萌芽から成長、そして花開く方へと向かっていったのだ。

ある個体を構築するすべての細胞が、たった一組の遺伝子から生成されるように、二十年前にばらまかれた医学の遺伝子が現在の医療を形成している。

それは、人口二十万人の小地方都市で、首都東京への通勤圏内の縁《ふち》にかろうじてひっかかっている桜宮《さくらのみや》市においても、ミニチュアモデルとして展開していた。

今、当時の桜宮の医学を振り返ることは決して懐古主義ではない。現在の医学を知り、医学が進むべき方向を見据えるためには必須のことなのだ。

一九八八年五月。ある晴れた日の朝、一人の研修医が東城《とうじょう》大学医学部付属病院への坂道を駆《か》け登っていた。青年の名は世良雅志《せらまさし》といった。

1章
糸結び

一九八八年（昭和六十三年）五月

坂道を駆ける。履《は》き慣れたスニーカーが、妙に重い。坂の上のゴールを見据える。東城大学医学部サッカー部の俊足サイドバックとして名を馳《は》せたのであれば、この程度の傾斜くらい軽々と走り抜けなければならない。

正門を抜ける。並木の葉桜が眼にしみる。走り抜けるだけでは自己満足だ。オーバーラップして駆け上がり、最後にゴールネットを揺らす、それこそがエースの使命。

坂道が絶壁のように立ちはだかる、ヨーロッパ二週間の自堕落旅行がよくなかったか、と思い、体力を削ったのはその前の一年間の医師国家試験勉強の日々だ、とすぐに思い直す。

小高い土手の小径《こみち》を駆け抜ける。テニスコートとサッカーグラウンドを見下ろすと、一瞬、懐かしい気持ちに囚《とら》われる。世良はノスタルジアを吹き消し、最後のダッシュを試みる。その背中に授業開始のチャイムの音が鳴り響く。

世良が一直線に目指す目的地。そこには古びた赤煉瓦、五階建ての建物が陽炎《かげろう》に揺れていた。世良は思い切り左脚を蹴り抜く。透明なボールが、初夏の陽射しに包まれた無人のゴールネットを揺らした。世良の耳に一瞬、歓声が響きわたった。

息を切らし手術部ユニットに駆け込むと、無人のロッカールームがよそよそしい顔で迎えた。世良はLサイズの棚から術衣を掴《つか》み、脱ぎ捨てた白衣を安造りのロッカーに叩きこむ。

「やべ、完全に遅刻だ」

小さく呟《つぶや》き、ズボンをロッカーに投げ込んだとたん、ポケットから財布が落ちた。口が開いていたのか、小銭がばらばらとこぼれ落ちる。

「まったく、こんな時に」

簀《す》の子《こ》を持ち上げ、小銭をかき集める。埃《ほこり》と分別せず、ロッカーの白衣の上に投げ込んだ。素っ裸の世良は、青い手術衣をずっぽり着込む。粗い繊維が眠気をざらりと削り落とす。

ひんやりした空気が胸元に侵入してくる。世良は術衣の大雑把な肌触りが気に入っていた。だが、手術ズボンは嫌いだった。ベルト代わりの紐《ひも》の滑りが悪く、一生懸命締めてもなかなか締まらないからだ。

手術ズボンをずりあげながらロッカーの鍵を閉め、胸ポケットに突っ込む。簀の子の縁《ふち》の、乱れた配列のサンダルの不特定ペアに足を突っ込み、一歩踏み出す。脚のあげ方が不充分で、リノリウムの床の摩擦につんのめる。

「そんなにばたばたしていたら、ろくな手術にならないぞ」

背後から声がした。振り返ると見知らぬ顔。血まみれの術衣。乾きかけの血の匂《にお》いが漂《ただよ》ってくる。出血が相当量ある、かなりの手術の後のようだ。だが、通常の手術の終了には時間が早すぎる。緊急手術だったのだろうか。

紙マスクを結びながら会釈《えしゃく》し、小さなクレームをやり過ごした。

世良は三日前、佐伯《さえき》外科に入局したばかりの新米医師だった。だから外科系医師が行き交う交差点、手術室で見知らぬ顔と遭遇しても意外ではない。だが、世良は東城大卒業生なので、教官クラスならささやかな見覚えくらいはある。にもかかわらず、そうした記憶が一切ない顔だった。

錯覚かもしれない。術衣では見えるのは眼だけ。顔の印象は大きく変わる。だが、どう考えてみても彫りの深い目には、見覚えがない。

男の眼は遠い何かをまっすぐ見つめているように見えた。術衣に包まれた世良の薄べったい身体など、遮蔽物《しゃへいぶつ》にすらならないような、強い視線。

男はロッカー室の奥のシャワー室に消えた。乱暴に術衣を脱ぎ捨てる音。空の洗濯物のバスケットの底に力一杯叩きつけなければ出せないような音だ。男の声が聞こえた。

「まったく、どうなっているんだ、この病院は……」

世良は我に返り、掛け時計を見る。慌てて一歩踏み出す。自動扉が開く。

手術室が左右に整列する手術部ユニットの中央廊下が、世良の眼前に広がった。

東城大学医学部付属病院、通称赤煉瓦棟。歴史ある由緒正しい建築物という表現は、言葉を換えれば古ぼけた病院、ということだ。戦前に建築された歴史的遺物の中で手術部だけは近代的な佇《たたず》まいを呈している。三年前、大がかりな改修工事が行われた時に、手術部ユニットには、第七クリーン・ルームを含む計七室の手術室が配備され、古色蒼然とした病院の手術室は一気に近代化された。だが結局そうした投資はすべて無駄に終わる。二年後、新病院建築が決まったからだ。新病院はすでに着工されていて、完成は一年後だ。来年初頭に行われる病院長選挙は、廊下トンビたちの格好の話題だった。新病院長は新病院のグランドデザインに大きな発言力を持つ。病院の構造を自分の色に差配できる。それは歴代でも別格の病院長として、長く青史に名を刻むことになる。

もっとも一年生の世良はそんな事情を知る由もなかったのではあるが。

手術室は清潔な廊下で始まる。清潔という言葉は、ここでは殺風景という単語と同義だ。機能的であれということを最優先の命題として与えられたその廊下は、どこまでも四角四面に、そしてどこまでもまっすぐに、世良の視界の中に延びている。歩いていると自分が途轍《とてつ》もなくつまらない人間に思えてくるような、そんな廊下だった。

明かりだけが煌々《こうこう》と廊下を照らしていた。真夜中でも真昼と変わらない明度。手術室にいると時を忘れる、という効果はあった。ただしそうした効果を狙ってこうした造りにしたのかどうかは、わからない。

長い廊下の突き当たりの手前で、鏡を前に数人の外科医が手洗いをしていた。間に合った、と世良は胸を撫《な》で下ろし、さりげなくその列に紛《まぎ》れ込む。

「研修を始めたばかりなのに、立て続けに遅刻とはいい度胸だな、世良」

声の主は佐伯外科の八年先輩、垣谷《かきたに》助手だ。野太い声に世良は首をすくめ、愛想笑いする。若手では人望があり、将来の教授候補と目されている、らしい。強力なリクルーターであり、世良を佐伯外科に引っ張ったのもサッカー部の先輩である垣谷だった。サッカー部の伝承記録によれば、ガタイのよい垣谷のポジションは守備の要、センターバックだったらしい。ちなみに入局してから恰幅は一段とよくなっているように見える。

「すみません、でもぎりぎりセーフですよね」

腕まくりすると、世良は壁の鏡に向かう。足もとのペダルを踏み、ブラシを取り出す。別のペダルを踏み、イソジンの茶色い液体を刷毛《はけ》の部分で受け止める。横目で世良を見ていた垣谷が言う。

「手洗いは外科医の基本中の基本だからな。しっかり洗えよ」

世良はうなずいて、鏡の中の自分に向き合う。まず、イソジンで粗《あら》く両の手のひらをこすり洗う。ざっと水で流すと、最初の刷毛を流しに投げ捨てる。

そこまでは、清潔な刷毛を手にするための前奏曲《プレリュード》にすぎない。もう一度別の刷毛を取りだし、今度はイソジンをたっぷりとつける。さあ、ここからが本番だ。刷毛で爪の先をリズミカルにこすり始める。まず右手、それから左手の爪を十回ずつブラッシングし、茶色いイソジンを泡立てる。そこから指の第一関節、第二関節と少しずつ身体の中心ににじり寄っていく。指を開くと指先から付け根に向かって刷毛をこする。常に先端から中心に向かって。決して動作を逆行させてはならない。それはタマネギの皮むきと同じことなのかもしれないなあ、と眠気が漂う頭で、世良はぼんやり考える。身体の中心に汚れを集め、患者に触れる指先だけはとことん清潔に。イソジンをまぶした剛毛で十回こすり上げる、これが外科の清潔の標準《スタンダード》だ。不潔さを寄せ集める身体の中心部に一度でも触れたらアウト。また一から清潔を重ね上げなければならない。

世良は慎重に手洗いを続ける。手のひらのうらおもて。手首。二の腕。指の一本一本。前腕。すべてを六角柱に見立て、その一面を十回ずつ。先端から中心へ。流れを乱さず、すべては同じルールの下《もと》に。

肘《ひじ》の手前が手洗いのゴールだ。世良はもう一度、頭の中で確認する。洗い落としはない。ふだんの世良は決してきれい好きではないが、手術前の手洗いのシステマティックな手順は気に入っていた。オレンジの悪魔、オランダのサッカーを何となく思い出す。前腕が茶色い泡で覆《おお》い尽くされたら、第一段階は終了だ。

第二段階。イソジンの泡を洗い流す。ブラッシングと同じ要領で、指先から体幹部へ。

先端から中央への流れというルールはここでも変わらない。今度の汚れの流れは目に見える。三つ目のペダルを踏むと、目の前に突き出している蛇口から、勢いよく水が流れ出す。それを指先で受け止めて、腕を伝う水流をコントロールしながら、汚れを洗い流す。指先から肘へ。先端から体幹へ。すべての汚れは体幹へ。そうすると外科医の身体とは海なのかも知れない。

詩的な隠喩《メタファー》ではない。すべての汚れが最終的に流れ着く場所、という現実的な意味で、だ。

水流がイソジンを洗い流すと、最後のペダルを踏む。しっとりした紙タオルが出てくる。それを摑むとループのようにして、濡れた指先、濡れた手のひら、濡れた腕をこすり上げるようにしながら拭《ふ》いていく。これも同じルール。すべては先端から中央へ。こうして、完全無欠な清潔さを誇る指先が完成する。

背後に控えていた緑の服の看護婦が、藍色の術衣を広げる。四角四面に畳まれたディスポの紙製の術衣が、介助の看護婦の手で、ぱたりぱたりと解体されてガウンに引き延ばされていく。世良は、目の前にぶら下げられた肩紐を手渡される。それを受け取りながら、腕をガウンに通す。反対側の肩紐を看護婦がつまんで、世良の身体にガウンを巻きつける。看護婦が肩紐を世良に手渡すと、世良は身体の前で二つの紐を結ぶ。それからラテックス製手袋を包むセロファン紙をびりりと破る。中身を看護婦が受け取り、両手で手袋を開いて待つ。世良が清浄な指先を突き出すと、看護婦はその指を押し込むように引っ張る。こうして世良の指のラテックスコートが完成した。

世良はちらりと鏡の中の自分の姿を見て、満足する。

——どこからどうみても、一人前の外科医だぜ。

国家試験の勉強で忙しく、そうこうしている間に東京に出てどこぞの企業のＯＬになり、気がつくと疎遠になってしまった恋人の祐子《ゆうこ》が、いつも言っていた言葉を思い出す。石鹸《せっけん》で手を洗わないなんて最低ね。素人がいくら一所懸命石鹸で手を洗ったってそんなの全然清潔とは呼べないんだぜ。世良は、かつて恋人から受けた小さな屈辱をこの手洗い場に連れてきて晴らしたい、と思った。

自分が外科医だと思える瞬間はここまで。自動扉が開くと、心電図の電子音が響く別世界。

さらに言えば、今の世良は、正式には外科研修医ですらなかった。医師国家試験の合格発表は五月中旬、今週の金曜日。つまり四日後までは医師でもないのに医師の下仕事をさせられるという、仮免許の立場だった。

血も涙もない、と思われがちな大学病院だが、たまには粋なはからいをする。新人勤務開始は黄金連休《ゴールデンウイーク》明けに設定されているのだ。国家試験から連休までの約一ヵ月間、外科医にとって最長の、そして最後の長期休暇だ。せいぜい目一杯楽しみなさいという親心にも思える。医学部卒業生はたいてい海外へ卒業旅行に出かける。世良もヨーロッパを二週間ほど気儘《きまま》に旅していた。そしてバカンスを終えると、長く憂鬱《ゆううつ》な季節が始まる。

世良の外科研修はこうしてスタートした。そして、新生活は今日で四日目。

それにしても、十三日の金曜日に国家試験の合格発表とはね。世良はうんざりする。クリスチャンじゃないからどうでもいいだろ、と言った世良に、同期生の北島《きたじま》がにやにや見上げながら言ったものだ。「知ってるか？　おまけに仏滅なんだぜ」

世良は手帖を見て、訂正する。

「仏滅じゃない。赤口《しゃっこう》だぞ」

「ふうん、そうか。ところで赤口って縁起はいいのか？」

「さあな」と世良は首をひねる。

世良はひとり、思い出し笑いする。基督《キリスト》様が十字架に架けられた日に医者になるという、今年の全国八千人の医師は、将来どんな福音を日本社会にもたらすのだろう。

世良は小さく首を振る。

まあ、そんなことはどうでもいいや。とりあえず、医師免許を手にしなければすべては海の藻屑《もくず》なんだから。

誰も世良の医師国家試験合格を保証してくれない。先輩の話では不合格だった場合、まるで、始めからこの世の中に存在していなかったかのように翌日からその姿が医局から消えるのだそうだ。翌年の国家試験に合格するまでは研究生という名で医局に在籍するが、それはまさしく幽霊部員ならぬ〝幽霊医局員〟だ。

宙ぶらりんな気持ちのまま、世良は外科医として、手術室へ第一歩を踏み出した。

第一手術室の扉が開く。無影灯の光が眼を射る。強い光にさらされて、すべてが陰影を無くし、のっぺりした顔立ちになる。世良はマスクの裏側であくびを噛み殺す。

手術台に横たわるのは七十六歳のおばあさん、鈴木久子《ひさこ》さん。病名は胃癌《いがん》、術式は胃全摘。術野の外側でサポートする外回りは、同期の北島。目端《めはしき》の利く彼は研修三日目にして早くも上司の篤《あつ》い信頼を勝ち取り、小柄な体格にもかかわらず、頭一つ抜け出していた。同期生十人の中で、いち早く受け持ちらしき患者を持たされた。それが今日の手術患者だ。

普通、受け持ち患者の手術には手洗いとして入るのだが、北島はあまりにも調子よく適応し過ぎたが故に、先輩に頼まれた実験の手伝いまでしていてマウスに指を噛じられてしまった。そのため手洗いに入れず、急遽《きゆうきよ》世良が代役に立てられたのだった。

世良の姿を認めると、北島はすり寄ってきて言った。

「この貸しは、すぐ返せよ」

「何言ってんだ。これはこっちの貸しだから、覚えておけ」

「手術の手洗い第一号の栄誉を譲ってやったんだ。少しは感謝しろ」

「お前が勝手にドジを踏んだだけだろ」

学生時代からの悪友、北島と他愛もない言い争いをしていると、外科医になったという実感からはほど遠い。その時、背中で大声がした。

「ばかやろう。ぐだぐだ言っているヒマがあったら術野を作れ。麻酔の先生が待ちくたびれていらっしゃるぞ」

二人を怒鳴りつけたのは、今日の手術の第一助手、垣谷だった。世良は第二助手。その声に追われ、二人は持ち場につく。患者は挿管し終えて、麻酔医が患者の眼瞼に透明な保護テープを貼りつけている。北島がレントゲンフィルムをシャウカステンに展示する。後ろで腕組みして、様子を見ていた垣谷が叱責する。

「CTは必要ない。二重造影を出せ。特に噴門部《ふんもんぶ》がきっちりわかるやつ。それから食道造影の写真も並べておけ」

垣谷は声を潜《ひそ》める。

「今日は佐伯教授じきじきの手術だ。迂闊《うかつ》なことをやるとカミナリが落ちる。とばっちりは、御免だぞ」

世良は眼でうなずく。器械出しの看護婦から、ミクリッツ鉗子《かんし》の先にアンズ飴《あめ》のように付けられたイソジン綿球を受け取る。そして患者の腹部を茶色に染め始める。

患者の身体の消毒。ここでも清潔領域の流れの規則は厳守されている。初めにイソジン綿球が置かれる場所は鳩尾《みぞおち》、つまり術野の中心だ。そこにぽとん、と綿球を置くと、水面に広がる波紋のように、くるりくるりと周辺に向かって円を描くようにして、茶色いイソジンの領土を徐々に拡大していく。途中で息継ぎのように顔をあげると、すかさず看護婦が新しい綿球を補充してくれる。こうして上は乳頭のライン、下は恥骨上まで茶色のコートに覆われた。

世良は、自分が染め上げたボディ・ペインティングを見て、満足げに小さく息をついた。その時、背後で声がした。

「それではダメだ。今日は食道まで及ぶ可能性があるから、喉元《のどもと》まで消毒しないといかん」

世良が振り向くと、雪のように白い眉毛《まゆげ》の下から、鋭い眼光が世良を射抜いていた。

東城大学医学部総合外科学教室の主宰者、佐伯清剛《せいごう》教授その人だった。

その視線に追い立てられるように世良は、消毒エリアの拡張作業を開始する。その様子を一《いち》瞥《べつ》した佐伯教授はフィルムを展示したシャウカステンにつかつかと歩み寄り、北島に言う。

「君はなかなかセンスがいい。だが、噴門部の背臥位《はいがい》二重造影像が欠けているのが惜しいな」

北島は身を縮めて小声で言う。

「申し訳ありません、佐伯教授」

佐伯教授はにこりと笑う。

「なあに、うちの教室に入ってまだ四日目だろ。これだけ出来れば立派なもんだ。これからも精進したまえ」

北島の肩をぽん、と叩く。そして自ら、欠けている写真を取りだし、シャウカステンに掲げた。腕組みをして、一歩下がる。眼を細めて言う。

「どうだ、美しいだろ」

「はあ」

北島は呆気《あつけ》にとられ、わかったんだかわからないのかよくわからない返事をした。万事ソツのない北島にしては珍しい。佐伯教授の登場の仕方によほど度肝を抜かれたのだろう。

佐伯教授はぐるりと手術室を見回し、大きくうなずく。

「結構、結構。今日のプレパレーションは、なかなかに美しい」

そう言い残して、軽やかに部屋を後にした。手洗いに向かったのだろう。

世良は術野の構築に集中している垣谷に、そっと言った。

「佐伯教授はご機嫌ですね」

垣谷は一瞬手を止めて、世良を見た。それからぼそりと呟く。

「手洗い前はいつも上機嫌なんだ、佐伯教授は、な」


行き場を失くして立ちすくんでいる世良を見て、垣谷があぁ、という顔をする。

「そうか、世良は手洗いは初めてだったな。いいか、お前の立ち位置はここ。俺の隣の特等席だ。足台を持ってこい」

「足台？」

見回すと、上面に緑色のラバーを張られた小さな台が眼についた。世良が取り上げようとして手を伸ばすと、大声が飛んだ。

「ばかやろう。自分で足台を取るな。外回りにやらせろ」

北島があわてて足台をひっつかみ、患者の頭側に置く。世良がその台に乗ろうとすると、再び垣谷の怒声が飛ぶ。

「お前の眼は節穴か」

垣谷は青い布を手にしていて、四隅の片割れを世良に差し出していた。

「そこを摑《つか》むんだよ」

【もうりょうのはこ】
魍《もう》魎《りょう》の匣《はこ》
ハコの中には
何がある?
堤真一　阿部寛　椎名桔平　宮迫博之　田中麗奈　／　黒木瞳
マギー　堀部圭亮　荒川良々　笹野高史　大森博史　大沢樹生　右近健一　寺島咲　谷村美月
清水美砂　篠原涼子　・　宮藤官九郎　／　柄本明
監督&脚本:原田眞人　原作:京極夏彦(講談社刊『魍魎の匣』より)
12.22 匣《はこ》が開く
http://mouryou.jp

世良が手を伸ばして、布の端をつまむ。

「そのままじっとしてろ」

世良の手を支えの一点にして、垣谷が手際よく布を広げ、患者の身体に被《かぶ》せる。真ん中に切れ目の入った大きな布だ。青い布はすっぽりと患者全体を覆い尽くす。頭の部分を麻酔医が受け取り、患者の頭部にテントのように空間を作る。そして患者のライフラインを確認する。

布が被されると、術野という新しい世界が唐突に出現する。それは人間を肉の塊《かたまり》に変えるための儀式。正確に言えば、肉の塊という意識すら希薄だ。

ではそれは何か。単なる物体だ、という表現が一番しっくりくる。

その物体を前に、全身を青い服に包んだ二人の男が佇む。ゴム製の手袋で覆われた両手を胸で組み合わせ、うつむく。敬虔《けいけん》な祈りを捧げているように。

彼らは待っていた。何を？　手術室に神が降臨するのを。

扉が開いた。佐伯教授は大股で、一気に玉座に着いた。一同、礼をする。

「メス」

余韻も無く、佐伯教授の命じる声。世良が術野を見ると、すでに腹壁は正中線でぱっかりと口をあけ、薄桃色の臓器が剝《む》き出しにされていた。

コッヘル、コッヘル。クーパー、ペアン。ミクリッツ。佐伯教授と垣谷助手の声が交錯し、綾をなすように、器械出しの看護婦の指が応じる。世良は呆然とその様を見つめる。目の前で何が起こっているのか理解できないまま、垣谷の声を耳にする。

「開窓器」

金属性の四角い枠が手渡される。次の瞬間、開かれた腹部は銀縁の四角い窓に変わった。

「一年坊、鉤《こう》を引け」

世良がきょとんとして佐伯教授を見る。と、下肢《かし》に激しい痛みが走った。

「鉤を引けってのがわからんか」

向こう臑《ずね》に何かが当たり、壁にぶつかった。うつむいて確認すると、それはサンダルだった。垣谷が金属製のヘラを受け取り、肝臓下面に押し当てる。その手元を世良に手渡して囁く。

「絶対に動かすなよ」

垣谷の言葉に、佐伯教授の声が覆い被さる。

「他人の腹の中を覗《のぞ》いている間は、地獄の縁の散歩中だ。ぐずぐずしていると針山に叩き落とすからな」

世良は、佐伯教授の怒声に震え上がり身を固くした。


鉤を引きながら世良は、人間という生物は、じっとしていられるようには出来ていない、ということを実感させられていた。動いている方がラクで自然だ。動かないという仕様にはなっていない身体を固定するには、相当のエネルギーを必要とした。

腕が震える。その震えは鉤の先端に伝わる。その度に佐伯教授の怒声が飛び、怒声の三回に一回の割合で、サンダルが世良の脚を直撃する。

二つしかないサンダルをなぜ連射できるのか、不思議に思って密かに探っていると、どうやらサンダル弾が飛んだあと、外回りの看護婦が御丁寧にもサンダルを履かせ直し、弾薬補給に努めているらしいことがわかってきた。

そうとわかれば俊足サイドバックの世良には対処法がある。エースが足を削られるのは必《ひっ》定《じょう》。ダメージを受けずに受け流せばよいだけだ。佐伯教授は性悪のディフェンダー。そう思った途端、世良は自分を取り戻す。

その時、ふと思う。

――俺のゴールは、一体どこなんだろう。


眼が馴《な》れてきた世良は、術野に眼を凝《こ》らした。鉤引きの役割は、術者が手術をし易いような場を作ること。そして場の設定を崩さないこと。だから鉤引きの視野なんて、誰も知ったことではない。世良が手術を観覧できなくても、誰も困らない。それでも世良は懸命に術野を覗き込もうとした。何のために？　明日の自分自身のために。

佐伯教授の手が止まった。白眉の下の眼が閉じられる。それから半身になり、腕を患者の身体の奥深く突っ込んだ。

「思った通りだ。微小浸潤《しんじゅん》がＥＣジャンクション（食道胃接合部）を越えている」

垣谷助手の顔が青ざめる。

「下部食道合併切除ですか」

うなずく佐伯教授。続けて言う。

「検査室に連絡。ゲフリール（迅速組織診《じんそく》）で断端診断を。十分後に検体が出る」

「十分後、ですか？」

垣谷が驚きの声を上げる。

「下部食道合併切除胃全摘術に変更ですよね。十分では無理では？」

佐伯教授がぎらりと垣谷を見た次の瞬間、垣谷が顔をしかめる。どうやらサンダル弾が直撃したようだ。

「弱音を吐くヒマがあったら、やれ」

佐伯教授は立て続けに多様な器械の名称を唱える。そのスピードにかろうじてついていった器械出しの看護婦は、ぎりぎりのタイミングで佐伯教授に器具を差し出す。術野からぽんぽんと、血を拭き取って薄桃色に染まったガーゼが放り出される。外回りの看護婦が菜箸《さいばし》でつまみあげ、膿盆《のうぼん》に載せ秤《はかり》に置き、重量の数値を読み上げる。

佐伯教授の肩の動きが止まることはなかった。一連の動作に終止符を打つように、佐伯教授の「メス」という一言が響く。光り輝く刃が、佐伯教授に手渡される。

佐伯教授はメスを身体の奥深く沈める。

時が止まる。

次の瞬間、金具を両端につけた胃袋が取り出された。世良は時計を見た。佐伯教授が宣言してから、ちょうど十分だった。

「外回り、検体を病理検査室へ持って行け。三十分以内にゲフの結果を持ってこい」

北島がずっしり重くなった膿盆を手に、手術室を後にする。

「受針器に3《サン》－0《ゼロ》シルクつき。一ダース用意しろ」

「準備できてます」

看護婦の声に、顔を上げた佐伯教授は、ほう、とため息をつく。

「では直ちに吻合《ふんごう》に入る」

「あの、断端のゲフの結果を待たなくてもよろしいのですか？」

世良が尋ねた。一瞬、手術室の空気が凍りついた。

「バ、バカ。教授に向かって何を言っているんだ」

小声で世良を叱りつける垣谷。佐伯教授は顔を上げてまじまじと世良を見た。

それから、ふっと眼で笑う。

「一年坊、お前は正しい。だがここは私の庭だ。普通の外科医なら顕微鏡で確認することを私は指先でできる。そういう鍛錬をしてきたからな。私の指先は、顕微鏡よりも正確だ」

穏やかな声だった。サンダルも飛んでこなかった。

佐伯教授は顔を上げ、垣谷に言う。

「吻合にかかる」

銀色の把針器《はしんき》が佐伯教授に手渡されると、次の瞬間、患者の身体の深みに沈み込む。白銀の細い三日月のような曲針が糸を引いて戻ってくると、助手の垣谷が糸の両端を銀色のペアンで留める。佐伯教授は鼻歌を歌いながら、リズミカルに両手を動かしている。

一時、二時、三時、四時、と佐伯教授が呟くようにカウントする。どうやら吊り上げた小腸を、短く切り込んだ食道と吻合するのに、時計盤の文字位置になぞらえて縫合しているようだ。数え歌と同じ数だけ、両端を結んだペアンの束が揃《そろ》えられていく。一節で一組が完成する。その作業場は他の誰にも見えない。身体の奥深く、食道断端で把針器が針を通し、それが戻ってくると手元の小腸断端に糸を通して終わる。小腸断端の作業場は、衆目のある眼下で行われている。鮮やかな残像が、視界の届かない患者の深部でも同様の繰り返しとして行われていることを想像させた。

十二時、という声と同時に、把針器とペアンのダンスも終わった。

十二組の糸が花びらのように広げられている。佐伯教授はちらりと世良を見た。

「一年坊、その眼を見開いてよく見てろ」

垣谷に声をかける。

「いくぞ」

自由に動く小腸断端を佐伯教授が垣谷の手から奪い取る。小腸を二本の指でつまみ、患者の身体に沈める。肩を送り込んで、佐伯教授は動きを止めた。

患者の身体から腕を引き抜き、垣谷からペアンで留められた糸を受け取る。

「一時、二時、三時」

佐伯教授の指が踊る。両手に何も持っていないことを呈示するマジシャンの指のように閃《ひらめ》き、次の瞬間には視野から消え、ぐいぐいと力強く動く肩だけが見える。身体の深部で一本一本、糸を結んでいるのだろう。

垣谷の手から、見る間に銀色のペアンが消えていき、器械出しの台上に乱暴に戻される。

「十二時。ブラックペアンを」

結ばれた十二本の糸が一本のペアンにまとめて摑まれる。世良は眼を瞠《みは》る。

他のペアンが銀色に輝く中、佐伯教授が糸をまとめたそのペアンだけは真っ黒で、無影灯の光も届かないようだった。

世良はちらりと器械台に眼を走らせる。仏蘭西《フランス》料理のテーブルのように、銀の食器群がきらびやかに並べられている。その配膳台には黒いペアンはなかった。

扉が開く。病理検査室から戻ってきた北島が、息を切らして佐伯教授に告げる。

「病理の横井先生からのお返事です。ゲフは断端フリー、距離は十ミリです」

佐伯教授は顔もあげずにうなずく。一言、告げる。

「クーパー」

鋏《はさみ》を受け取り、佐伯教授は黒いペアンで把持された十二組の糸のペアを、ピアノの鍵盤に指を滑らせるようにして、一気に切り離す。

「食道空腸吻合《ふんごう》、終了。あとは第一助手に任せる」

厳かな宣言と共に、黒いペアンをからりと膿盆に投げ捨てる。

佐伯教授は、その行き先をしっかりと見届けてから、鼻歌混じりで手術室を出ていった。


手術は終了直前、最後に開腹創を縫合するだけだった。世良は垣谷と患者の身体をはさんで向かい合っていた。

世良の手は震えていた。垣谷助手が把針器で縫った糸の両端を手にして、立ちすくむ。垣谷の怒声が響く。

「ばかやろう、何度言えばわかるんだ」

世良は心の中で、「五回目です」と呟く。さすがに声には出せない。垣谷は鋏で世良の手元の糸を切断する。

「緩まないように、きっちりと糸を締めるんだ」

垣谷は世良が手にした糸を取り上げ、手早く結ぶ。世良が結んだ糸と比べると段違いに綺麗に締まっていた。垣谷は三組の糸を結び上げる。最後にぐっぐっと力を込めて締め上げる。そして創《きず》の上部、世良の糸結びを容赦なく切断する。「やり直し」

背中で朗《ほが》らかな声がした。

「もういいだろう。その一年坊も今日が初めての手洗いだろうからな」

顔を上げると、ディスポの術衣を脱ぎ捨てた佐伯教授の顔があった。上機嫌な笑顔。

世良の肩をぽんぽんと叩く。

「初めてにしては上出来だった」

世良が表情を緩めると、佐伯教授はにこやかな顔のまま続けた。

「だが、クソの役にも立たない糸結びだ。外科医としては最低だな」

その一言で、世良の周囲は色彩を喪《うしな》った。佐伯教授は器械台から絹糸を一束取り上げると、世良の胸ポケットに押し込んだ。

「ささやかな入局祝いだ。今日から毎日、牡丹《ぼたん》の花を咲かせたまえ」

佐伯教授は麻酔医に一言二言語りかけ、それから垣谷に言う。

「一年生の教育も大切だが、基礎ができてないヤツにはいくら時間をかけても無駄だ。今日は切り上げろ。オペ室の外では今か今かと家族が待っている。これ以上かかると、手術トラブルではないかと、いらぬ気を揉みはじめる。それでは私の電光石火のトタール（胃全摘術）が台無しだ」

世良の恨めしげな視線を背に、佐伯教授はそう言い残して第一手術室から退場した。


患者が覚醒し抜管されると、北島が声をかける。

「どう、わかる？　鈴木さん、手術終わったよ」

うっすらと目を開けた鈴木さんがゆっくりうなずく。麻酔から覚めた直後は、別の時間を生きているように、すべてがぼんやりしているようだ。その目尻にうっすらと涙が流れた。

患者に付き添って病室に戻るのが一年生であり担当医の役割だ。それは本来手洗いをした者の仕事だが、鈴木さんは北島が受け持ちなので、世良はその役を免除される。世良は、患者のストレッチャーに付き添う北島を見送った。

ロッカーに戻ると、垣谷はすでに白衣に着替えていた。

世良を見て、垣谷が肩を強く叩いた。

「さっきは寿命が縮んだぞ。後輩だからって、いつまでもサポートはできないからな」

世良は首をすくめる。

「ただ、ちょっと疑問だったもので」

「口は禍《わざわい》の元。大学病院では軽口は御法度《ごはっと》だ。とばっちりの矢がどこから飛んでくるかわからないんだぞ」

垣谷はにこやかな表情に戻って、つけ加える。

「とにかく急げ。午後一番でカンファレンスだ。今のうちに食べておかないと、もたないぞ」

踵《きびす》を返そうとする垣谷を、世良はおそるおそる呼び止める。

「あの、牡丹の花を咲かせるって、どういうことですか？」

垣谷は怪訝《けげん》そうな顔で振り返る。世良が手にした糸の束に目を留めると、ひとりうなずく。

「ああ、そのことか」

垣谷は糸を一筋引き、白衣の一番下のボタンの穴に通す。両端を持ち、リズミカルに繰り返し指を動かしてボタンに糸結びを作っていく。数回繰り返すと、白衣のボタンに通された糸は、よじれた紙縒《こより》のように絡《から》みついていった。

「とまあ、こういう具合に、普段から糸結びの練習をしておけ、ということなんだわ。糸結びは外科医の生命線だからな」

「そうなんですか?」

聞き返す世良に、垣谷は呆《あき》れ声で言う。

「さては外科のポリクリ（病棟実習）をサボったな。六年には俺がきっちり教えたはずだ」

世良は首をすくめる。

「物覚えが悪いものでして」

「ヘディングのしすぎで頭が空っぽになったか。まあいい。いつかお前にも、教えたことが全然相手に伝わらないということの空しさがわかる時がくるだろうよ」

垣谷は笑いながらロッカールームを出ていった。


手術室から出たとたん、世良は自分が思っている以上に疲れていることに気づいた。慣れない雑用、初めての手洗いの緊張など、疲労の蓄積は尋常でない。壁に寄りかかってふと見ると、半開きのドアの向こうから明るい光が漏れていた。微《かす》かに珈琲《コーヒー》の香りが漂ってくる。

光と香りに誘われて世良は、その部屋に足を踏み入れた。

珈琲メーカーの中にたっぷりと珈琲がドリップされていた。部屋には長閑《のどか》な空気が漂っている。ソファが二つ。世良は腰掛けようとぐるりと回り、ぎょっとして立ち止まる。

術衣姿の男が横たわっていた。一瞬死体か、と思ったが、よく見ていると、肩が微かに上下動している。今朝、手術前にすれ違った男だ。テーブルには、湯気の立ち上った珈琲カップが置かれている。

手術衣は汚れていない。あれからシャワーを浴びて着替えたのだろう。そのあとずっとここで眠っていたのか。世良はおそるおそる、男の向かいに腰を下ろした。

男は小柄だが、精悍《せいかん》な身体つきをしていた。剝き出しの腕は引き締まって、精緻《せいち》な筋肉の付き方から、外科医としての技量が匂《にお》い立ってくるようだ。もっともそれは、世良の劣等感の裏返しの過大評価だったかも知れない。

男の胸が規則正しく上下動をする。ぐっすりお休みのようだ。その顔立ちはどことなく、卒業旅行のギリシャで見た、アポロンの彫刻像に似ているように思えた。

扉が開く。緑の手術衣姿の中年女性が姿を現す。がっしりした感じの中肉中背の女性は、ソファの枕元に近付くと、男が頭の下に敷いていたクリーム色のクッションをいきなり引っこ抜く。男はがくんとソファの肘かけに頭をぶつける。眼を開けて周囲を見回した男は、上半身を起こし看護婦を見る。

「ひどいことするなあ。ええと、君は確か……」

「藤原《ふじわら》です」

「ああ、そうだ。手術室の婦長さんだったよね。今朝はご苦労さま」

藤原婦長は答えず、クッションの埃を払う。そしてソファに直角に置かれている一人掛けの椅子にクッションを置く。

「これは私の私物です」

「ごめんごめん。寝心地が良かったもので、つい、ね」

藤原婦長は男を見つめた。男は目の前の机に置かれた珈琲カップを持つと、香りを楽しむようにして、一口すする。藤原婦長が尋《たず》ねる。

「誰が、先生に珈琲をサービスしたんですか？」

男は寝ぼけ眼で答える。

「さっきまで向かいのソファに寝ころんでいた若い子が、入れてくれたんだ」

藤原婦長は舌打ちをする。

「ネコね。またサボっていたんだわ。主任になってもちっとも変わりゃしない。だから昇進は時期尚早だって言ったのに」

それから男に向き直り、言う。

「今回は大目に見ますが、ここは手術室の看護婦控え室ですから、スタッフがいないときには入室を控えていただきたいんです」

「知らなかった。失礼しました」

藤原婦長は、続けた。

「ついでに、その珈琲カップも私の私物です。飲み終えたら、洗っておいて下さい」

部屋を出ていこうとした藤原婦長の背中に、男が言葉を投げかける。

「ふうん、窮屈なところだな、ここは」

藤原婦長は振り返る。

「これくらいは、他人の部屋に入る時の最低限の礼儀だと思いますけど」

男は笑った。

「珈琲やクッションのことじゃない。手洗いを終えて疲労困憊《こんぱい》の新人研修医クンに、珈琲一杯いかがと声も掛けない、そんな余裕のない手術室婦長はいかがなものか、と思ってね」

藤原婦長は世良に眼を遣《や》る。

「意地悪で珈琲を勧めなかったわけではありません。佐伯教授の手洗いに入られた新人の先生ですから、こんな所で油を売っているヒマはないんじゃないかしら、と思ったものですから。でしたら、こう尋ねれば先生のお気に召すのかしら」

藤原婦長は尋ねる。

「世良先生、珈琲一杯、召し上がりますか？」

なぜ、俺の名を知っているのだろう。世良はびっくりする。世良はちらりと看護婦を見て、気がついた。さっきの器械出しをしていた看護婦。まさか手術室の婦長だったとは。世良の本能は、申し出を辞退すべきだと囁《ささや》きかけた。カンファレンスの時間が迫っていて、垣谷ですらシャワーも浴びず病棟に戻ったくらいだし。

「いただきます」

好奇心が勝った。こう答えれば、もう少し二人のやり取りを見ていられる。

藤原婦長は驚いたように眼を見開く。男は楽しそうに手を叩く。

「ナイスだね、新入生クン。それくらい図々しくなければ、世の中、渡っていけないよ」

藤原婦長は苛《いらだ》立った表情で男を見た。戸棚から珈琲カップを取りだし、珈琲を注ぐ。馥郁《ふくいく》とした香りが立ち上る。

「どうぞ、召し上がれ」

「ありがとうございます」

その様子を楽しげに見ていた男は、掛け時計を見て、不思議そうに尋ねる。

「そう言えば藤原婦長は佐伯教授のオペの器械出しだったよね？　もう終わったの？」

藤原婦長は驚いて答える。

「ええ、つい先ほど。それにしても赴任したばかりなのに、器械出しのメンバーまで把握していらっしゃるとは、さすが天下の帝華《ていか》大学から招聘《しょうへい》された講師先生だけのことはありますね」

「いやあ、藤原婦長にそう言ってもらえて光栄です」

男は笑った。それからうなずく。

「トタール（胃全摘術）に一時間と少々か。化け物だな」

藤原婦長はにこやかに言う。

「術中に術式が変更になって、下部食道合併切除も行われたんです」

藤原婦長の言葉に男は、珈琲カップを持ったまま凝固してしまった。

世良は珈琲をすすりながら、首をひねる。

――外科教室の先輩か。講師？　新任かな。肺外科？　それとも脳外科かな？

男は続けた。

「そこまでリスペクトしてくれるなら、夜間緊急手術にもフレンドリーな対応をしていただければな、と思うんだけど」

「昨晩は、充分配慮したつもりですが」

「外回りの看護婦一人では、胃潰瘍穿孔《いかいようせんこう》の緊急手術には不充分だな」

藤原婦長はねっとりと笑う。

「先生方は医師の目線でモノをおっしゃいますが、看護婦の視点で見直していただきたいですわ。手術室の夜勤は二人態勢で、その二人ですべてに対応するんです。そのうち一人を、先生の緊急手術の専属におつけしたんですから破格の出血大サービスです。ご理解いただければと思いますが」

男は、藤原婦長を見つめる。

「それは看護課の論理だね。患者目線から見ればどう映るかな？　夜勤看護婦が少ないからあなたの手術はできません、と宣言されたら、救急患者はどう思う？」

「そんなこと考えたこともありませんし、これから先も考えることはないと思いますけど」

男は藤原婦長を見つめて、言う。

「だったら、少し考えた方がいい。そうしたことを考えたことがない、ということを平然と公言するのは、婦長として問題あり、だ」

藤原婦長も男を見返した。

「手術室の人員を差配するのが私の職分です。対応可能な場合は受けます。対応不可能だと思えば撤退します。ただそれだけのことです」

男は腕を組んで考える。それからぼそりと言う。

「論理的には婦長の勝ちだなあ。だがここで婦長が勝つことが、東城大学全体の幸福だろうかと考えると、必ずしもそうとは言えないところが、少々悩ましい」

藤原婦長は男の言葉が聞こえないふりをして、世良に言った。

「そろそろ佐伯外科のカンファレンスが始まるのではありませんか？　急いだ方がいいですよ。遅れたら大目玉でしょう？」

世良は藤原婦長の言葉にうなずいて、珈琲を一気に飲み干そうとする。その手を押しとどめて、男が言った。

「あわてなくても大丈夫だ。私も一緒に行くから」

男は立ち上がった。世良は、自信たっぷりに根拠のない太鼓判を押す男を呆然と見つめた。

エレベーターに乗り込むと、男は世良に話しかけてきた。

「お、糸結びの練習か。感心感心」

世良のボタンにひらひらとつけられている紙縒を目敏《めざと》く見つけたようだ。世良はうつむいて、尋ねる。

「あの、先生は何階で降りますか」

エレベーター・パネルで四階を押すと、開ボタンを押したまま、待つ。

「君と同じ階でいいよ、世良君」

世良は怪訝な顔をして、開ボタンから手を離す。一瞬、エレベーターの中が真っ暗になり、再び明かりがつく。

「このエレベーターの暗闇は何回経験しても慣れないなあ」

世良は男を見た。

「先生は何科の先生なんですか？」

男は笑って世良の肩を叩く。

「ちょっと待ってくれないか。もうじき自己紹介をするからさ。そうすれば、面倒が一遍に済む」

のんびりと上昇していたエレベーターは停止し、扉がゆっくり開いた。


「佐伯外科カンファレンスは、いつもどこでやっているの？」

男が尋ねる。いよいよ胡散《うさん》臭い。世良は男を見返して言う。

「そこの控え室ですけど、部外者は入室できませんよ」

扉を開けようとしている男を見て、世良が小声で注意する。

「いいからいいから。心配しない」

男は扉を開けた。

真っ暗な部屋に光が射し込んだ。暗闇に潜んでいた白衣の群れが、直射日光を浴びて戸惑う。夜行性動物が、強い光に驚き死んだフリをするように、動きを止めた。

野太い声が響いた。

「カンファレンス中だ。扉を閉めたまえ」

黒崎《くろさき》助教授の声だ。

「申し訳ありません」

男はあっさり答え、部屋に滑り込む。世良も身を縮め後に続く。

訝《いぶか》しげな視線が、新参者に集中した。男は平然と後ろ隅に腰掛ける。

「垣谷君、続けたまえ」

佐伯教授が促《うなが》した。垣谷助手は咳払《せきばら》いをすると、症例呈示を続けた。

「つまり膨大部である切除予定部位との位置関係から、Debakey 2型の手術法としては非定型的術式にならざるを得ないと思われます」

「で、術者は垣谷君かね」

佐伯教授が尋ねる。黒崎助教授はうなずく。

「やや難易度は高いですが、私が前立ちしますので」

黒崎助教授の言葉に佐伯教授はうなずく。

黒崎助教授。大血管手術のエキスパート。

佐伯外科は東城大学医学部の唯一の外科学教室だ。正確に言えば三年前まではそうだった。新病院建設を目前に、伝統の佐伯外科は内部分裂を繰り返していた。三年前に脳外科、二年前に肺外科、そして昨年は小児外科が佐伯外科から独立していた。ここに至って総合外科学教室としての機能は消失した、というのが病院内での定評だった。だがしかし、誰ひとりとしてそれを佐伯教授の失態とは思っていない。それこそが佐伯教授の佐伯教授たる所以《ゆえん》だ。

もともと、総合外科という広範な守備範囲を持つ外科は世の潮流に反していると佐伯教授が考えていたのは有名な話だ。このため、佐伯教授は自ら積極的に分派を促している、とまで言われていた。それが失政の釈明に聞こえないのは、佐伯教授が日本を代表する国手《こくしゅ》で、佐伯教授以上の技術を持った外科医を、他に挙げることが難しかったからだ。

そんな中、心臓血管外科の分離・独立を目指している、というウワサも取り沙汰されていた。医師たちの視線が、黒崎助教授に集まるようになり始めていた。佐伯総合外科学教室の三割の人員を擁する心臓血管グループの独立は、即、佐伯外科の完全崩壊に繋《つな》がるだろう、というもっぱらのウワサだった。

脳外科、肺外科、さらに心臓血管外科部門に関しては、一教室を主宰できる技量と器を持った後継者が育っていたが、佐伯教授の専門分野である腹部外科に関しては、人材がいない。分家を促進する佐伯教授の度量は、本丸を崩壊させる。最悪の事態を避けるべく、佐伯教授は本筋の腹部外科の後継者を外部から招聘しようとしている、というまことしやかなウワサも流されていた。

佐伯教授の朗々とした声が響く。

「よかろう。ただし、いざというときは腎動脈《じんどうみゃく》の再建まで視野に入れて準備しておくように。では手術は今週の金曜日、第二例目」

佐伯教授の声に、黒崎助教授はうなずく。部屋のあかりが灯される。大勢の白衣姿が闇から光の下に現れる。思い思いの姿勢で椅子に腰かけている姿は、一瞬、古代ローマの評議会を模した群像モニュメントのように見えた。

「他の症例はあるかな」

佐伯教授は場を見回す。世良の顔の上で視線が一瞬止まる。それから最後に隣に鎮座している男に視線を注ぐ。佐伯教授は咳払いをする。

「それでは高階《たかしな》君、立ちたまえ」

佐伯教授の声にうながされ、男は立ち上がる。

「昨日付けで、わが東城大学医学部総合外科学教室の講師に着任した高階君だ。専門は消化器外科、特に下部消化器に造詣《ぞうけい》が深い。高階君、一言あいさつを」

一瞬、場がどよめく。帝華大の高階か、とか、ウワサは本当だった、というひそひそ声。世良がちらりと見ると、黒崎助教授は憮然《ぶぜん》とした表情で腕を組んでいた。

高階講師は頭を下げ、話し始めた。

「高階です。以前は、帝華大学第一外科教室の助手でした。二年ほど、米国マサチューセッツ医科大に留学後、半年母校で教鞭を執り、そのあとここに飛ばされて参りました。専門は直腸癌の低位前方切除術。ご存じの通り、この部位の吻合は、佐伯教授のご専門、食道癌と技術的には類似点が多くあります。私は佐伯教授の御薫陶《ごくんとう》を受けるべく、首都東京からはるばる都落ちして参りました」

「その物言いは、何だ。我が東城大学を愚弄するか」

黒崎助教授が声を荒らげる。高階講師は黒崎を見つめて、笑う。

「気に障《さわ》ったようですね。都落ち、という表現がいけなかったかな」

後半をひとり言のように呟くと、高階講師はにこやかに言った。

「前言撤回します。関東の雄、東城大学医学部の佐伯外科の重い看板を背負うように要請され、遠路はるばる南下して参りました。ひとつよろしくお願いします」

黒崎助教授は苦々しげに、高階講師を見つめた。

佐伯教授の高笑いが響いた。

「いや、結構結構。天下の帝華大学の外科の第一人者、西崎教授にそこまでマークされるとは、光栄の至りだ。我が東城大学も買い被られたものだ」

「私は気乗りしなかったんですが、昨年の外科学会総会で、西崎がいたくお世話になったようで。米国留学から戻りしなに、獅子身中の虫となり佐伯外科をぶっ潰《つぶ》してこい、と言われました。まあ、色々ありまして、帰国後直接すぐに、というわけにはいかなかったのですが」

「そんなことだろうとは思っていたさ。だが日本のアカデミズムの頂点、帝華大から直々に依頼されれば、弱小教室は受けざるを得ない。つまり君は招かれざる客、というわけだ」

佐伯教授はうっすら笑っていた表情を吹き消し、真顔になって続ける。

「例のシンポジウムでは、申し訳ないことをした。西崎君も帝華大学の純血種らしく、口は達者だが手先はいまいちでね。実技面での疑問点を、少しばかり教えてもらいたかっただけなんだが。もともと帝華大が食道癌五年生存率の検討などという、技術系の要素が影響する企画を立てるのは無謀だ、と思っていた。だが、そのことで西崎君に恨《うら》みを抱かせたとしたら、それは私の本意ではない」

高階講師はにこりと笑う。

「その点はご心配なく。外科教室というのは、どこでも清潔で気持ちがいい。手術の技量が序列を決める。そうでないのは、わが帝華大学くらいでして。だからあそこでは私は跳ね返りなんです。そのせいで、ここに派遣されるていたらく、というわけでして」

佐伯教授は楽しそうに笑った。

「ウワサ通りのビッグマウスめ。確かに君の言う通り、食道吻合と下部直腸の吻合は技術的に似ている。だからこそ技量の差は、いつまでも縮まることはないだろう。せいぜい私の背中に追いつけるよう努力することだ」

高階講師はにっこり笑う。それから、控え室の後ろに歩いていく。

「この部屋でカンファレンスが行われたのは幸いでした。昨晩、荷物を置かせてもらいましたので、丁度よかった。挨拶代わりに、私の勝算をお見せします」

控え室のロッカーの上からスポーツバッグを下ろし、何かを取りだした。世良は、高階講師の手に持たれたものに眼を凝らす。

白い金属製の棒のような道具だった。長さは五十センチほど。手元に引き金のような部分があり、遠目には、銃身の歪《ゆが》んだライフル銃のように見えた。

居合わせた医局員の視線は、高階講師が手にした道具に集中した。高階講師は、その道具を右手で高く掲げた。

「『スナイプＡＺ１９８８』。こいつが日本の外科手術を変える」

物音ひとつなく静まりかえる部屋の中、高階講師が掲げた白い銃身が冷たい光を放った。


カンファレンスは解散し、高階講師と黒崎助教授は、佐伯教授につき従うようにして部屋を出ていった。それに伴い、他のメンバーも三々五々、部屋を出ていく。そんな中、世良の目の前で五年目の中堅、関川《せきかわ》医師が垣谷助手に小声で話しかけてきた。

「垣谷先生、どうしましょう」

「どうした、深刻な顔をして」

関川は青ざめた顔で、続けた。

「ゆうべ私は当直で、胃潰瘍穿孔の急患を受けたんです。そしたらたまたま居合わせたさっきの先生が、口を出してきたんです」

「胃潰瘍穿孔？　そんな患者、見てないぞ」

関川はうなずく。

「患者はこの病棟には上がってきてませんから。あの先生、術後に患者をＩＣＵにぶちこんでしまったんです」

垣谷はまじまじと関川を見た。

「事前相談なくＩＣＵに押し込んだ？　よく、そんな荒業が……」

腕を組んでそう言った垣谷は、ふと顔を上げて関川に尋ねる。

「ん？　ちょっと待て。今、術後って言ったか？」

「緊急手術になったんです」

「手術室の看護婦は受けたのか？」

「救急外来から手術室に直接ストレッチャーごと行って、いきなりまくし立ててました。昨日着任した総合外科講師だが、佐伯教授命令で緊急手術をやることになった、てな具合で」

「あの融通のきかない手術場の看護婦たちがそれを受け容れたっていうのか」

関川はうなずいた。垣谷が腕を組んだまま、呟く。

「さっきの様子では、あの男と佐伯教授の間で話がついていたとは思えないが」

「ええ、おそらく佐伯教授には相談してませんよ」

「なんてヤツだ」

垣谷は呆れ声を出す。

「トラブった時のことを考えていないんだろうか」

側《そば》で話を聞いていた世良が思わず一言つけたす。

「バカなんですよ、きっと」

その言葉を聞きとがめた垣谷が世良の頭をこつんと叩いた。

「口は禍の元だって、言っただろ。たとえ本当のことでも、いや、本当のことならなおさら、医局では口にしてはいけない」

世良は首をすくめて、その拳を受け止める。垣谷は関川の顔を見ながら答える。

「つまり関川は、その御注進役を俺にやれ、と言うわけだな」

垣谷の言葉に、関川は身を縮める。

「申し訳ありません、垣谷先生。この報告は、私には荷が重すぎます」

垣谷はうなずく。

「確かにな。わかった、引き受ける。だが助手が欲しいな。当事者は、少々まずいか……」

あちこちをさまよっていた垣谷の視線が、ぼんやりと成り行きを見守っていた世良を捉えた。垣谷はうなずいてにやりと笑う。

「世良、ついてこい。今から佐伯教授の部屋にいくから」

「なんで、俺が？」

「ばかやろう。弾よけに決まってるだろ」

垣谷は言い放つ。そして続けた。

「それにお前だろ、世良。あの講師さまを神聖なカンファレンスにご案内したのは。だったら最後まで責任をとるのが筋ってもんだ」

世良は強引な論理を、呆然と聞く。回避策を探したが、垣谷の展開に穴は見つからない。

どうやら逃げ道はなさそうだ。口は禍の元、というのは本当だな、と世良は苦笑する。

扉はぶ厚く、ノックの音が吸い込まれてしまいそうだ。躊躇した世良は、垣谷に眼で促されしぶしぶ教授室に入る。後から垣谷が続く。室内に足を踏み入れた途端、二人とも、動けなくなってしまった。

佐伯教授が両袖机の向こう側に座っていた。手前のソファには、苦虫を噛《か》みつぶしたような表情で腕組みしている黒崎助教授と、前傾姿勢で両手を膝の上で組んでいる高階講師が向かい合っていた。テーブルの上には、さっき高階講師が高々と掲げた『スナイプ』の白い銃身が横たわっている。

佐伯教授が顔を上げ、垣谷を見た。

「何の用だ？」

問題の高階講師が同席しているとは予想もしていなかった垣谷は、うろたえて答える。

「は、あの、その、昨晩の件なのですが、いろいろと問題がありまして……」

「問題？　何があったんだ」

涼しい顔で端然と座っている高階講師の姿をちらりと見、垣谷は一層しどろもどろになる。

「いえ、あの、私は実際に問題を確認しておりませんのではっきりとはご説明を申し上げられないのですが……」

場の重い空気に呑まれ、垣谷は一層萎縮する。高階講師と佐伯教授の顔を交互に見つめ、口をぱくぱくさせる。佐伯教授は尋ねる。

「要領を得ないヤツだ。おい、そこの一年坊、お前は口だけは達者だったな。一緒にのこのこやってきたということは、事情を知っているな。垣谷の代わりに説明しろ」

世良は垣谷と高階講師を交互に見た。垣谷が眼で促すのを確認する。世良は視線で尋ねる。垣谷先生、口は禍の元じゃないんですか？　だが、垣谷も自己保身モードで、世良の禍にまでは気遣いできる余裕はなさそうだ。仕方なく、世良は言う。

「教授が言え、と仰しゃるから言いますが、そこにいらっしゃる高階先生が昨晩、佐伯教授の許可を得ずに緊急手術を断行したそうです。一緒に手洗いをされた関川先生のお話では、患者は今、ＩＣＵにいるそうです。私も隣で聞いていただけなので、これ以上のことはわからないんですが」

佐伯教授は白眉を上げる。黒々とした髪と対照的なその白さが眼を射る。

「今の話は本当かね、高階君」

高階講師は答える。

「ま、概《おおむ》ねのところは」

「私には報告が上がってきていないが」

「緊急事態でしたので。手術後、ご報告申し上げなかったのは、幸い、ＩＣＵの医師が引き継いで下さったもので。ＩＣＵ患者なので報告の必要なしと判断しました」

「だが、関川君を助手にして、総合外科学教室の講師という肩書きの下で手術を行ったのだろう？　ならば、教室の主宰者である私への報告義務はある」

高階講師の真向かいで、睨《にら》みつけるようにして見つめていた黒崎助教授が口を開く。

「西崎教授の秘蔵ッ子だとか、帝華大の小天狗《こてんぐ》とか言われていい気になっているんじゃない。ここは桜宮、天下の佐伯外科のお膝元だ」

高階講師は黒崎助教授を真っ直ぐ見つめて、言う。

「それにしては、足元が大分ぬかるんでいるようですね。昨晩、五年目の中堅の当直医が救急患者を前におろおろしてましたよ。筋性防御《デファン》があれば腹部プレイン（単純X線撮影）は当然撮るべきで、彼もそれはわかっているのに、この病院ではどうすればいいのかがわからなくて、おろおろしてました。どうやら佐伯外科では、病院のシステムというものは医者の意思でぶん回すものだという、最も基本的な部分の教育が足りないようですね」

「黙れ。新参者が、何を言う」

黒崎助教授が、一喝した。高階講師は平然と言い返す。

「新参者だからこそ見えるほころび、もあるんです」

高階講師と黒崎助教授はがちり、と視線を衝突させる。

佐伯教授は組んでいた腕を解いて、にこやかに言う。

「黒崎君、熱くなるな。ビッグマウスが本物かどうかは、すぐにわかる。だが高階君も、これだけは覚えておきたまえ。ここでは私がルールだ。私の関知しないものは総合外科学教室の関知するところではなく、私の判断を経ないものは総合外科学教室の判断ではない」

高階講師はにこりと笑う。

「ここでは、本当に一番大切な部分の教育がすっぽり抜け落ちているようですね、佐伯教授。私は外科研修を始める学生や研修医にいつもこう言って、教育を始めていました」

高階講師は真っ直ぐに佐伯教授の顔を見つめて、言う。

「必要なら規則《ルール》は変えろ。規則に囚われて、命を失うことがあってはならない」

佐伯総合外科学教室教授室の空気は一瞬、春から冬へと季節を逆行し、凍りついた。


長い沈黙の後、口を開いたのは佐伯教授だった。

「そこまで大口を叩くのであれば、お手並み拝見といこうか」

佐伯教授は腕組みして眼を閉じ、ぶつぶつと呟く。

「症例875？　いや、887かな」

しばらくして、眼を開く。

「今週の金曜日、下部食道癌症例の執刀医をやってもらおう。やれるな？」

高階講師はうなずく。

「もちろん。但し明日、手術適用の再確認を取らせて貰いますが」

向かいのソファの黒崎助教授が、激怒して声を上げる。

「失礼だぞ。さきほどのカンファレンスで佐伯教授自らが検討され、手術適用の確認を取ったばかりの症例だ」

「申しわけありませんが、私はその症例検討に参加していなかったもので」

高階講師は平然と続ける。

「手術結果には術者が一切の責任を取らなければならない。たとえ尊敬する佐伯教授であっても、他人の言うことをそのまま鵜呑《うの》みにはできません」

「お、お前ってヤツは」

黒崎助教授は言葉を失って、呆然と高階講師を見つめた。

部屋中に笑い声が響いた。佐伯教授だった。

「いや、結構結構」

佐伯教授は黒崎助教授に向かって言う。

「黒崎君よ、ムキになることはない。仕方ないさ、天下の帝華大お墨付きの跳ねっ返りなんだから。好きにするがいい」

佐伯教授は高階講師に向き合う。

「スタッフはどうする？」

「そうですね、この医局のことは全然存じませんので、誰でも一緒です。折角ですから、ここにおられる先生方にお願いしようかな。かといって、黒崎助教授にお手伝いをお願いするのはさすがに失礼ですから……」

高階講師は、垣谷と世良を振り返る。

「そこにいるお二人に、第一助手と第二助手をお願いしましょうか」

世良はびっくりして腰を抜かしそうになった。垣谷も口をぱくぱくさせている。食道摘出術は佐伯外科の最高峰だったからだ。食道癌手術の手洗いに入る、それは佐伯外科では卒業証書を手にしたに等しい。若手のホープ、八年目の垣谷助手でさえ、三年前にようやく第二助手を、今年になって初めて第一助手を務めた。それですら佐伯外科では異例の早さだ、と病院中の話題になったものだ。

佐伯教授は高階講師を見つめた。

「クソ度胸だけは天下一品だな。だがさすがに糸結びもままならない一年坊に食道癌の手洗いをさせるわけにはいかん。第一助手は垣谷でいいが、第二助手はまかりならん。代わりに有能な第二助手を指名してやるから、我慢しろ」

「どなたでも構いませんが、その一年生クンよりも優秀な人材をお願いします」

「心配するな。間違いなくそいつより優秀だ。この私が第二助手を務めさせて貰うことにする」

黒崎助教授が立ち上がる。

「馬鹿なことを。佐伯教授に鉤引《こうび》きなんてさせられません。それくらいなら私が入ります」

興奮する黒崎助教授を、佐伯教授は眼で制した。

「佐伯外科の助教授たるもの、鉤引きをバカにしてはならない。そんなことでは、新教室を立ち上げるなんて夢のまた夢になるぞ」

佐伯教授の言葉にぎくりとして、黒崎助教授は黙り込む。佐伯教授は視線をめぐらせて世良を見た。

「第二助手だって立派な仕事だということを、研修医に見せるいい機会かもしれん。手術の最中、居眠りばかりしている連中に、鉤引きの真髄を見せてやるとするか」

佐伯教授は高階講師を見て、笑った。

「第二助手より執刀医の方がヘボだったら、二度と執刀のチャンスはないぞ」

「ご心配なく。誰がやろうとも第二助手は第二助手です。顎《あご》で使ってやりますよ」

世良の眼に、佐伯教授と高階講師の間に、見えない火花が散ったのが映った。

白い狙撃銃の銃口は、真っ直ぐ佐伯教授に突きつけられている。その銃口を自分の胸板で塞《ふさ》ぐように、佐伯教授は厳かに宣言する。

「それでは、今週金曜の手術予定の食道癌症例、皆川妙子《みながわたえこ》さんの術者変更に伴い、明日、緊急症例検討カンファレンスを行う。ビッグマウスのお手並み拝見だ」


ナースステーションに戻ると、世良の同期の一年生がばらばらと寄ってきた。

北島が心配そうに尋ねた。

「なあ、何があったんだ？　教授室に呼び出されるなんて」

他の同期が黙っているところをみると、みんな同じ質問だったようだ。

「さあ？」

「さあって、お前、黒崎助教授やさっきの新任の先生もいたはずだぞ」

相変わらず目端が利くやつだ、と感心する。好奇心あふれる視線を一身に受けて、誇らしげに世良は言う。

「実は俺、今度の食道癌の手術で手洗いをすることに……」

ええ、というどよめきの中、世良はぽつんと呟くように続けた。

「……あやうく、なりそうになった」

ため息とも吐息ともつかないどよめきが場を覆った。やがて北島がぽんぽん、と世良の肩を叩いて言った。

「よかったな。今の世良が食道癌の手洗いなんてしたら、絶対にドジを踏みそうだもんな」

いつもなら反発したくなる北島の見下し視線に、素直にうなずくとは。世良は苦笑した。

世良は背中を軽く叩かれて、振り返る。そこに垣谷助手が立っていた。

「さっき教えたよな。口は禍の元」

もはや一貫性も説得力もない教えですけどね、と思いながら、肩をすくめる。垣谷は世良を見ず、ナースステーションに声をかける。

「一年生、注目」

お尻に殻《から》をつけたヒヨコのように、似合わない白衣を着た一年生、総勢十名を垣谷はぐるりと見回す。

「今年はいつもと違って特別早く、受け持ち患者と指導医を決めた。今夜からお前たちは各自、受け持ち患者を持つことになる。直ちに各自オーベン（指導医）に指導を仰ぐように」

垣谷は手にしたメモを読み上げる。

「青木、胃癌の日上《ひがみ》さんだ。指導医《オーベン》は関川。今井は田尻さんで疾患名は大動脈瘤《だいどうみやくりゆう》、指導医は俺。植草は東野さん、大腸癌だ。指導医は田中」

淡々とリストを読み上げる。リストは五十音順なので、北島の次だからそろそろかな、と思っていると、世良の順番は飛ばされた。

「名倉、金村さんで胃癌、指導医三橋。そして渡辺は杉田さん、下肢静脈瘤、指導医関川」

どよめきがあがった。下肢静脈瘤は、大学病院に入院するにしては軽微な疾病《しつぺい》だ。そうした疾病患者の担当医になった一年生はたいてい、術者になる。羨望《せんぼう》の眼差《まなざ》しを一身に集め、渡辺が誇らしげに胸を張る。

そんな中、世良はひとり取り残されていた。周囲も異変に気づき始めた。

ざわめきが次第に収まっていく。

垣谷の咳払いで、部屋は完全な静寂に包まれた。

北島が尋ねた。「あの、世良がまだ呼ばれていませんが」

「今から言おうと思っていたところだ」

もう一度咳払いをして、垣谷が言った。

「最後に世良。受け持ちは食道癌症例、皆川妙子さん。オーベンは高階講師、だ」

一年生たちが息を呑む中、垣谷は続けた。

「皆川さんは今週の金曜日、手術だ。通常のカンファレンスは終了しているが、主治医変更に伴い、明日、臨時に再度の症例検討カンファレンスを行う。世良は高階先生と連絡を取って、明日のカンファレンスの準備を行うように。以上、解散」

一年生たちは、世良の顔をちらちらと見ながら、各自のオーベンを捜しに散っていった。ナースステーションに取り残された世良は、呆然としていた。

夜九時。長い一日は終わっていなかった。ナースステーションには一年生が全員残っていた。夜勤の看護婦と仲良くなろうと努力しているヤツもいれば、カルテ整理をしている優等生もいる。一年生で最初の術者になりそうな渡辺の周りには、一年生が集まって談笑していた。世良の周りには妙な空気が漂っていた。他の一年生は近づいたものか、距離を取ったものか、迷っているようだった。当人は、膨大なフィルムを前に途方に暮れていた。皆がオーベンから具体的な指示と指導を受けている中、世良は高階講師を捕まえることすらできずにいた。

そこへ五年目のオーベン、関川がやってきた。何事か指示すると、ネーベン（研修医）の青木は部屋を出ていった。関川は一瞬ぼんやりし、それから顔を上げる。

「世良、ちょっと来い」

ナースステーションに緊張が走る。関川は言う。

「お前、高階先生と明日のカンファの打ち合わせはしたのか？」

「まだです。お姿が見当たらないもので……」

関川は、うなずく。

「だろうな。高階先生はＩＣＵにいたぞ」

自分の教室を放り出し、よその医局の患者を診るなんて、何を考えているんだ、と思い、それから昼間の教授室でのやり取りを思い出す。たぶん、自分が執刀した話題の緊急入院患者を診ているのに違いない。

高階講師の振る舞いにはとまどった世良だったが、帰る前に一度、話をしなければならないことは明らかだった。仕方なくＩＣＵに向かう。

疲れていた。勤務を始めて四日、まだ業務に慣れていない。他の医局に行く気力もない。だが、残り僅《わず》かな力を振り絞り、世良はエレベーターに乗り込む。

扉が閉まる。一瞬、明かりが落ちる。古い建物の電気系統の問題で、エレベーターは扉の開閉の直後に明かりが消える。原因を調べてもよくわからないらしい。慣れてしまえばどうということもないが、初めてこの病院を訪問した部外者はたいていびっくりする。

来年には十四階建ての新病院が建てられる予定だ。先日、建設のために取り壊される旧精神病棟の納め会が行われたばかりだった。縦に長く伸びる新病院は、病棟の床面積の増大に伴い新しい医局の創立を促した。ここ数年佐伯外科は次々に分派し、その分、本家は次第にやせ細っているのはその影響だ。

二階。エレベーターの扉が開く。廊下の突き当たりに、非常灯が緑に煌々と光っている。隣の手術室には頻繁に出入りしているが、ＩＣＵに足を踏み入れるのは久しぶりだ。思い返してみればポリクリ以来だろうか。

自動扉が開く。心電図のモニタ音が重層に響きわたる。深夜にもかかわらず人の密度は濃い。七つのベッドはすべて埋まっていた。そこには時の流れを失くした病棟が息づいていた。

世良は目敏く、小柄な男を見つけた。

歩み寄ると、高階講師は顔を上げて笑顔になった。

「なんだ、生意気な一年生クンか。まだ帰らなかったんだね」

世良はむっとして言う。

「帰りたくても帰れないんです」

「それはまた、どうして？」

快活な高階講師の質問に世良はむすっとして答える。

「明日の緊急症例検討カンファレンスで、症例呈示しなくてはなりません。オーベンの高階先生にご指導いただかなければ、どうにもなりません」

高階講師はにやりと笑う。

「症例呈示くらい、自分ひとりで何とかならないのかな」

「無理です。他の一年生はみんなオーベンの先生に教えてもらっています」

「それじゃあ、私が責任を持つから、ひとりで呈示してごらん。困ったら助けてあげる」

「そんな……無茶です。だって、二重造影の読影の仕方もよくわかりませんし」

高階講師はあくまで快活だ。

「わからなければ勉強すればいい。手術場では、最後に頼れるのは自分だけだ。誰も助けてくれないぞ」

世良は呆然とした。高階講師は、視線をベッドに戻して言う。

「私は患者の状態をもう少し見守ってから戻る。世良君も、あまり遅くならないうちに帰りなさい。明日はいろいろ大変だ」

「そんな。高階先生は佐伯総合外科の講師でしょう？　医局員の指導は義務です」

「さっきも思ったけど、世良君は演説だけは立派だなあ」

高階講師は世良を見た。

「外科医は手を動かしてなんぼ、だ。こんなところで油を売っていないで、さっさと勉強に戻るなり、体力を蓄えるためにとっとと家に帰って眠るなりしたまえ」

「わかりました。そうします」

世良は踵《きびす》を返す。心は決まった。今夜はとっとと家に帰って寝てやる。


翌朝。世良は日の出前に眼が覚めてしまった。下宿の万年床の中でごろごろしていたが、どうにも目が冴《さ》えてしまい、起きあがる。うめくように呟く。

「……ちくしょう」

昨日の教室の雰囲気から考えると、今日のプレゼンで世良が失態を犯しても、非難の矛先《ほこさき》は世良にではなく、高階講師に集中することは目に見えていた。それならいっそ朝寝坊して、緊急カンファレンスを滅茶苦茶にしてやろうと思っていたのに、こういうときに限って眼が覚めてしまう。我ながら気が小さいことだ、とうんざりする。身体を起こし、布団から飛び出す。身体は凝り固まっている。サッカーの試合《ゲーム》の後の筋肉疲労とは全然違う。精神的な疲労感と共に、毎日少しずつ澱《おり》のように降り積もっていくこわばり。

時計の針は四時、日の出前。

仕方ない。研修医の朝のデューティ、点滴と採血を始める七時にも、はるかに早い時間だが、病院に向かうことにした。

スニーカーを履いて、走り出す。疲れ切っているはずなのに、妙に身体が軽く感じる。風と一緒に薄暗い街路を駆け抜けながら、一体どうしたことか、と不思議に思う。

早朝のナースステーションは、深夜勤務の看護婦の姿が見えないことが多い。深夜帯は二人態勢なので、病棟巡回中は、ナースステーションは空っぽになる。ひとりでフィルム棚を探していた世良は首をひねる。受け持ち患者の皆川妙子さんのフィルムがごっそりなくなっていたのだ。おかしい。ゆうべ、確かにきちんと片づけたはずなのに。

見回すと、控え室の半開きの扉の隙間から灯りが漏れている。

世良は扉を開けた。

高階講師だった。

「ゆうべは帰らなかったのかい?」

　シャウカステンの灯りに照らし出されたフィルムに眼を注ぎながら、振り返らずに尋ねた。世良は答える。

「とっとと帰りました。でも眼が覚めてしまって。先生こそお帰りにならなかったんですか？」

　高階講師は、ソファを指さす。

「私はここで夜明かしだよ。事務屋の手違いで、官舎に入れるのが週末になってしまってね、どこか宿を探そうかと思ったんだが、四、五日なのでこの部屋に泊めてもらうことにしたんだ」

「佐伯教授の許可は貰っているんですか」

　高階講師は、にまっと笑う。

「世良君は面白いね。佐伯教授の許可なんて、必要なのかい？」

「当たり前じゃないですか」

　ふうん、という顔をした高階講師は、答えた。

「ご心配なく。同じミスは二度しないし、どうでもいいことならいくらでも妥協するからさ。佐伯教授の許可はきちんと取ってあるよ」

　そしてフィルムに眼を向ける。

「せっかく朝早く来たんだ、カンファレンスをしよう。このフィルムを読影してごらん」

　二重造影像。食道下部に陰影欠損。典型的な食道癌の所見だ。世良は読影所見を答えた。外科に進もうと思ってから、読影は意識して勉強したので優秀な方だと自負していた。高階講師は世良の読影結果に耳を傾けていたが、小さく首を横に振る。

「なるほど。一年生の教育は久しぶりだけど、卒業したての坊やって、そういえばそんな風に読影してたっけなあ」

手放しの賞賛ではないことくらい、世良にもわかった。

「どこか間違っていますか？」

「医師国家試験の答えとしては満点。だけど外科医としては論外、だな」

「なぜです？」

高階講師からため息が返ってきた。

「少しは自分の頭で考えないとなあ……」

そう言ってから、気を取り直したように続ける。

「早朝から仕事熱心な世良君に免じて、すこしだけ教えてあげよう。世良君の診断は完璧だ。だが君はもう今では外科医のはしくれだ。単なる読影は外科医にとって必要なことではない。この読影を元にどういう術式を選択し、その時どのような問題が起こりうるか、まで考え、言及しなければいけない。君の読影には、その観点がすっぽり抜け落ちている」

世良は虚を衝かれて唇を噛む。全くその通りだ。昨日の朝、手術衣に着替えて鏡の前でひとり、外科医らしくなったと思ったのをふと、気恥ずかしく感じた。

そんな世良を見つめて、高階講師は続けた。

「そんなにがっかりすることはない。誰だってはじめはそうなんだ。今の点を踏まえて、今日の午後行われる緊急カンファレンスのプレゼンテーションを組み立ててごらん」

世良の肩をぽん、と叩き、高階講師は隣をすり抜ける。去り際に振り返り、言う。

「当直室で、少し眠ってくる」


朝七時。早くもくたびれかかった白衣を身にまとった一年生が、眠そうな顔で次々に病棟に姿を現わす。夜勤のナースがそのうちのひとりをつかまえて、前夜のオーダーに細かいクレームをつけている。早朝採血をはじめとして、あらゆる雑事は研修医に押しつけられていた。大学病院では研修医よりも看護婦の方が地位が上だ、と聞かされてはいたが、現実に直面するととても不当なことに思えた。俺は医者だ、と思いながら次の瞬間、ああ、まだ医者ではなかったんだと思い直す。国家試験の合格発表は今週金曜日、それまでは世良は医者ではない。

毎朝の採血業務は辛かった。病人の血管はたいてい、細くて脆《もろ》い。針先が震えると、血管を傷つけ、駆血帯《くけつたい》で血流を途絶させた前腕がたちまち血腫《けつしゅ》で膨《ふく》れあがる。もちろん世良には直接の痛みはない。だが、膨れ上がった前腕を見つめる患者の悲しげな表情が、世良の心の柔らかい部分をすり減らしていく。

一人前の医師として扱ってもらえないもどかしさ。技術をもたないゆえに唐突に襲われる無力感。そんな若者たちの恨みつらみが落葉のふきだまりのように寄せ集められる場所。それが大学病院だ。

——こんな病院、とっととおさらばしてやる。

病室の窓から空を見て、世良は一人心の中で吐き捨てる。研修医の嘆きが積もった大学病院の中庭には、透明な慰霊碑が無数に建てられているのだ。

2章 『スナイプAZ1988』

一九八八年（昭和六十三年） 五月

五月十日火曜日、東城《とうじょう》大学医学部総合外科学教室での緊急症例検討カンファレンス。

午後一時。昼食もそこそこに、佐伯総合外科の医局員が控え室に集合した。世良は昼食を取らずにフィルムをシャウカステンに並べ終え、座って待っていた。

医局員全員が着席した。高階講師と黒崎助教授、そして佐伯教授が並んで入ってきた。三人が前方に着席すると、黒崎助教授が世良に言う。

「緊急症例検討カンファレンスを行う。世良君、始めたまえ」

世良は一礼し、プレゼンテーションを開始する。

「皆川妙子《みながわたえこ》さん、六十二歳、女性、主婦です。主訴は嚥下《えんげ》障害。半年前、食事中にパンを飲み込むのに違和感を覚え、近医受診しました。その時に言われたのは、ひょっとしたら数年前に食道炎になったことがあって、それが原因で食道にひきつれをおこしたのではないか、ということで、それを気にしたお子さんが……」

黒崎助教授が手を挙げて言う。

「ちょっと待て。家族の間の会話のような情報は不要だ。カンファレンスでは、もっと簡略に述べろ。オーベンが誰か知らないが、指導の仕方が悪いようだな」

黒崎助教授は高階講師を見る。高階講師は平然と腕組みをしたまま、首を左右に倒してリラックスしている。世良は頭を下げる。「申し訳ありません」

「続けたまえ」

肝心の相手に自分の嫌味が届いていないことを確認し、憮然とした黒崎助教授が言った。世良はどさくさに紛れて、フィルムの呈示に移行する。

「ええと、それでは画像に移ります。ＣＴでは脳、肺、腹部共に転移と思われる病巣は認めません」

前方の席に座っていた中堅の医師が立ち上がり、フィルムに歩み寄ると、詳細に検討を始める。世良はひやひやしながら、プレゼンテーションを続ける。

「二重造影法によれば、シャッテン・デフェクト（陰影欠損）は気管分岐部を越えていません。従って前胸部開胸で、中部下部食道切除術並びに食道再建術を行うのではないか、と思われます」

黒崎助教授がうなずく。

「再建臓器は、何を使う？」

世良はちらりと高階講師を見て、答える。

「マーゲン・ロール（胃管）の吊り上げによる再建術になると思われます」

「なぜ世良君はさっきから〝思われます〟などという不確定な語尾で話すんだね」

佐伯教授が尋ねる。世良は答えを一瞬ためらう。高階講師がにこやかな表情で世良を見つめてうなずく。世良は答える。

「術式決定に関しては、高階先生からお聞きしてませんので、推測しました」

黒崎助教授が高階講師に言う。

「ふん、連携が悪いペアだな。だが、その推測は正解だろう。どうやら外科的センスの教示は多少しているようだな」

高階講師はにこりと笑う。大きくのびをして立ち上がると、つかつかとホワイトボードに歩み寄る。赤いマーカーを取りあげ、早口で言う。

「残念ながら、世良君の外科センスはあまりよろしくない。カンファレンスの呈示は病状だけと思っていたのですがそうではなかったんですね。だとすると、私の指導不足です。私の予定術式は全然、違う」

「何だと？　胃管吊り上げではない？　それなら一体、どうするつもりだ」

黒崎助教授の問いに高階講師は、稚拙《ちせつ》な人形の絵を描いた。その人形の左胸を赤いラインでばっさりと、斜めに袈裟《けさ》斬りで切り捨てる。

高階講師は、マーカーをからりと投げ捨てると言い放つ。

「体位は側臥位《そくがい》。アプローチは左胸腔横隔膜《さきょうくうおうかくまく》合併切除。再建臓器は空腸。そして食道空腸吻合《ふんごう》には、食道自動吻合器『スナイプAZ1988』を使います」

腕を組んでプレゼンを聞いていた佐伯教授が、白眉の下の鋭い眼を開いた。

黒崎助教授が立ち上がる。

「食道癌《がん》における下部食道切除術においては、胸腔からのアプローチ術式は確立された術式とは言えない。術後の呼吸管理や合併症の点を考えれば、当教室での採用は時期尚早だ」

「確かに黒崎助教授のおっしゃる通りです。日本では、ね」

高階講師がにこやかに答える。

「ですが、マサチューセッツでは食道癌手術は可能な限り、側臥位からの胸腔アプローチを行うことがトレンドです。術後合併症も、術後早期から頻繁に体位変換を行うなど、積極的看護を取り入れれば、発生率が低いという報告があります」

「ここは日本だ。米国帰りだということを振り回すな」

黒崎助教授の言葉に、高階講師は愉快そうに笑う。

「いやあ、懐かしいフレーズだな。帝華《ていか》大学でもうんざりするくらい聞かされましたよ。まさか日本の外科のメッカ、東城大学佐伯外科で、そんな古臭い言葉を再び聞かされるなんて、夢にも思いませんでしたね」

そう言うと、高階講師はいたずらっぽく笑った。

「私もマサチューセッツに在籍したのはほんの二年なので、経歴だなんて思ってもいません。そんな必要はないんです。研究分野ならともかく、手術の実技では日本の技術の方がはるかに繊細かつ進歩的です。なにしろあそこでは私がチーフ・プロフェッサーに手技を教えていたくらいですから。黒崎助教授、自信をお持ち下さい。我が日本で修業してトップクラスの外科医になれば、米国の外科など全く畏《おそ》るるに足らず、ですよ」

黒崎助教授は不機嫌そうに黙り込む。

「質問があるのですが」

勢いよく挙手したのは、黒崎助教授の腹心と目されている若手のホープ、垣谷《かきたに》助手だった。黒崎の不利な状況を察知して助け船を出した、という感じだった。

「確かに側臥位からの胸腔アプローチは、昨年日本でも薩摩《さつま》大学医学部の斉藤教授が三例ほどトライされ、四月の外科学会で症例報告されておりましたので、わが佐伯外科でも充分行えると思います。ですが報告では、三例とも重篤《じゅうとく》な合併症を起こしていて、特に術後肺炎は致死的で成績は極めて悪かったと記憶しておりますが」

高階講師は、垣谷を真面目な顔で見る。

「よく勉強してますね。だが惜しい。日本における側臥位胸腔アプローチの報告は、みちのく市民病院の木崎外科部長が二年前に十例行っているのが最初です。そのレポートによれば術後肺炎発生率は十パーセント。つまり、手術成績は術後管理態勢にディペンド（依存）する、というわけです」

垣谷は眼を見開いて尋《たず》ねる。

「その報告は、どちらに？」

「昨年一月号の米国外科学会誌に載ってますよ」

場が静まり返る。圧倒的な実力を見せつけられ、佐伯外科一門は沈黙の海に沈む。誰もが、佐伯教授の神託を待って、沈黙を守っていた。

佐伯教授が、オールバックの髪をなで上げながら、言う。

「側臥位で胸腔からのアプローチか。いかにもアングロサクソンが考えつきそうな、派手で仰々しい術式だが、私には、傷つける必要のない横隔膜を切断しなければアプローチできない未熟者の術式に思えるが。まあ、自分の技術不足を認識しての選択なんだから、それはそれで納得しなくてはならないんだろう」

佐伯教授の言葉に、高階講師はむっとした顔になった。佐伯教授は淡々と続ける。

「胸腔からのアプローチは許容できるにしても、食道自動吻合器を使う、というのは、一体いかなる了見なのだね」

高階講師は、佐伯教授を見つめた。それから答える。

「リーク（縫合不全）を防止するためです」

場が静まり返る。佐伯外科をささえる面々は、ぎょっとした顔で、黙り込む。沈黙の時が部屋を覆い尽くす。その沈黙を打ち破る勇気を持ち合わせている人間は、部屋には誰ひとりとしていないように思われた。

その時、くっくっという笑い声が聞こえた。声の方向を一斉に見ると、ボタンを外した白衣をだらしなく着た、長身の中年男がその笑い声を発していた。足を組み、パイプ椅子《いす》の背もたれにゆったりと身体をあずけた男は高階講師を真っ直ぐに見つめた。

「天下の帝華大学から鳴り物入りで派遣されてきた講師が、腑抜けの外科医だったとはね」

「黙れ、渡海《とかい》」

黒崎助教授が言い放つ。中年男は、肩をすくめて答える。

「そりゃ、黒崎さんが仰しゃるなら黙りますがね。いつまでこんな口先男をのさばらせておくんですか。佐伯教授もここらで一発、ばしっと言ってやって下さいよ」

男はぼさぼさの髪をかきあげながら、言う。高階講師が尋ねる。

「ええと、あなたは？」

男はゆらりと立ち上がる。

「ヒラでは最年長の医局員、十年選手の渡海です」

渡海の自己紹介を聞いて、高階講師はぽつりと呟《つぶや》く。

「あなたが渡海さんでしたか」

渡海は二本の指を立てた略式敬礼を、高階講師に投げかけた。

「以後、どうかお見知り置きを」

高階講師は渡海の眼を見ながら、質問した。

「ところで、お聞きしたい。私が腑抜けだというのはどうしてですか？」

渡海は首をゆっくり回し、肩を上下させる。マウンドに上がったリリーフピッチャーのような仕草だった。

「だって、器械吻合じゃないとリークするんだろ。技術が未熟だってことだ」

渡海は暗く挑発的な目つきで高階講師を見て、続けた。

「俺なら、この手術は前胸部からの従来アプローチで三時間で終わらせる。もちろんリークは無し、だ」

高階講師は、渡海の眼を覗《のぞ》き込む。そして続けた。

「どうやら順序立ててご説明した方が早そうですね。垣谷先生、佐伯外科門下生は、この十年で何人いますか」

垣谷は怪訝《けげん》そうな顔をしたが、ぶっきらぼうに答える。

「百名を越えています」

高階講師は佐伯教授の白眉へと視線を移して、続ける。

「なるほど。ではこの十年で、食道癌手術の術者を経験したのは何人ですか？」

垣谷は答えない。代わりに黒崎助教授が言う。

「なぜ、そんなことを聞きたい？」

「ほんのささやかな好奇心です」

高階講師は答える。黒崎助教授はちらりと佐伯教授を見、小さく咳払《せきばら》いをする。

「五人、だ」

「ほう、たった五人ですか。その五人とは、どなたですか」

黒崎助教授は肩をすくめ、答える。

「佐伯教授、碧翠院桜宮《へきすいいんさくらのみや》病院の桜宮巌雄《いわお》院長、東城中央市民病院の鏡博之《かがみひろゆき》外科部長、私、そして……」

言葉を切ると、忌々《いまいま》しげに、渡海から視線を逸《そ》らし、吐《は》き捨てる。

「そこに突っ立っている渡海、の五人だ」

高階講師は眼を細め、渡海を振り返る。高階講師は佐伯教授の白眉と渡海のぼさぼさの髪を交互に見ながら、ぽつりと言う。

「なるほど、渡海先生は佐伯教授の直系の後継者、なんですね」

渡海は肩をすくめる。高階講師は視線を佐伯教授に戻す。

「天下の佐伯外科で、看板の食道癌手術の術者経験者が十年間でたった五人。これでは看板が泣きませんか」

黒崎助教授が言う。

「仕方がなかろう。食道癌手術は、外科手術の最高峰だ。誰もがその峰の頂《いただ》きにたどりつけるというわけではない」

「つまり、食道癌のような高度な手術に関しては、一部の選ばれし者が執刀すればよい、というわけですね。それでは、わが帝華大学の悪しき風習と変わらない」

「どうやら西崎君の教育は、あまり芳《かんば》しくなさそうだな」

白眉を上げて、佐伯教授が言った。高階講師は佐伯教授を見返す。

「西崎教授は、手術手技はともかく後進教育に関しては悪くないと思います。問題は佐伯外科の現状ですよ。医育機関としての大学病院という側面から見れば由々《ゆゆ》しき事態です。これでは佐伯外科は人材を育てるのが下手だ、と言われかねません」

「高階、言葉が過ぎるぞ」

黒崎助教授が声を荒らげた。場に居合わせた人々は、息を呑《の》んで成り行きを見守る。その時、笑い声がけたたましく部屋中に響いた。視線が一斉に、振り返る。

渡海が腹を抱えて笑っていた。涙を流しているように見えた。笑い声が収まると、涙をぬぐいながら渡海が言った。

「いやあ、あんたとは気が合いそうだ。四角四面の帝華大学から来たとはとても思えない。実に楽しい人だねえ」

それから渡海は真顔で尋ねる。

「それではお聞きしよう。どうして食道自動吻合器を使うと、医育機関としての大学病院の責を果たせるんだ?」

「すべての外科医が簡単に食道癌の手術をできるようになるからですよ」

高階講師は即答し、再び白い狙撃銃を高く掲げた。

「この食道自動吻合器『スナイプAZ1988』は、もともと直腸癌の超低位前方切除術のために開発されたものです。それを私が食道切除用に改良しました。米国ではマサチューセッツ医科大学で治験を終え、現在Department of Health and Human Services(保健社会福祉省)の認可待ちです。日本でも追随し、治験段階にはいっています。私はその基礎データを持っています。三十例に施行してリーク症例はありません。つまり適正な術野さえ確保すれば、誰でもリーク・ゼロの食道切除術を実施できるということです。そして、教育にはほんの僅《わず》かな手間をかけるだけでよい」

高階講師は、佐伯教授を見つめて言う。

「つまり、『スナイプ』を使えば、外科医の技術教育という観点からは、十年かけて佐伯外科が行う特殊教育を二年で達成できるんです」

高階講師を見返し、佐伯教授は厳《おごそ》かに言った。

「よくわかった。器械に頼り、器械導入のためには過剰な負担を患者にかけることも厭《いと》わない、というわけか。外科の風上にもおけない発想だな」

「ですが、リーク・ゼロですよ。昨年の佐伯外科での食道癌手術は三十例、さてリークは何例でしたか？」

黒崎助教授が高階講師をじろりと見る。

「お前のことだから、今年春の外科学会シンポジウムで我が教室が発表したデータを知っての上で尋ねているんだろう。タチの悪い男だ」

黒崎助教授が苦々しげに続ける。

「リークは二例、十パーセント弱だ。だが、外科学会では発表しなかった事実がある。自分の恥を晒《さら》すのは忸怩《じくじ》たるものがあるが、二例のリークを起こした術者は私だ。それでもリーク率は七例中二例で二十九パーセント、他施設の成績より遥かに良好だ。加えて言わせて貰《もら》えば、佐伯教授の執刀症例は十五例で、リークはゼロ、だ」

高階講師は黒崎助教授の言葉を聞いて、考え込む。やがてぽつんと言う。

「佐伯教授が十五例、黒崎助教授が七例。残りの八例の術者は、どなたです？」

高階講師は、腕を組んでぼんやりしている渡海をながめる。

佐伯教授が言った。

「お察しの通り、残り八例の術者は渡海だよ。そしてリークはやはりゼロ」

佐伯教授は渡海を振り返り尋ねる。

「どう思う？　コイツのたわ言は？」

渡海は先ほどまでのファナティックな色をすっかり失い、ぼんやり答える。

「もうどうでもいいですよ。全然、面白くない」

高階講師は渡海を見て、尋ねる。

「外科手術を容易にして、世の中に広げていく。わくわくしてきませんか？」

渡海は冷ややかな視線を高階講師に投げかける。

「バカな人だね。外科医なら、自分の技術の高みを目指すのが総《すべ》てだろ。誰にでもできる手術だったら、誰がありがたがる？　結局外科技術の安売りになる。あんたがやろうとしていることは、外科の土台を根底から崩すことだ」

高階講師はにこりと笑う。

「技術が簡単になり、日本全国にあまねく広がっていく、結構なことじゃないですか」

高階講師は振り返って世良を見た。

「なあ、世良君。十年待ってやっと食道切除術の助手ができるなんてのろくさい世界、うんざりだろ。君みたいな若者がどんどん手術できる環境を整えるべきだ。そうは思わないかい？」

いきなり話の矛先《ほこさき》を向けられて、世良はどぎまぎした。

「ええ、まあ、その」

周囲の視線が突き刺さるようで、世良はしどろもどろになって答えた。

そんな世良を虚《うつ》ろな視線で見ていた渡海が、すっと立ち上がって言う。

「着任早々ずいぶん佐伯外科を引っかき回してくれるね。しょうがないなあ。今度の手術、俺が第一助手をやろうか。垣谷、いいだろ？」

垣谷助手は苦々しげな顔をして黙り込む。やがて、ぽつりと言った。

「それは佐伯教授がお決めになることです」

佐伯教授は高階講師を見、それから渡海を見る。やがて、破顔した。

「天下の帝華大学の小天狗《こてんぐ》、ビッグマウスの初手術だから、わが総合外科学教室の粋を集めて応対するのが礼儀か。よろしい。金曜日の手術は、第一助手を渡海に変更する」

佐伯教授はちらりと黒崎助教授を見て続ける。

「誤解するな、この決定は垣谷の技術が低いというわけではないからな。垣谷は心臓血管外科分野が専門領域だ」

高階講師は佐伯教授の言葉に、うなずいて答える。

「わかってます。佐伯外科の懐《ふところ》は、深い」

佐伯教授の眼が細くなる。そして重々しい声で言った。

「それでは皆川妙子《みながわたえこ》さんの手術は術者高階、第一助手渡海、第二助手佐伯、のメンバーに決定する。垣谷君、手術予定表の変更を手術室に提出しておくように」

「あのう、ひとつお伺いしたいことがあるんですが」

丁々発止の衝突が終わり、カンファレンスが終了しそうになって場が弛緩した瞬間、場違いな震える声が言った。一斉にみんなが振り返る。挙手していたのは、世良だった。

「何だ、言ってみろ」

黒崎助教授が苛立《いらだ》たしげに言う。世良は重ねて尋ねる。

「あの、術式はこれで決定なんですか？」

高階講師はぐるりと場を見回す。そして言う。

「どうやら決定と考えてよさそうだね」

高階講師の言葉に、世良が続ける。

「つまり側臥位で開胸手術を行うんですよね」

「くどい。一年坊が何を言いたい？」

黒崎助教授が吐き捨てる。世良は続ける。

「皆川さん御本人にはどう説明するんですか？」

黒崎助教授はぎょっとしたように黙り込む。佐伯教授が言う。

「確かにその問題があるわな。皆川さんには食道潰瘍《かいよう》で手術、と伝えてある。胸を開くとなると新たな説明が必要になる」

佐伯教授は、ちらりと高階講師を見た。

「どうするつもりだ?」

高階講師は腕を組み、眼をつむる。やがて、ゆっくり眼を開くと言った。

「患者本人に癌告知をしようと思います」


カンファレンスが終わり、人々が部屋を出ていく。出口で世良は振り返る。後には佐伯教授、黒崎助教授、高階講師、そして渡海が残った。

ナースステーションに戻りしな、世良は隣の垣谷助手に尋ねた。

「渡海先生って今日初めてお目にかかりましたけど、一体どういう先生なんですか」

世良は佐伯総合外科に勤め始めて五日だったが、それでも佐伯外科のスタッフの顔にはどことなく見覚えがあった。しかし渡海は、ほぼ間違いなく今日初めて見た顔だった。

世良の問いかけに、垣谷は呟く。

「渡海先生が医局行事に出席したのは久しぶりだ。緊急カンファレンスなんかに出席するなんて、驚いたよ」

渋い表情でそう呟くと、垣谷は世良を見つめる。

「オペ室の悪魔が自ら志願しての手洗いか……。金曜日の手術は、どんなことになるのか想像つかないな」

「俺、外回りなんですけど、大丈夫でしょうか？」

垣谷は憐《あわ》れむような表情で言った。

「お前はまだ下っ端だから、何も心配することはない。それより、この手術の外回りができる幸運《ツキ》を大切にするんだな。眼を見開いて、手術を見極めろ。そこでは、驚くような世界が展開するはずだ」

「渡海先生ってそんなスゴイ先生なんですか？　それならなぜヒラのままなんですか？」

世良は素朴な質問を率直に口にする。渡海はどう見ても、垣谷より年上だ。助手の垣谷は肩をすくめる。

「理由は簡単さ。昇進を断り続けているからだ」

世良は驚いて垣谷を見つめた。昇進を断る人が世の中にいるなんて信じられない。

「何で、昇進を断るんでしょうか？」

「そんなつまらないことの理由を知りたいのか？」

突然の背後からの問いかけに、世良がぎょっとして振り返る。そこにはぼさぼさの髪を揺らした渡海がゆらゆらと佇《たたず》んでいた。渡海は笑って言う。

「おい垣谷、相変わらずどうでもいいことばかりぺらぺら喋《しゃべ》るヤツだな。そんなんじゃ、助教授程度にしかなれないぞ」

「そんなこと、渡海先生だけには言われたくないです。糸結びの練習を全然しない外科医なんて、私は認めません」

垣谷が吐き捨てる。渡海はにまり、と笑う。

「しょうがないだろ、手術技術なんて、努力したってたどりつける地点は初めから決まっているんだから。例えばさ、垣谷がいくら努力したって俺の領域まではたどりつけない。たとえお前の白衣のボタンの花がどれほど見事に咲き乱れたとしても、な」

「努力さえすれば佐伯教授をも越えられる逸材との呼び声高い渡海先生が、努力もせずいい加減な手術をしているのを見ていると、ムカつきます」

垣谷が立ち話とはいえ、これほどまでに不愛想な様子を露《あら》わにするのを、世良は初めて見た。垣谷の言葉に、渡海はにやにや笑って肩をすくめる。

「相変わらず生真面目だな、垣谷。手術なんてものは所詮、患者が治っちまえばあとはどうだっていいことさ。それに仕方ないんだ。俺って練習しなくてもできちゃうんだから」

世良は垣谷の白衣のボタンを見た。どのボタンにも、ボタン本体が見えなくなってしまうくらい、糸で咲かせた牡丹《ぼたん》の花が咲き乱れていた。一方、渡海の白衣はよれよれで汚れも目立っていたが、そこには糸結びの牡丹は一輪も花開いてはいなかった。それどころか、糸がほつれて、ボタンが取れてしまいそうになっている。

垣谷が悔しそうに言う。

「どうして渡海先生みたいな人に、あんな優れた技術が宿るんだ」

「理不尽なんだよ、世の中ってヤツは、さ」

渡海は世良の肩をぽんと叩いた。

「一年坊のクセにあのカンファレンスの雰囲気の中で発言するなんて、なかなか見所がある。気に入った。舎弟にしてやろうか」

「ダメです。世良の指導教官は高階講師に決定してます」

垣谷が即答する。渡海は続ける。

「決定っていったってジイさんの独断だろ。そんなのに従う義理はない。どうだ世良ちゃん、俺の指導を受けてみないか」

一瞬、世良には、渡海の申し出が魅力的に見えた。ぐらつきかけた世良の隣で、垣谷が口を開く。

「渡海先生の気まぐれな指導が、新人を何人ポンコツにしたと思っているんですか。私が渡海先生より一足早く助手になれたのだって、先生がいい加減だったからです。今年の一年坊の教育責任者に任命された私としては、そんな人に新人指導を任せるつもりは毛頭ありません」

垣谷の剣幕に、渡海は小さく口笛を吹いた。

「よく言った。今日のところは垣谷に免じて引き下がってやる」

渡海は世良の隣を通り過ぎた。ふと、思い出したように世良の肩をぽんと叩く。

「その気になったら、いつでも声をかけろ。垣谷はああ言っているが、ヤツらが潰《つぶ》れたのは俺の指導のせいではない。自由にやらせたら、勝手に自滅しただけだ。俺に割り振られるのはいつもクズばかりさ」

渡海は深々と吐息をついた。ゆらゆらと身体を揺らしながら、去っていく。後ろ姿を見送りながら、世良は垣谷に尋ねる。

「一体、どういう人なんですか、渡海先生って？」

垣谷は渋面で黙り込んだ。やがて、ぽつんと言った。

「オペを見れば、いやでもわかる」


ナースステーションは、妙な緊張感に包まれていた。一年生は各自自分の業務に励んでいたが、みんな気もそぞろだった。垣谷と世良が戻ったのをみて、ひそひそ話を始める。垣谷が二言、三言話しかけ、世良の肩を叩いてナースステーションを後にすると、遠巻きにしていた一年生たちが、一斉に世良の周りに集まった。一年生の半分は東城大学出身なので同期生で互いに気心が知れていた。

「なあ、世良、お前一体どうしちゃったんだよ」

代表格の北島《きたじま》が尋ねる。

「どうしちゃった、と言いますと？」

世良が慇懃《いんぎん》に尋ね返す。北島がちっと舌打ちをして続ける。

「お前、ゆうべは勉強しないって言ってたくせに、さっきのプレゼンは何だよ。しっかり高階講師に、手取り足取り教えてもらっているじゃん」

世良は呆《あき》れたように北島を見た。

「北島、お前居眠りでもこいてたんだろ。黒崎助教授の嫌味を聞いていなかったのか？　高階先生の指導は、ほとんどなかったんだよ」

「ええ？　じゃあ、独学であそこまでやったんですか？」

驚きの声を上げたのは、静脈瘤《じょうみゃくりゅう》手術の術者として佐伯外科の先鋒を任された渡辺だった。

世良はうなずく。

「あれくらいできて当然だろ」

桜宮市出身の渡辺は、旧帝国大学、九州の雄、薩摩大学から入局してきた変わり者だった。大学の医局は希望すればまず受け入れてもらえるものだが、遠路はるばるわざわざ九州からの入局、しかも格上の旧帝大卒となると話は少々異なる。それは、佐伯外科の名前が他大学に響きわたっている、という証《あかし》でもあった。

「世良はムラのあるヤツでさ。気に入った課目だけは徹底的に勉強して、トップクラスの成績を取るんだ」

その隣で、大学のクラスメートだった青木が言った。

「そしてつまらないと思ったら、徹底的にやらない。だからいつも落第ぎりぎり。進級だって綱渡りさ」

北島がそれを受けて言う。

「だから、国家試験落第トトカルチョでは一番人気のド本命というわけだ」

「お前ら、そんなことやっているのかよ」

世良がむっとした声を出す。青木が笑う。

「いいじゃないか。お前が本命ならみんな納得するし、お前くらいだろ、国試に落ちても落ち込む必要がなさそうなヤツはさ」

青木の言葉に同調し、同期の同窓生が口々に賛同する。

「そりゃそうだ。国家試験に対する投資額は最低レベルだもんな、世良は」

「六年で秋の大会に出て決勝ゴールを決めるようなバカは、落ちても悔いなし、だろ」

「失うモノがないヤツは強いよ」

世良は一斉に上がった非難と賞賛が入り混じった言葉を蹴散らすように、北島の頬《ほお》にゆっくりと拳をぶつける。

「言ってろ。お前こそ、落ちて泣きべそかくなよ」

渡辺が嬉しそうに言う。

「でもよかったじゃないですか。だって国家試験の合格発表は金曜の午後ですもの。受かっても落ちても、あの手術には参加できますからね」

渡辺は世良が落ちるという前提で話しているような感じがする。世良のことをあまりよく知らない他大学出身者に言われると、同じ内容でも少々むかつく。青木が言う。

「オーベン（指導医）が言ってた。金曜日の手術は、佐伯外科の伝説になるだろうって」

渡辺は胸を張って言う。

「そして翌週の月曜日には、次代の佐伯外科を担うホープである私、渡辺勝雄の記念すべき初手術が行われる、というわけです。何だか象徴的ですね」

浮かれている渡辺を、世良はげんなり見つめる。それから声を潜めて言う。

「ところでさ、渡海先生って知ってた？」

同期生たちの顔を見回したが、誰一人、首を縦に振る者はいなかった。北島が言う。

「ベッドサイド・ティーチングでは、一度も見たことがないな」

「普段、医局でもナースステーションでも見かけないぞ」

朝から晩までナースステーションにべったり張りついている青木が補足した。

「なんか、周りから浮いている感じでしたよね」

世良は、渡辺の言葉にうなずきながら、渡海の暗いまなざしを思い出す。その眼の中に漆黒の闇を見たような気がして、世良は背筋が寒くなる。

世良は無意識に、昨日佐伯教授から贈られた糸の束を取りだし、ボタンに通す。それを両手で持つと、ゆっくり結び始める。糸が紙縒《こより》のように結び上がって行く。リズムがとれず、ところどころ眼で見ないと、うまく結べない。だがそれでも世良の心は落ち着いた。

気がつくと一年生は、全員が世良の周りに集まっていた。興味津々の視線で、世良の動作を見つめている。北島が代表して質問する。

「世良、お前何やってるの？」

五月十一日、朝。早朝から仕事にかかっていた一年生のボタンには、糸の紙縒が結びつけられていた。やはりここでも北島が先行先走りの特質を発揮し、糸結びの牡丹の花を一番たくさん咲かせていた。

採血を終えナースステーションでくつろいでいる世良のところに、白衣をきっちりと着込んだ高階講師がやってきた。

「世良君、おはよう。十時から皆川さんのムンテラを行うから、時間を空けておくように」

「ムンテラって、何ですか?」

高階講師は一瞬黙り込む。それから、眼を宙空に彷徨《さまよ》わせて、答える。

「ドイツ語でムントテラピーの略だよ。直訳すれば〝言葉による治療〟。要は患者に対する説明のことさ」

「皆川妙子さんに本当の病名を告知するんですか」

世良は言葉を切った。昨日のカンファレンスの最後で、佐伯外科の大御所連が残って相談していた情景を思い出す。

高階講師は一瞬、黙り込む。それからうなずく。

「ああ、そう決まった」

「皆川さんに食道癌ですって、直接お伝えするんですね」

高階講師は腕を組んで眼をつむる。それから静かに言う。

「ああ、そうだ」

「そんなこと……」

……できるんですか、と聞きかけて、世良はその疑問文の末尾を呑み込んだ。

外科医は余計な口を叩く必要はない。実地に手を動かせばいい。もう少し待てば、高階講師が自ら、模範解答を見せてくれるはずだ。


十時。ナースステーションはがらがらだった。手術日でなければ、外来診療、造影検査、画像検査への付き添いなど、雑事と検査で一年生は忙しい時間だった。

そんな流れから、世良だけがひとり取り残されていた。

そこへやってきたのは、渡海だった。白衣の前を合わせず、半纏《はんてん》のように長袖の白衣を肩からかけていた。腕を組んでいるその様は、まるで両腕を失ってしまった武士のようだ。

「よう、世良ちゃん、ずいぶん優雅な勤務だな」

世良は、小さくお辞儀をして、やり過ごそうとした。しかし渡海は執拗《しつよう》だった。ちらりと世良の白衣の前に眼を遣《や》って言う。

「ふん、牡丹稽古か。僕は真面目な研修医です、ってか」

いつもの世良なら、そういう揶揄《やゆ》には敢然と刃向かうのだが、どういうわけか渡海には嚙《か》みつく気になれなかった。妙に、気後れを感じる。

渡海は、白衣の内側で腕を組んだまま続けた。

「そんなナマクラ稽古を重ねても何の役にも立たない。自己満足だけだ」

「私のような未熟者は、日頃から研鑽《けんさん》を積まなければ上達できません」

世良はそう応じながら、こういうセリフが最も似合わない俺がどうしてこんなことを言っているのだろう、と不思議に思った。渡海はにやりと笑う。暗い笑顔だった。

「いくら稽古したって、実戦で使えなければどうしようもないだろ」

その時、背後から声が聞こえた。

「おっしゃる通りですが、やらないよりやった方がマシでしょう？」

渡海は振り返る。白衣を着込んだ高階講師が立っていた。世良はほっとした。渡海は高階講師に言う。

「建前は止めようぜ。高階さんよ」

渡海のくだけた言葉遣いに、高階講師の表情は微《かす》かに曇《くも》る。

「建前ではありません」

「じゃあ、あんたはこういう鍛錬が本当に実戦で役立つと思っているわけだな」

高階講師は不思議そうな顔で渡海を見た。

「ええ、思っていますが」

渡海は肩をすくめ、へらりと笑う。

「何だ、あんたも凡人のなれの果て、だったのか」

それから、渡海は高階講師に挑みかかるような視線をぶつけて、続けた。

「今から患者本人に癌告知するんだろ。是非、俺にも傍聴させてもらいたいんだが」

高階講師は、静かにうなずく。

「もちろん大歓迎です。渡海先生は第一助手ですから」

渡海は暗い眼をして、うっすらと笑った。


カンファレンスルームに皆川夫妻が入室してきた。高階講師はふたりに椅子を勧める。背後では渡海が、退屈そうに爪《つめ》を弾《はじ》いている。脇のテーブルでは世良がカルテを開き、メモ取りの態勢で待機している。

高階講師が口を開いた。

「今日はお忙しいところ、お越しいただきありがとうございます」

夫の靖夫さんは頭を下げる。彼には事前に、妻である患者本人に対する癌告知する旨の了承を得ていた。ただしその説明過程では、その夫が問題の深刻さをどれくらい理解しているかに関しては把握できなかった。


一九八八年当時、癌患者に対する告知はタブーだった。有効な治療法に乏《とぼ》しく、癌告知は死刑宣告に等しいと考えられていたからだ。患者自身には癌という病名は徹底的に隠蔽《いんぺい》された。そのためにはあらゆるウソが容認されていた。それが当時の医学常識だった。癌は潰瘍と言い換えられ、本人に伝えられた。胃癌ならば胃潰瘍、大腸癌ならば大腸潰瘍、そして食道癌なら食道潰瘍、といった具合に。

だがそうした詐術《さじゅつ》は、より高度な医療を目指す上で障害になった。今回のような術式選択では、拡大手術が必要な理由を説明しなくてはならない。潰瘍であれば、拡大術式を選ぶ理由を論理的に説明できない。

こうした問題の拡大を懸念して、一部の医師から、癌告知を積極的に行うべきだという意見が挙げられた。だが現実に告知を行った施設では、その後の患者の精神的対応に外科医が音を上げた。告知後の患者の精神的状況が不安定になることも多かった。

但《ただ》し、こうしたことはデータ的裏付けに乏しかった。告知が一般化していなかったのだから、比較調査のしようがなかったわけだ。稀《まれ》に告知機会があって、たまたまそこでトラブルが生じたりすると、保守的な層が、話を数倍にふくらませて吹聴したりするのだった。

つまり高階講師の、患者本人に癌告知をするという行為は、当時としては異例の行為だった。

高階講師が癌告知を佐伯教授に了承させた経緯は、世良のような下っぱには明らかにされなかったが、告知という方針を無理矢理呑み込ませたのが高階講師の剛腕の賜物《たまもの》であったことは、容易に推測できた。

「はじめまして、高階と申します」

皆川妙子さんは不安そうな顔で、高階講師の顔を見た。年齢は六十過ぎ、どことなく上品な感じの女性だ。隣には夫の靖夫さんが寄り添っている。

「あのう、受け持ちの垣谷先生が交代されたのはどうしてですか」

患者である妙子さんの質問に、高階講師はにこやかに答える。

「ご心配には及びません。私は、今月こちらに移ってきたばかりの新参者ですけど、外科医としてのキャリアはそこそこありますから」

妙子さんの顔が不安そうに揺れた。

「ここには新しくお見えになったばかりなんですか」

視線を落とす。明らかに落胆していた。世良は慌てて言う。

「高階先生は講師として、帝華大学からお見えになったんです」

「え？　あの帝華大学から？」

ほっとした声。小さく舌打ちをした高階講師の後ろで、渡海が愉快そうに笑った。

「さすが、天下の帝華大学の御威光は素晴らしいな」

渡海が小声で、患者には聞こえないように言う。高階講師は振り返る。不愉快そうな表情を瞬時に吹き消し、再びにこやかに皆川妙子さんに向き合う。

「帝華大学でたっぷり修業を積んできましたから、この術式に関しましてはご心配なさる必要は一切ありません」

高階講師はホワイトボードの前に立ち、簡単な絵を描く。側臥位による胸腔アプローチで手術を行うこと、手術後は呼吸障害などが起こる可能性があることなど、一通り説明を終えると高階講師は尋ねた。

「何かご質問はありませんか？」

皆川妙子さんは、視線を足元に落とす。

「あの、いろいろ大変な手術をしなければならない、ということはわかりましたが、食道の潰瘍で、そんなことまでしなければならないものなのでしょうか」

核心をつく質問に、一瞬、場の空気が止まった。真実を聞かされている夫の靖夫さんは、ごくりと唾《つば》を飲み込む。高階講師の後ろで退屈そうに爪を弾いていた渡海も、身体を起こして前傾姿勢になる。聞き耳を立てる山猫のような表情。

高階講師はうつむく。それから毅然と顔を上げ、言った。

「実は皆川さん、あなたの病気は食道潰瘍ではありません。食道癌なんです」

皆川妙子さんは、凝固したように動かなかった。やがて深々と息を吐き出す。

「そう、ですか。やっぱりね」

「知っていたのか、お前」

夫は妻を見る。妙子さんはうなずいて微笑《ほほえ》む。

「あなた、ウソが下手なんですもの」

静かに笑って続ける。

「でも、先生方の言い方はとてもはっきりしてたから、ひょっとしたら本当に潰瘍なのかも知れない、とも思ってた。本当のことを聞かされて、怖い気持ちと、ほっとした気持ちが半々」

妙子さんは高階講師に向き直って頭を下げる。

「先生、なにとぞよろしくお願いいたします」

高階講師は答える。

「任せて下さい。手術は必ず成功させます」

皆川夫妻は立ち上がり、丁寧なお辞儀をした。ふたりは寄り添い部屋を出ていった。


高階講師と渡海を横目で見ながら、世良はシャウカステンに掲げられたフィルムを片づけていた。

「高階さん、あんた、外科医として長生きできないよ」

渡海の冷ややかな言葉に、世良は振り返る。カルテにムンテラの内容を書きとめていた高階講師は、顔を上げる。

「なぜ、でしょう？」

高階講師の明るい表情にあっけにとられ、渡海は一瞬黙り込む。それから答える。

「手術は必ず成功させます、だなんて外科医には禁句だろ。そんなことあり得ないんだから。告知では、きちんと失敗の可能性を伝えることが一番大切だ」

「渡海先生は、そんなにご自分のキャリアが大切なんですか？」

高階講師はあっけらかんと尋ねた。渡海の眼が暗く光る。

「キャリアだって？　そんなもん、俺が後生大事に抱え込んでいるように見えるか？」

「そうは思えなかったので、お尋ねしたんですが」

渡海は高階講師を見つめる。しばらくして、にやりと笑う。

「あんた、変わってるな。本当にあの天下の帝華大学からの刺客なのかい」

「刺客なんかじゃありません。厄介《やっかい》払いされた半端者です」

高階講師が答える。渡海は続けて言った。

「空っとぼけたヤツだな。肚が据わっているんだか、いないんだか……」

高階講師は、渡海の眼の奥を覗き込む。そして言った。

「私は手術を百パーセント、成功させます」

「あり得ない。この俺でさえ、そんなことは言わない」

渡海が即答する。高階講師は笑って答える。

「渡海先生、あなただからそんなことを言えないんです。あなたは優秀な手術職人だが、医者ではない」

渡海はへらりと笑う。

「その言葉、俺にとっては最高の褒《ほ》め言葉だね」

高階講師は笑顔を吹き消し、表情を豹変《ひょうへん》させた。

「そうお答えになると思っていました。佐伯外科の純血種、渡海征司郎《せいしろう》ならね」

高階講師は足元の鞄《かばん》から、白い狙撃銃『スナイプAZ1988』を取り出すと、片目をつむって渡海に照準を合わせる。

「私がここ、東城大に派遣された真の目的はね……」

高階講師はかちりと引き金を引いた。

「技術ばかり追い求めるあまり、医療の本道を見失った佐伯外科を正道に戻すため、です」

渡海は、高階講師を見つめた。突きつけられた銃口を片手で押しやり、立ち上がる。首を左右にこきこきと鳴らし、マウンドに上がったリリーフエースのように腕をぐるぐる回しながら、扉に歩み寄る。ドアノブに手をかけて、思いついたように振り返る。

渡海は、世良に視線を合わせ、言った。

「世良ちゃん、気をつけな。そいつに溺《おぼ》れるととんでもないことになる。いいか、どんな綺麗ごとを言っても、技術が伴わない医療は質が低い医療だ。いくら心を磨いても、患者は治せない。外科医にとっては手術技術、それがすべてだ」

部屋を出ていこうとする渡海に、高階講師が短刀のような言葉を投げつける。

「間違っている。心なき医療では決して高みにはたどりつけません」

渡海は暗い眼で高階講師を見つめる。

「心なんてなくたって、俺はここまでたどり着けたんだぜ」

その笑顔に挑戦するように、高階講師は胸を張って渡海に言い放つ。

「渡海先生、あなたは今度のオペに新しい世界を知ることになる」

高階講師の追い打ちを、渡海は暗い笑顔でやり過ごす。肩にかけた白衣の袖をなびかせて、ゆらゆらと姿を消した。険しい表情で腕組みをしていた高階講師は、がたりと立ち上がると大股で部屋を出ていった。

その後ろ姿を見送った世良は、パイプ椅子にへたり込んでしまった。

五月十二日木曜日。朝の雑用を済ませ、世良はナースステーションでカルテ整理をしていた。昨日の渡海と高階のやり取りの毒気に当てられてしまった世良は、明け方までまんじりともせず、布団にくるまって過ごした。

寝不足の眼にはカルテの白さがしみる。生あくびを嚙み殺す。

そこへ、高階講師が颯爽《さっそう》と姿を現した。

「世良君、ちょっと手伝ってくれないか?」

「はあ」

生返事をして立ち上がり、高階講師の後に続く。

高階講師は、ベートーベン第九の主旋律を口ずさみながら、からからと包交車を引いていく。そして、病室の扉をノックした。

部屋に入る。皆川妙子さんは天井を見つめていた。高階講師の入室に気づき、慌てて身体を起こそうとする。

「いいから。そのままで」

高階講師は、包交車を枕元に静置すると、腰を下ろし同じ目線で、妙子さんに語りかける。

「今から胸からの点滴を入れさせてもらいます」

「は？　点滴でしたら先ほど終わって、もう抜いてもらいましたが」

高階講師はにっこり笑う。

「別の種類の点滴です。中心静脈栄養輸液、英語でＩＶＨといいます」

「ＩＶＨ？」

妙子さんが尋ねる。高階講師は世良を振り返る。

「Intravenous hyperalimentation の頭文字をとってＩＶＨ。世良君は知っているかい？」

首を横に振る。高階講師が陽気に続ける。

「東城大学医学部の卒業生なら、自分の大学の先輩が築いた業績を勉強し、リスペクトしなくては、ね」

高階講師は、皆川妙子さんに話し始める。

「手術とは治療が目的でなければ傷害罪と同様の行為です。刃物でお腹を傷つけ、内臓をかき混ぜるわけですからね」

妙子さんはぎょっとして、高階講師を見つめる。

「そう考えると、手術後の回復は怪我からの回復と同じです。とすれば、術後は栄養をたっぷり取った方がいい。ここまではわかりますね？」

妙子さんは小さくうなずく。

「グッド。さて、栄養を取りたいのはやまやまですが、胃や食道を縫い合わせた直後は、すぐに食事を取れない。手術後にいきなり食事すると、縫い合わせた傷が開いてしまうんです。それが一番怖い合併症のリーク、つまり縫合不全です」

妙子さんの不安気な表情を吹き消すように、高階講師は自信に満ちた表情で続けた。

「そこでこのＩＶＨという点滴で、術後に充分な栄養補給をします」

高階講師は手元に持っているＩＶＨキットを皆川妙子さんに手渡す。妙子さんは珍しいモノを見るような目つきで、キットの裏表を見た。高階講師は続けた。

「栄養を入れるなら、できるだけ濃い溶液にした方が効果的です。でも細い血管に濃い液体を入れると、血管が炎症を起こして詰まってしまいます」

高階講師は、妙子さんの右腕を取る。前腕を人差し指で撫《な》でながら、呟くように言う。

「皆川さんの血管は細くて脆《もろ》そうですね。点滴が難しいタイプです」

隣で世良がうなずく。確かに彼女の採血、点滴は大変だった。血管が脆く、すぐ点滴が漏れる。術後の点滴のことを考えるだけで、世良は胃が痛くなった。そんな世良の様子を見て、皆川妙子さんは不安そうな顔になる。彼女の元を訪れる一年生は毎回異なり、その度に採血や点滴を二、三度失敗していくのがこの数日続いていた。

「でも、ご安心下さい。その問題を解消するのがこの中心静脈栄養という点滴なんです。このキットは東城大学医学部の先生が開発されたんですよ」

高階講師の言葉に、皆川妙子さんは手にしたキットを見直す。

「鎖骨下静脈という心臓近くの大静脈に太い管を留置し、そこから高張液を流しこむ。これで、濃い液体の注入が可能になります。注入後すぐ心臓に至りますから、どんなに濃い液体も一瞬で薄められる」

皆川妙子は一瞬、こわばった表情になる。

「胸に針を刺すんですか？」

高階講師はうなずいて、答える。

「初めに管を入れるときは少し痛いですが、我慢して下さい」

皆川妙子さんはベッドに横たわり眼を閉じる。高階講師は寝間着の胸元を開きながら言う。

「それでは始めます。まず前胸部をイソジン消毒します」

世良は興味津々で、高階講師の軽やかな手つきを観察した。消毒された前胸部に太い針を刺す。シリンジを引き、血液の逆流を確かめ、中空になった針の中心に細い管を通す。持参した点滴パックを、挿入したラインにつなぐ。高階講師の手技はよどみなく鮮やかだった。

「これからこの中心静脈栄養で点滴をします。手術の前後の間、いつも点滴台を持って動かなければならないのは少々不自由ですが、すぐ慣れます。杖《つえ》をついていると思えばいいんです」

チューブをテープで前胸部に固定する高階講師の手元を、世良は一心に見つめていた。

「中心静脈栄養《IVH》って、そんなに効果あるんですか？」

ナースステーションに戻った世良が尋ねると、高階講師は質問を返してきた。

「世良君、外科手術は万能だと思うかい？」

世良は高階講師の言葉の真意を受け取りかね、首を傾げる。高階講師は続けて問いかける。

「聞き方を変えよう。手術が上手なら、患者を助けられると思っているかい？」

「渡海先生が考えているみたいに、ですか？」

世良は反射的に問い返す。高階講師はうなずく。「そうだ」

世良は少し考えて、答える。

「わかりません」

高階講師は世良を見て、笑顔になる。

「良い答えだ。媚《こ》びもせず、かといって卑屈でもない」

高階講師は世良に言う。

「慌《あわ》てて答えを出す必要はない。ゆっくり考えればいい。だがこれだけは言える。手術手技が優れていても、それだけではダメだ。患者を治すのは医師の技術ではない。患者自身が自分の身体を治していくんだ。医者はそのお手伝いをしているだけ。そのことは決して忘れてはならない」

「でも、外科手術の技術を習得することは大切だと思います」

反射的に世良が反論する。渡海は苦手だが、渡海の言葉は、世良には明瞭に理解出来た。高階講師はにこやかに答える。

「私は、技術が重要でない、とは言っていない。確かに、リークを減らすためには手術手技を磨き上げるのも大切だが、患者自身の回復力を高めてやることも同じくらい重要なことだ。そのふたつを並行して行うのが、正解だ。神がかりの技術を有した術者が、蜘蛛《くも》の糸を縒《よ》り合わせるようなアクロバット手術で、奇跡的にリーク・ゼロを達成してきた。佐伯外科では、選ばれし一部の人間しか執刀できないシステムになっている。だが、それでは困る。もし佐伯教授が倒れたらどうなる？　桜宮の医療全体の質が、たった一人の外科医の去就に左右されるだなんて、社会システムとしてはあまりに脆弱《ぜいじゃく》かつ稚拙だと思わないかい？」

世良は高階講師の言葉を、呆然と聞いていた。こんな話、一度も聞かされたことがない。世良は答えた。

「佐伯教授がいらっしゃらなくなるなんて、考えたこともありません」

「だったら、想像してみるといいよ。もしも佐伯教授が去られたら、この教室はどうなるか、ってね」

「そんなこと、考えたくありません」

高階講師は肩をすくめる。

「おやおや、入局一週間もたたないのに、大した忠誠心だ。さすが佐伯教授、外科のカリスマだけのことはある」

世良は自分の頬が紅潮するのを感じる。クラスメートから、密かな慕情をあからさまに指摘された小学生みたいだ、と思った。世良は慌てて話を変える。

「で、外科手術の新しい地平を切り開く一つの手段が、その中心静脈栄養だ、と？」

高階講師は大きくうなずく。

「明日は、現代医学の粋を集めた手術になる。日本ではまだ誰も見たことがない手術だ」

高階講師の自信に満ちた言葉に、世良は眩暈《めまい》を感じた。


五月十三日、金曜日。皆川妙子さんの手術日。

五つのボタンすべてに、白糸の牡丹花を咲かせている白衣を、手術室のロッカーの壁に叩きつけ、世良は手早く術衣を着込んだ。佐伯外科に入局して以降、終末の滝壺に流れ落ちていくかのような早い流れに世良は翻弄《ほんろう》されていた。

この一週間で、世良の周りの世界には恐ろしい速度で変化が生じていた。帝華大学から招聘《しようへい》されたハリケーンが由緒正しい外科学教室を引っかき回し、暗がりに身を潜めていた鵺《ぬえ》を引きずり出した。世良はその暴風雨の真っ直中で、まるでちぎれた新聞紙のように右往左往させられていた。

それだけではない。世良の周りの医療は、これまで見たこともない世界に変貌していた。その一つが、癌告知により生じた、患者やその家族との新しい関係性だった。

患者が真実を知っている。自分が生と死の境の淵に立っていることを。患者本人に病気の事実を伝えないことはウソをつくことだ。だが、そのウソは本当に悪なのだろうか。答えの出ない質問を抱えて、世良は手術室をうろついていた。

手術開始は午前九時だから、八時でも充分早いのに。俺は一体どうしちまったんだろう。

朝が早い手術室とはいえ、いくら何でも七時は早すぎた。世良は、看護婦控え室から漂ってくる珈琲《コーヒー》の香りに誘われるように、部屋に足を踏み入れた。

ドリップが終わりかかった珈琲メーカーが小さな瀑布のような轟音を立てている。部屋を見回すと、ソファに座っている若い看護婦がいた。

世良が頭を下げると、看護婦も会釈を返してきた。テーブルの上には、食道癌の術式を解説したアトラス本が開かれていた。世良が尋ねる。

「今日の食道癌手術の器械出し？」

「いいえ、外回りです」

涼しげな声が素直な返事を返してくる。

若い看護婦は身を縮めている。世良は続けて尋ねる。

「緊張してる？」

返事は無かったが、小さくうなずいた。更に尋ねる。

「外回りは初めて？」

看護婦はいよいよ縮こまり、消え入りそうな声で言う。

「今日初めて一人立ちするんです」

世良は、肩が軽くなるのを感じた。

「実は俺も今日が初めての外回り。新人同士、助け合ってピンチを乗り越えよう」

何がピンチなんだかよくわからないが、世良は自分の言葉が妙にその場に合っているのを感じた。看護婦は大きな眼を見開いて世良を見つめ、笑顔になった。スポットライトが当たったようにそこだけ明るくなる。看護婦は小さく頭を下げた。

「よろしくお願いします」

世良はうなずいて、控え室を出ていく。

廊下に張られた手術表で予定を再確認する。第一手術室、執刀開始午前九時。術者高階、第一助手渡海、第二助手佐伯、外回り世良。麻酔医は田中。器械出しの看護婦は猫田。視線を滑らせ、看護婦外回りの欄に眼を留める。そこには瑞々《みずみず》しく、花房《はなぶさ》、という名が記されていた。


手術室で待機していると、垣谷に肩を叩かれた。

「今日はお前にとって、天下分け目の関ヶ原だな」

世良は首をひねる。確かにこの手術は、病院中の関心事だったが、世良にとって天下分け目かと言われれば、的外れな気がした。

垣谷は陽気に続ける。

「今夜は、医局でお祝いの宴会だからな」

ああそうか、今日は医師国家試験の合格発表日だったっけ。世良の足元が突然、ぐらつく。もし落ちたら、また暗い受験勉強の世界に逆戻りだ。

「合格発表の時間は手術中だろうから、気にせずに頑張れ。合格おめでとう宴会は、例年始まりが早いから、下手をすると最初は間に合わないかも知れないぞ」

宴会に間に合うかどうかなんてどうでもいい。心配なのは合否だ。

第一手術室、患者が入室します、という放送が響く。皆川妙子さんが看護婦と共に入室する。ストレッチャーから手術台に移動した彼女は、マスク姿の世良を認めて、ほっとしたように笑う。鼻から管を入れられた妙子さんは、世良に細い指を差しだした。

「世良先生、よろしくお願いしますね」

その言葉を聞いて、背筋に冷や汗が走る。自分は手術に直接参加できない。医者としての技術を持っていないということは、何とみじめなことだろう。

手術台に背を向けた世良の耳に、麻酔医の声が聞こえた。

「皆川さーん、聞こえますか？」

振り返ると、麻酔医が挿管していた。彼女はすでに、深い眠りに落ちていた。


麻酔医の田中は苛立ちを隠そうとはしなかった。当然だ。麻酔導入が終わっているのに、オペ室には外回りの世良しかいなかったからだ。

「初めてお目にかかるＩＶＨに、側臥位、胸腔からのアプローチ？　新米講師は派手好きの上に重役出勤。おまけに外科の天皇とオペ室の悪魔まで遅刻か。おい、外回り、御一行が何をぐずぐずしてるのか、偵察してこい」

世良はダッシュで部屋から出ていった。

その途端、高階講師と鉢合《はちあ》わせした。

「おや、世良君、早いですね」

世良は頭を下げる。高階は、失敬、と言い置き、入れ替わり手術室に入室した。

手洗い場をのぞく。佐伯教授のがっちりした後ろ姿が見えた。規則正しい反復運動。どうやらもうじき手洗いは終わりそうだ。世良はほっとして手洗い場を離れる。

あとは渡海だ。

手術着姿が忙しそうに行き交う廊下を、長身の渡海の姿を求めてさまよう。ロッカールームに戻ったが、手術開始時間を過ぎた着替え室に、人の気配はなかった。世良は途方に暮れた。

ふと、外科控え室、というプレートが世良の眼にはいる。手術室の廊下のつきあたり。おそるおそる扉をあけると、か細い女性の声が奏でる旋律がこぼれ落ちる。部屋に入ると、世良は周囲を眺める。ベッドと洗面台、大きな鏡。まるでホテルの客室だ。

世良は眼を瞠《みひら》く。そこには、自分の腕を枕にして、ソファに横たわる渡海の姿があった。

渡海は眼を閉じていたが、世良の視線を感じたのか、ゆっくりと眼を開く。見下ろす世良と眼が合うと、上半身を起こし、シニカルな微笑を投げかける。世良は詰問口調で尋ねる。

「何をしていらっしゃるんですか?」

渡海は答える。

「五体投地によるリラックス、さ。別名、瞑想《メディテーション》、とも言う」

単なる居眠りだろ、と世良は心で吐き捨てる。心中と裏腹に、丁寧な言葉で渡海に告げる。

「渡海先生、お急ぎ下さい。もう手術が始まります」

渡海はごろりと向きを変え、世良に背を向ける。

「十分経ったら行く、と高階に伝えてくれ」

「佐伯教授も手洗いを終えましたよ」

渡海は面倒くさそうな声で答える。

「ジイさんは第二助手だ。術野は術者と第二助手で作る。この世の中で一番偉いのは第一助手、つまり前立ちさ。覚えておけ、オペというものは、前立ちの掌の上で踊るもんなんだよ」

渡海はあくびを嚙み殺した。世良は呆れた。この人は、教授よりも後に手術室に行くつもりだろうか。しばらくすると、すすり泣くような女性の歌声と溶けあうようにしてすやすやと寝息が聞こえてきた。

――何て先生だ。

世良は憤慨《ふんがい》しながらも、心の片隅で苦笑いする。


世良が手術室に入ると、高階講師と佐伯教授が黙々と患者の身体をイソジン消毒していた。器械出しの看護婦は猫田《ねこた》主任。小柄だが、マスクと手術帽のすき間からのぞくその眼は間断なく動いている。部屋の隅には、足台を運んだり、点滴セットを用意したりして甲斐甲斐しく立ち働いている先ほどの看護婦、花房《はなふさ》の姿が眼についた。

会釈をすると花房も小さく挨拶を返してきた。背後で佐伯教授の野太い声がした。

「一年坊、渡海はどうした？」

「あの、外科控え室にいらしたので、お声はかけたのですが」

世良は口ごもる。佐伯教授は舌打ちをする。

「相変わらず、ルーズなヤツめ」

「渡海先生が来なかったら、佐伯教授を第一助手に格上げしますので、よろしく」

高階講師は笑う。佐伯教授は、顔をしかめる。

「その方がどれほど幸せか、今にわかるさ」

高階講師は患者の右側、術者の定位置に着く。器械出しの猫田が道具をひとつひとつ丁寧に、器械台に並べていくのをぼんやり見つめていたが、ふと尋ねる。

「おや、そのペアンは何です？」

猫田の手には真っ黒なペアンが持たれていた。佐伯教授が言う。

「ブラックペアンだな。私の手術セットを準備したようだね」

「あ、すみません。佐伯教授のお名前があったものですから、つい……」

佐伯教授は、マスクの奥でにやりと笑った、ような気がした。

「構わないさ。コイツにブラックペアンは使いこなせない。そのへんに置いておけ」

高階講師は不思議そうに、佐伯教授を見つめた。

「どうしてペアンが黒いんですか？」

佐伯教授は、高階講師の問いかけに答えず、淡々と術野の覆い布を銀色のペアンで固定していた。

手術の準備が整った。自動扉が開く。渡海がのそりと部屋に入ってきた。生あくびを連発している。つられて器械出しの猫田も小さくあくびをした。渡海は、すかさず言う。

「よう、相変わらず、あちこちでよく居眠りしてるらしいな、ネコちゃん」

小柄な猫田は、マスクと手術帽からこぼれた切れ長な眼で渡海を見る。そして言う。

「渡海先生には言われたくないです」

「ずいぶんなご挨拶だな」

渡海はにっと笑う。

「渡海、御託《ごたく》を言っていないで、とっとと定位置につけ」

佐伯教授が白眉をピクリと震わせ、言う。

「ふぁい」

渡海はのたりのたりと歩き、高階講師の向かい側に立つ。佐伯教授が、術野を構成する金枠の外側から、手だけを術野に参加させるように立つ。

「午前九時十二分。執刀開始します。よろしくお願いします」

高階講師は頭を下げる。助手の二人が鷹揚《おうよう》に、応じる。

「メス」

高階講師の言葉に応じ、銀色の光がその手に渡った。メスが一閃《いっせん》すると次の瞬間、内臓が露出する。渡海が差し出す手に猫田がコッヘルを渡す。コッヘルは渡海の手の内に留まらず、瞬時にあるべき場所、開かれた患者の胸壁の縁《ふち》に嚙みつく。チャックの銀の歯の並びと同じ様に等間隔にコッヘルが並ぶ。高階講師の両手がぐい、と狭い肋骨《ろっこつ》の窓を押し開く。「開窓器」と命じる前に、渡海は銀枠を傷口に押し当て、きりきりと開き始めた。

世良が足台の上からのぞきこむ。桃色の肺は虚脱し、小さくなっている。

高階講師のメスが一閃して、横隔膜がざっくり切離《せつり》される。腹部内臓が姿を現す。渡海は無言で器械台からガーゼをひったくり、横隔膜の切離面から顔を出した腹部内臓をガーゼで押さえ込む。

「スパーテル」

渡海の長い指が、術野にもぐりこむ。

手渡された銀色のヘラの先端を利かせると、腹部内臓を押し下げたスパーテルを佐伯教授に手渡す。

「第二助手、術野保持」

佐伯教授は白眉をピクリと上げる。無言でスパーテルを受け取る。

その間も高階講師のメスは間断なく動き回る。術野の不協和音を意に介さず、黙々と手術を進行させていく。やがて、高階講師が晴れやかに言う。

「オーケー、腫瘍《しゅよう》分離終了」

高階講師は大きく息を整える。憎むべき腫瘍が全貌を現した。世良は息を呑む。

——でかい。

佐伯教授がちらりと掛け時計を見る。

「腫瘍分離まで小一時間か。まあまあだな」

高階講師は、にっと笑う。

「ここからは、さらに早いですよ。ペッツ」

猫田が差し出した金属製の細長い器械を受け取った高階講師は、患者の身体の奥深くに沈める。二列並びの金属性のホチキスの真ん中を切断する器械をがしゃり、と作動した後で、その器械を戻す。その動作を二回繰り返す。

「メス」

患者の深部に沈めたメスを返し、高階講師は両手を身体の奥深くに突っ込んだ。

次の瞬間、釣り上げた魚を天高く捧げる。手の中で、ピンクサーモンがぬめりと躍った。

「食道癌、召し取ったり」

高階講師の声が朗々と手術場に響き渡った。


佐伯教授の声が厳かに響く。

「多少スピードがあるからといって、子どもみたいにいばるな。病巣を取り出すだけなら、魚屋や肉屋の方が手際がよい。ここからが大切だ」

マスクに隠され、眼だけになった顔で、高階が笑う。

「申しわけありません。憎むべき癌を摘出すると気持ちが昂揚《こうよう》するもので、つい……」

「おやおや、坊やみたいなことを」

渡海が笑って言う。

「俺には、癌は子猫みたいに可愛くみえるけどなあ」

高階講師の手がぴたりと止まる。

「癌が可愛い、ですって?」

渡海は不思議そうに、高階講師を見る。

「何をそんなに驚いているんだ?」

「どこをどうひねれば、そんな言葉が?」

「そんなに意外か? コイツらがいるおかげで、俺たちは外科医として生きていけるんだぞ」

世良は、渡海の言葉に呆然とした。渡海は高階講師の手から摘出検体を奪い取り、膿盆《のうぼん》に載せた。

「外回り、病理検査室に持っていけ」

世良は膿盆を受け取ると、部屋を出ていこうとした。その背中を渡海の声が追いかける。

「迅速《じんそく》組織診の結果を待つ必要はない。このオッサンは、口が達者なだけじゃなく、腕も悪くない。迅速の結果は、断端陰性で間違いない。それよりも、狙撃銃吻合という、日本初となるオペの、一番肝心な場面を見逃す方がもったいない」

世良はうなずくと、俊足を生かしてダッシュする。

世良が息を切らして手術場に戻ってくると、高階講師の手には、切離処理された空腸断端があった。渡海が世良を見て、眼だけで笑う。

「さすが一年坊のエースだな。一番大切な場面にはしっかり顔を出してくる」

高階講師はちらりと顔を上げて、世良を見る。いつもの陽気さを失い、一心に術野に心を砕いている。

放心したような眼で、高階講師は器械出しの猫田看護婦を見る。

「猫田さん、『スナイプ』を」

猫田は器械台の上の白い狙撃銃、食道自動吻合器『スナイプAZ1988』を手渡した。

高階講師は銃身を撫でる。それから引き金部分にあたる取っ手をきりきりと回し始める。先端の丸いチップが少しずつ分離されていく。

一センチほど先端が離れたところで、丸い小さな先端部分を引き抜いた。小さな独楽《こま》のような部品が分かれた。次いで、独楽を患者の身体の奥深くに沈める。

「メッツェン。ペアン。それから把針器《はしんき》。サンゼロ絹糸」

立て続けの高階講師のオーダーに、猫田看護婦は的確に応じる。どうやら高階講師は、患者の身体の深部で複雑な作業をしているようだ。しばらくすると、顔を上げ、佐伯教授の白い眉を見る。

「第二助手、チップの先端を動かないように保持していて下さい」

佐伯教授の眉がピクリと動く。のそりと足台から降り、無造作に患者の身体の奥深く、右腕を沈める。

「これでよろしいかな」

「グッド」

高階講師は即答する。渡海を振り返る。

「第一助手、小腸をこの位置で保持」

「へいへい」

渡海は気怠《けだる》そうに、手渡された小腸を両手で捧げ持つ。

「メス」

高階講師はメスをひらめかせ、小腸に割《かつ》を入れた。

「な、何を？」

渡海が一瞬、とまどう。高階講師は渡海を見て、にまっと笑う。

「第一助手、無駄口を叩くな。見ていればわかる」

メスで開けた穴から、狙撃銃『スナイプ』の銃口を差し込み、切離断端から顔を出す。それから小腸断端に針糸をかけ、巾着《きんちゃく》のように縫い閉じていく。狙撃銃の先端には肉のコンドームのように、患者の小腸が被《かぶ》せられたことになる。

高階講師は、渡海に言い渡す。

「ご苦労さまでした。第一助手の仕事はこれで終了です」

高階講師は狙撃銃を患者の身体の深部に沈めこむ。それから第二助手の佐伯教授から、保持していた独楽の先端を深部で受け取ると、狙撃銃の先端位置に復帰させる。

高階講師は、白い狙撃銃を手にため息をつく。それからぐるりと手術室を見回す。世良の視線を捉え、小さく一つ、うなずいた。

「さあ、外科手術の新世紀の開幕です。御照覧あれ」

高階講師は狙撃銃の引き金を引いた。

手術室は静まり返った。高階講師の動きが止まる。しばらくして呟く。

「手応え、あり」

狙撃銃の引き金の後ろのネジを二度回す。それからもう一度引き金を引く。

「二度打ちするのがしきたりなんです。おまじないみたいなもので、あまり深い意味はないんですけどね」

誰にというわけでもなく解説を加えた高階講師は、患者の身体の深部からゆっくりと白い銃身を引き抜く。狙撃銃は、患者の血糊《ちのり》によって部分的に赤黒く変色していた。

高階講師は、狙撃銃の先端を再び二回転させ、先端の独楽を引き抜く。根本から肉のドーナツを取り出し、術野の布の上に広げる。

「このように肉のリングがふたつ出来ていれば成功です。肉片のひとつは食道、もうひとつは空腸の断端です。これでリークのない縫合ができたことになる」

佐伯教授も渡海も、黙って肉片を見つめた。渡海が小さく吐き捨てる。

「こんなの、手術じゃない」

「それなら一体何なのでしょう」

渡海は暗い眼をして、笑う。

「おままごと、だな」

渡海は一歩身を引き、紙マスクを引きちぎる。ばさり、と紙製の術衣を脱ぎ捨て言い放つ。

「第一助手の仕事は終了したんだろ。俺は手を下ろすぜ」

渡海はゆらゆらと身体を揺らし、手術室から出ていった。

佐伯教授が、白い眉の下で顔をしかめる。

「バカめ。渡海に向かって業務終了だなんて言ったら、いなくなってしまうに決まっているだろ。仕方ない。私を第一助手に格上げしていただこうか」

「助かります。小腸に開けた穴を縫合するとか、横隔膜を縫合したり、閉腹、閉胸など、小間物仕事はまだ山ほど残っているもので」

佐伯教授は、ふん、と鼻で笑う。

「教授というのもつまらん商売だな。私とて今すぐ、こんな茶番からは立ち去りたいものだよ。全く、渡海が羨《うらや》ましい」

高階講師は縫合をしながら言う。

「あまり毛嫌いなさらない方がよろしいかと。そのうち、このオモチャが、佐伯外科の新時代を支えることになるんですから」

「調子に乗るなよ、ビッグマウス」

佐伯教授が高階講師を鋭い視線で射抜いた。

ぼやけた視野が次第にはっきりしてくる。天井の無影灯の光が眩しい。手前の顔の輪郭が浮かび上がる。

「皆川さん、わかる？　手術終わったよ」

懸命にうなずこうとするが、うっすらと眼をあけることしかできない。世良の声が、がらんとした手術室の壁にぶつかって反響する。

「手術終わったよ、うまくいったんだよ」

――よかった。これでまた、孫たちと会える。

皆川妙子はぼんやりした意識の中で、同じ言葉を繰り返していた。

――ありがとう、先生。

ICUでは、高階講師が、バイタルを記載した温度板を前に、腕組みをしていた。側《そば》では、世良がオーダーを待っている。

「IVH用の輸液がICUにないなんて、信じられない」

高階講師は呟く。やがて、気を取り直したように、言う。

「ブドウ糖の高張液をベースに、肝庇護剤《かんひござい》とビタミンを追加して。明日からは病棟で調合した輸液を下ろします」

ＩＣＵの看護婦は世良が書きとめたオーダーを受け取る。高階講師は、担当看護婦に言う。

「昨日木島さんが病棟に上がってきました。その節はお世話になりました」

「少しは周りのことを考えていただきたいですわ」

背中から声がして振り返ると、藤原婦長が腕を組んで佇んでいた。

「先ほどの手術の件は猫田から聞きました。第一助手が手術途中で手を下ろしてしまうなんて、前代未聞です。そんなことを許す術者なんて、一人前ではないわ」

高階講師は眼を細める。

「仰しゃる通り、まだまだ半人前です。ところで藤原さんはＩＣＵの婦長も兼任なさっているんですか」

「天下の帝華大学とは違って、ウチみたいな弱小地方医大では、手術室スタッフがＩＣＵを兼任するんです。ですからあまり標準から外れたことはなさらないでいただきたいですわ」

「ご心配なく。近いうちに、このやり方が全国のスタンダードになりますから」

藤原婦長は言い返す。

「全国標準にしてからウチに来ていただきたかったわ。ウチは研究病棟ではないんですから」

「ま、固いことおっしゃらずに。ひとえに患者《クランケ》のためなんです」

「患者さんのため、と言えば何でも許して貰えると思ったら大間違いよ。そのセリフが通用するのは一度だけ。看護スタッフだって、いっぱいいっぱいなんですから」

そう言いながらも、藤原婦長の口調はトーンダウンした。

「でも、まあ、なんだかんだいっても、食道癌手術を大過なく終えたんだから、でかいことを言うだけの腕はあるらしいわね」

高階講師はうっすらと笑う。

「ようやくお褒めの言葉を頂戴できましたか。光栄なことです」

急に押し黙ると、高階講師は皆川妙子の心電図計の波形を見つめた。

そこへ五年目の中堅、三橋医師が入ってきた。高階講師にお辞儀をし深刻そうな顔で言う。

「あの、本日は新入生の合格祝いなんですが」

高階講師は、にこやかな顔になる。

「そういえば国試の合格発表日でしたね。世良君の結果はいかがでした？」

三橋の顔が一瞬曇り、うつむく。世良の胸がどきり、とする。

「三橋先生、まさか……」

切羽詰まった世良の声に、三橋はうつむいたまま動かなかった。ふと気がつくと、その肩は小刻みに揺れている。やがて耐えかねたように、大笑いを始める。

「バカだなあ。お前みたいに図々しいヤツが、国試に落ちるわけないだろ」

三橋は満面の笑みを湛《たた》えて、世良の肩をばんばんと叩いた。

「合格おめでとう。世良先生も今日から正式にわが佐伯外科の一員だ」

世良はほっとため息をついた。

高階講師が、笑顔で手を差し伸べる。

「長い医師のキャリアの第一歩を踏み出したわけだね。まずはおめでとう」

世良は、ありがとうございます、と言ってその手を握り返した。しなやかで、かつ、がっちりした大きな手。

これが外科医の手か、と世良は思った。


宴会場を告げると三橋医師は姿を消した。すでに、祝賀会は始まっているらしい。そわそわし始めた世良を見て、高階講師が言う。

「世良君は、もう行きなさい。今夜は主役なんだから」

「でも……」

「あとは私が見ておく。今日は特別だ」

無理矢理肩を押されＩＣＵから追い出された世良の頭を一瞬、皆川妙子さんの不安そうな顔がよぎった。だが次の瞬間には、ロッカールームに一目散に駆け出していた。


桜宮市の繁華街、蓮っ葉《はすっぱ》通りにある老舗料亭『纏《まとい》』。世良も学生の頃、ＯＢに連れられて何度か出入りをしたことがある。学生には場違いな高級料亭だった。

仲居に宴会場に案内されると、襖《ふすま》の向こう側からにぎやかな談笑の声が漏れ聞こえてきた。

世良は、末席の方と思われる襖をそっと開ける。

掛け軸を背に、日本酒を注がれている佐伯教授の白い眉が真正面に眼に入った。

「ま、間違えた……」

顔が赤みを帯びた佐伯教授は、じろりと世良を見て、破顔一笑した。

「おお、ご苦労さん。皆川さんの術後経過はいいようだね」

世良はお辞儀をして、部屋に滑り込む。垣谷が手を打って、大声を張り上げる。どうやら、かなりできあがっているようだ。

「皆さん、ご注目。最後の主役、俊足サイドバックの世良君がやってまいりました」

てんでばらばらな拍手があちこちから沸き上がる。もはや宴会は垣谷のコントロールを離脱してしまっているようだ。垣谷は、世良に大きな盃を差し出す。

「晴れて佐伯外科の一員になったお祝いに、一気飲みといこうか」

おぼつかない手元をかろうじて安定させながら、垣谷は一升瓶から日本酒を注ぐ。大盃の半分ほど、日本酒が注がれた。

「さて、ご注目。今年の一年生の真打ち、世良君の誓いの一気呑みです。まずは決意表明を」

世良はちらりと足元にいる北島を見る。北島は半分酔いつぶれながら、いよ、大統領、というわけのわからないかけ声を上げていた。

「ええと、まだ外科のことはよくわからない若輩者ですが、よろしくご指導お願いします」

真面目くさってお前らしくないぞ、という青木の野次を無視し、世良は盃を傾ける。ざわついていた場に、規則正しい拍手が響き始め、次第にその速度を増していく。

「よっしゃ、よっしゃ、よっしゃ、よっしゃ」

世良が盃を傾ける角度を強くしていく。最後に盃をあおり、空にした証拠にひっくり返して見せる。歓声と拍手が沸き上がる。

「よくやった。佐伯教授から一献頂戴《ちょうだい》してこい」

垣谷に背中を押され、ざわめきの中、世良は佐伯教授の正面に正座する。佐伯教授は、銚子を差し出す。世良はお猪口《ちょこ》で受ける。

佐伯教授は盃をくいっとあおると、ふう、と吐息をつく。

「世良君、君はツイている。高階と渡海は両極端の外科医だが、その両方のタイプを同時に間近で見られるということは稀有《けう》なこと。せいぜい、二人からいろいろ盗み取れ」

世良はお辞儀をして、佐伯教授の前を辞した。

末席は乱れ、崩れていた。べろべろに酔っぱらった北島が、オーベンの関川《せきかわ》に注がれた酒を一気に呑み干していた。

「頑張れよ、北島。月曜は下肢静脈瘤手術の術者で、今年の一年生一番乗りだからな」

世良はその言葉を聞きとがめて、尋ねる。

「関川先生、第一号の術者は渡辺でしょ」

周囲を見回したが、渡辺の顔は無かった。関川は酔顔で言う。

「今朝まではその予定だったが、変更になった」

「なぜですか？」

世良が尋ねると、関川はいかにも面倒くさい、という様子で答える。

「最後まで言わせる気か。渡辺は国試に落ちたんだ。荷物をまとめて九州に帰るそうだ。明日からはもう医局にはこない」

世良は足元が急にぐらつき始めたのを感じた。ひとつ間違えば、自分もそうなっていたかもしれない、という恐怖心が胸をよぎった。同時に、心地よい安堵感が湧き上がる。初めて自分の国家試験合格の喜びを実感できた気がした。世良は我ながら性格が悪いな、と思わずため息をついた。

「世良、呑め」

背後の先輩から、盃になみなみと酒を注がれ、世良は咳き込みながら一気に呑み干した。

見回すと宴会場には、今日の手術場の二大スターだった高階講師も、渡海もいなかった。ふと、不安感が大きく膨《ふく》れ上がっていった。


宴会は深夜まで続けられた。毎年恒例で、ひと晩貸し切りの宴会場のあちこちに酔い潰れた一年生たちが転がされていた。

片隅で三人の外科医が車座になって静かに杯を傾けている。五年目の関川が言う。

「この中から何人が外科医として残るんですかね」

「さあな」

垣谷助手は、杯を空け、銚子を傾ける。

「ち、もう空か。まあ、今年の一年はまずまず豊作だ。中にはちと、はね返りや先走りしすぎるヤツもいるがな」

そう言って垣谷は、自分の膝元で酔い潰れている世良の頭をコツン、と叩く。世良はムニャムニャと何ごとか呟く。

「さて、と。そろそろ俺たちも帰るか」

垣谷の言葉に、車座の三人は立ちあがり、思い思いにのびをする。

「じゃあ、あとの面倒は頼むぞ」

関川と三橋がうなずく。彼らは責任者としてここで夜を明かすのだ。

「おやすみ、子羊たち」

寝顔を確認した垣谷助手は、宴会場の灯りを消した。漆黒の闇が、酔い潰れた新米外科医の群れの、穏やかな眠りを包み込む。

激務に明け暮れる外科医の卵たちに、つかの間の休息の時が訪れていた。

3章 出血──神を騙《かた》る悪魔

一九八八年（昭和六十三年）七月

七月。古い病院は蒸し風呂のように暑く、佐伯《さえき》総合外科の一年生の中には、白衣の下は裸、といういでたちで過ごす猛者《もさ》もいた。だが、大半の一年生はお行儀よく、ワイシャツを着込んでいた。世良はその中間で、白衣の下はTシャツ、という格好で過ごしていた。

佐伯外科病棟は、うだるような暑さの中で気だるく運営されていた。病棟が活気に乏《とぼ》しいのは、夏休みを交代で取っているため、常に四分の一の人間が欠けているからだった。そのため七月から九月までと設定されている夏休み期間は、一年生も、ふだんなら上級生が行うような少し格上の仕事をさせられたりする。夏休み中の同僚の穴埋めも含め、落ち着いて見える病棟の内部は、働いている人間にとってはかなりのハードワークだった。

七月十八日月曜日朝九時。その日も朝から快晴だった。

「おーい、世良《せら》、ちょっと来い」

控え室から垣谷《かきたに》助手が顔を出し、世良を呼んだ。今週いっぱい、高階講師は夏休みで、垣谷が世良のオーベンを代行していた。糸結びの花をボタンに咲かせながら歩み寄った世良に、垣谷が笑顔で言う。

「今から世良先生に重大な使命を与えよう」

聞き慣れない敬称に、世良は一瞬、警戒する。

「何ですか、使命って？」

控え室に入ると、三人の若者がつっ立っていた。垣谷が言う。

「こいつらは学部二年生、つまり四年生だ。今年からベッドサイド・ラーニングが前倒しになって、夏休み中も学生を受け入れることになった。期間は五日間。終了後、学生、教官の双方にレポート提出が義務付けられている。そこで一年生の出世頭、世良先生に白羽の矢が立ったわけだ。栄えある学生教育指導に選ばれたんだぞ」

垣谷の麗辞に世良は苦笑する。要はまたひとつ、雑用が降りかかってきただけだった。学生の面倒をみることは、外科医にとって労多くして功少なし、意義のある仕事とは思えない。しかも教官にまでレポート提出があるというオマケつき。ついていない、とため息をつく。夏休み態勢でなければこの仕事が世良に振られることはなかっただろう。本来なら助手クラスの仕事だ。そして世良は、垣谷がこの週末から夏休み予定だと知っていた。

垣谷は、上機嫌で学生たちに言った。

「こちらが君たちの先輩、わが佐伯外科が誇る一年生エースの世良先生だ。わからないことがあったら、何でも遠慮なく質問するように」

三人の学生は頭を下げる。垣谷が続ける。

「君たちも自己紹介をしなさい」

三人は顔を見合わせていたが、長身で目立つ学生が一歩前に出た。

「学部二年、速水《はやみ》です。外科系志望です」

速水と名乗った学生はきっぱりとした視線で世良を見た。世良はふと、自分が外科志望を決めたのは六年生の秋、サッカー部を引退した後だったことを思い出す。コイツはモノが違うようだ、と世良は直感した。

小太りの男が続く。

「島津《しまづ》です。柔道部です」

学生のくせにひげもじゃの男。学卒だろうか。かなり年上に見える。続いて、隣のひょろりとした男が名乗る。

「田口公平です。よろしくお願いします」

ひとりだけフルネームで答える。心なしか、青ざめた顔をしている。どことなく神経質そうな印象を受けた。学生の挨拶《あいさつ》が終わったのを見届けて、垣谷は言う。

「以上、グループFの二年生三名、というわけだ。世良先生、あとはよろしく」

「今日の手術から見学させますか？」

午後一番で胃癌《いがん》患者の、胃幽門部亜全摘術の予定が入っていた。垣谷は答える。

「いや、今日は手洗い指導まで。明後日同じ手術があるからそれを見学させる。世良、今日はこれから手術部ユニットで手洗いを教えておくように」

垣谷は学生たちに視線を投げて言う。

「今日は初日だから、手洗いを見学したら帰っていいよ。せっかくの夏休みだしね。明日は、世良先生について患者さんの回診に同行しなさい。小山《こやま》さんという胃癌の患者さんだ。明後日は、その手術に入ってもらうからね」


手術室の手洗い場に学生三人を案内した世良は、ひな鳥を引き連れた親鳥気分だった。通り過ぎる手術室の看護婦の視線が眩《まぶ》しい。世良は胸を張る。

「手術室の清潔は、世の中の清潔とは次元が違う。明後日の手術見学の時には、君たちにも手洗いしてもらうけど、今日は私がやるのをよく見ていて下さい」

三人の学生はうなずく。

ふと異質の視線を感じて振り返る。世良をまっすぐに見つめている眼とぶつかった。マスクの下からのその視線は、慌てて向きを変えた。

足早に遠ざかっていく花房《はなぶさ》の後ろ姿を世良は目で追う。それから我に返り、学生に向き直る。

「手洗いの原則は指先から中心部へ。流れが逆行したらアウトでやり直し。一度清潔の世界に足を踏み入れたら、指先は不潔なものには一切触れてはいけない。この〝不潔〟は世の中で言う〝一般的な不潔〟とは違う。手術室で清潔なのは術野だけ。術野は患者の内臓が剝《む》き出しになる場所だから、清潔な壁で取り囲み、外界の不潔な世界には一指たりとも触れさせないようにするんだ」

世良は、かつての恋人祐子《ゆうこ》との些《さ》細《さい》な諍《いさか》いを思い出しながら、言う。

「どんなにきれいに見えたとしても、君たちの普段の世界は術野と比べれば遥かに不潔な世界なんだ」

わかったかい？　という世良の問いかけに、三人はうなずいた。


手洗いの指導を終えて学生を解放した世良は、意気揚々と第一手術室に向かう。麻酔は終わっていて、術者の垣谷と、第一助手の関川が術野の構築作業をしていた。夏休みなので、通常より一段低い手術態勢になっている。普段なら垣谷は第一助手で、術者は講師以上の誰か、だろう。

垣谷は、意識を失った患者の身体をイソジンで茶色に塗りたくっていた。鼻歌のメロディは映画『ロッキー』のテーマ曲だ。世良は視線を走らせ、片隅でひっそりと器械を並べている看護婦を見た。うつむき加減で世良の視線を受け止めた時、長い睫毛《まつげ》が微《かす》かに揺れた。垣谷はご機嫌で、看護婦に声をかける。

「お、美和《みわ》ちゃんは器械出しのデビューかい？」

花房は顔をあげる。世良をちらりと見て、再び垣谷に視線を戻してうなずく。

「よろしくお願いします」

「大船に乗ったつもりで任せておきな」

垣谷が陽気に答える。第一助手の関川が世良に言う。

「世良、さっきはずいぶん御大層に学生を指導していたな。一人前の外科医に見えたぞ」

世良は目線を下げ関川の揶揄《やゆ》をやり過ごすと、清潔な術野作成に中途参加する。

「午後一時三十分。胃幽門部亜全摘術を開始します。よろしくお願いします」

術者垣谷の声に、全員頭を下げる。垣谷は花房からメスを受け取る。花房の手が微かに震えていたが、第二助手の世良は見て見ぬ振りをした。

垣谷は慎重に患者の腹部を正中線で切離していく。腹壁の出血点を、第一助手の関川がひとつひとつ確認しながら、ペアンでつぶしていく。世良が花房に言う。

「サンゼロ」

花房が世良に絹糸を手渡す。世良は指先をくるりとふた回りさせ、関川が止血したペアンの先端に糸と共に指先を滑らせ、結び目を締め上げる。クーパーで、結んだ糸の端を切る。腹壁をコッヘルで把持《はじ》していく垣谷の隣で、関川と世良のコンビはゆっくり止血結紮《けっさつ》を続ける。

関川がマスクの奥で言う。

「世良、ずいぶん糸結びがうまくなったたな」

世良の眼が笑う。垣谷が続ける。

「一年生の中では、一番一生懸命糸結びの練習をしているもんな。継続は力なり、だ」

最近では、先走りの北島《きたじま》はサボりがちで、今や世良は、一番練習熱心な一年生だという評価が確定していた。

糸結びの練習は世良に合っていた。ひとつ結ぶたびに、自分の外科医としての技量が向上していくような感じがして、楽しかった。それはちょうど、サッカー部でリフティングの練習に凝った頃の感覚と似たところがあった。単調なくり返しがほとんど無意識レベルになったある日、試合の局面で驚くほど滑らかに相手を抜き去る瞬間が訪れる。たぶん手術でも同じような時がくるのではないかと、世良は感じていた。そしてあの頃、気がつくとリフティングをやっていたように、指先がいつの間にかボタンにかけた糸をつまんでいる。世良の白衣のボタンには、よじれた糸の花が咲き乱れていた。病棟看護婦たちは、誤って落とした絹糸の束を、優先的に世良にプレゼントするようになっていた。

垣谷が言う。

「褒《ほ》められたからといって慢心するなよ。一年生の中では一番でも、佐伯外科の一員としては、まだまだ全然なっていないからな」

「うっす」

世良はうなずく。垣谷が、開窓器をオーダーし、世良が花房から銀枠を受け取ると、腹部の術創を大きく開いた。

世良は術野から身体を遠ざけ、手先だけを術野にかろうじてひっかけて手術に参加していた。術野は完全に遮《さえぎ》られていた。手にした金属性のスパーテルの冷ややかさがわずらわしい。昨晩も遅くまで勤務していたため、軽い眠気も襲ってくる。

「スピッツ、利かせろ」

第一助手、関川が言う。世良ははっとして、スパーテルの先に力をこめた。

「あ」

小さな声。垣谷の眼が真剣な輝きを放つ。しばらく沈黙があり、関川がぽつんと応じる。

「やばいっすね」

垣谷はちらりと世良を見る。それから関川に向かって、小声で言う。

「脾臓《ひぞう》か」

垣谷は世良のスパーテルを外す。術野が急に遠ざかる。器械出しの花房の視線が左右に揺れる。垣谷が開窓器の銀枠を持ち上げて、患者の腹の奥を覗《のぞ》き込む。

「静脈系の出血のようだ。くそ、このクランケは脂肪が多いな。ペアン」

ペアンという連呼により、ガーベラの花びらのように、患者の腹部に銀色の金属花弁が集中して咲き乱れる。関川がそれらのペアンを一手に支える。

垣谷が青ざめた顔を上げた。

「だめだ、止まらない」

関川が言う。

「脾臓をやったということは、胃全摘術に切り替えないとだめでしょうか」

垣谷は視線を宙空にさまよわせる。

「理論上はそうだが、クランケは脂肪だらけで、食道胃吻合《ふんごう》の術野をとるのは難しい」

緊迫した会話を、世良は震えながら聞いていた。自分のミスが大事を引き起こしたのだろうか、という不安が渦巻く。同時に怒りも感じた。自分から遠く離れた術野で自分がミスを引き起こしただなど、心情的に納得できなかった。

世良の戸惑いは、オーベン（指導医）二人の沈黙にどす黒く塗り潰されていく。

「全摘は最後の手段だ。まだその前に打つ手がある」

術野に集中していた垣谷が顔を上げ、看護婦に言う。

「大至急渡海《とかい》先生を呼んできてくれ。たぶん外科控え室にいるはずだ」

外回りの看護婦は、急ぎ足で手術室を出て行った。


途方もなく長い時間が経過したように思えた。だが、渡海があくびをしながら手術室に入ってきた時、手術室の掛け時計ではほんの一分ほどしか経っていなかった。

「全く、手洗い予定のないオペ日くらい、ぐっすり眠らせてほしいっつうのに」

ぶつぶつ言いながら渡海は、足台に乗り、高みにポジションを取る。術者の垣谷の肩越しから術野をのぞきこむ。

「あーあ、脾静脈をやっちゃったのか。これじゃあただの幽門部切除がトタール（胃全摘術）になっちまう。何やってんだ、垣谷」

関川が首を縮めて言う。

「世良がスピッツを利かせすぎたんです」

やっぱり、と世良は絶望的な気持ちになる。突然、自分の周りにゴムの薄い皮膜がぴったり張りついてしまったような気持ちになった。

その皮膜を渡海の鋭い言葉が切り裂いた。

「第二助手の一年生はおミソだろが。スパーテルの先端位置の決定は、第一助手の責任だ」

関川はちらりと世良を見て、首をすくめる。渡海は自分を引っ張ってきた外回りの看護婦をじろりとにらむ。そして麻酔医に尋ねる。

「出血量は？」

「五百弱、です」

渡海は即座に言う。

「垣谷、脾門部を圧迫止血して待ってろ」

渡海は生あくびをかみ殺しながら、ゆらゆらと部屋を出て行った。

扉が閉ざされたと思った次の瞬間、再び扉が開いた。青い術衣に身をつつんだ渡海が舞い戻ってきた。

——早い。

世良は驚いた。こんな短時間で手洗いを終えることができるのだろうか。手洗いを省略したんじゃないか、という疑惑が脳裏をよぎる。

垣谷が身を引き、無言で術者の座を譲る。渡海は術野に参入しながら、ペアン、とオーダーする。続いてメス。

渡海のメスが煌《きら》めいた。その光が患者の身体の深層に姿を消した次の瞬間、いきなり視界に脂肪の塊が飛び込んできた。

「な、何を」

にっと視線で笑いかけた渡海は、呆然《ぼうぜん》とする関川の手を取った。

「いいか、この後ろに手をつっこんで、じっとしてろ」

ようやく世良にも術野で起こったことが理解できた。渡海は脾臓の背面深く切離し、身体の深部に鎮座する脾臓を、あからさまな視野の下に引きずり出したのだ。解剖学的には簡単に見える手技だが、それは単なる脾臓摘出よりはるかに侵襲《しんしゅう》が大きく、イレギュラーな手技であり、行うには勇猛果敢さが必要だ。さらに言えば止血のためだけに、膵尾部《すいびぶ》の脱転を伴うようなリスクの高い操作を行うなど、外科の常識では考えられない。そんな危険領域に瞬時に平然と踏み込んでいく渡海の姿勢は、勇気というありふれた単語の範疇《はんちゅう》には収まりきらない。

では何と表現すればいいのか。

たぶんそれを、人は蛮勇《ばんゆう》と呼ぶのだろう。

渡海の手の中では、血行が不良になり暗紫色に変色した脾臓がぬるりと息づいていた。渡海は右手の人指し指を脾臓の根元に滑らせ、小さく呟《つぶや》く。

「ここか」

渡海は垣谷の腕を取る。

「このまま、保持してろ」

垣谷の右手と自分の左手を入れ替える。

「ペアン」

ペアンで把持したポイントをちらりと確認し、追加オーダーする。

「プッツン」

え？　と器械出しの花房が首をひねる。次の瞬間、渡海の手が器械台に伸びて、把針器《はしんき》をつかむ。

「プッツンてのはコレ。針付きバイクリルをよこせって言ったんだよ、美和ちゃん」

花房はびくり、と身を震わせる。渡海は軟部組織を針ですくう。ひらめくような指の動きに操られた青い糸が針から分離される。糸を引っ張って切るから〝プッツン〟か。なるほど、と世良が呟く。渡海は再び、垣谷の手から脾臓を奪い返し、引きずり出した時とは正反対に、丁寧にもとの位置に安置し直した。

姿を消した脾臓を複数の視線が見守る中、渡海は言った。

「止血完了。そのまま亜全摘術を続行してよし」

術野に吐息が重奏した。

渡海が術野から消えた後、場に残されたのは倦怠感《けんたいかん》だった。それは居合わせた人の心の奥深くに夾雑物《きょうざつぶつ》として残り続けた。散々噛みつくし、甘味を無くしたガムの残渣が、口の中で行き場を無くしているかのようだった。

胃幽門部が摘出され、外回りの北島が検体を病理検査室に運ぶ。場所の移動を命じられた世良は、視野のいい場所に移る。だが役割は変わらない。先ほどまでは、スパーテルで肝臓を押さえるのが任務だったが、今度は縫合する胃と十二指腸断端を動かさないように、ペアンを押さえる役に替わっただけだ。

術野の空気は重かった。垣谷と関川はひと言も発さず、胃断端、次いで十二指腸断端に針を通して刺繍《ししゅう》をする。解放された糸の両端を関川がペアンで挟む。世良は、手が震えそうになるのを、懸命に抑えこむ。

覗き込むと、暗赤色の脾臓が微かに拍動していた。術野から遠く位置した自分の指先に、ほんの僅《わず》か力が入りすぎただけ。ただそれだけで、脾臓や胃を全部切除しなくてはならなくなったのかもしれないと思うと、世良はいてもいられなくなる。

垣谷が「縫合する」と宣言した。

垣谷は、胃断端と十二指腸断端を縫い合わせた十二組の糸を結紮する。胃と十二指腸が縫い合わされていく。やがて、最後の糸を結び終えると、垣谷は言った。

「腹壁を閉じる。今日は世良、お前が縫ってみろ」

銀色に輝く把針器が、花房の華奢《きゃしゃ》な手から世良に差し出された。世良は震え、それから胸を張り、把針器を受け取った。

関川に叱責《しっせき》され、結んだ糸を何度も切られながら三十センチ近い腹壁切開創を縫合し終えたのは、三十分後だった。縫合の跡が曲がっていると言われては糸をほどかれ、間隔が均等ではないと罵《ののし》られては糸を切られた。総計五回分は縫い直しさせられただろうか。ようやく最後の縫合糸を結び終え、関川の叱責がないことを確認した世良は、ほっとため息を漏らす。

患者の腹部の傷を、前のめりの姿勢で注視していた世良の背後から、ぱんぱんぱん、と間の抜けた拍手が聞こえた。頭を巡らせると、退屈そうな表情の渡海だった。

「大したもんだね世良ちゃん。外科医になってまだ二ヵ月だろ」

渡海は関川を見る。

「相変わらず、佐伯外科の指導はしみったれているな。だから大物が育たないんだ」

関川が心底嫌そうな表情をしているように思えたが、確信は持てなかった。顔面の七十パーセントは青マスクで覆《おお》われていたからだ。渡海は関川のことは気にも留めず、続けた。

「凡庸《ぼんよう》な外科医からは凡庸以下の技術しか教われないぞ」

「じゃあ、どうやって指導すればいいんですか」

関川が聞き返す。上に対して従順な関川にしては、発作的かつ過激な反応だ。よっぽど癪《しゃく》に障《さわ》ったのだろう。渡海は世良を見つめて、言う。

「その質問には世良ちゃんに指導してみせる方が手っ取り早いな。だが、水飲み場に馬を連れて行けても、水を飲ませることはできない。世良ちゃんが俺の指導を受けたい、と意志表明すれば、やってみてもいいが」

渡海は世良を見つめ、にっと笑う。

「どうする、世良ちゃん？　俺の指導を受けてみるか？」

渡海の技術には外科医を惹《ひ》きつけてやまない、妖《あや》しげな魅力がある。だが果たして、今の世良の実力で先ほど渡海が垣間見せた煌めきを追いかけることができるだろうか。自問すれば、答えは当然ノーだ。

渡海は、世良の肩をばんばんと叩く。

「迷うな、青少年。佐伯外科の秘蔵ッ子、この渡海センセが直接一年坊の指導に入るなんて数年ぶりの快挙だぞ。にっこり笑って、がっつり受けろ」

渡海は垣谷に向かって言う。

「さっきの止血の件は、垣谷に貸しだな。早速チャラにさせてもらおう。明後日の胃亜全摘術の術者を俺に譲れ」

術野の外側から腹壁縫合の様子を傍観していた垣谷は、苦い表情を浮かべた。だが、この状況ではうなずかざるを得ない。渡海は続ける。

「世良ちゃん、よかったな。また手術ができるぞ。助手には関川先生と世良先生をご指名だ」

そう言い残し、渡海はゆらゆらと手術室を退出した。

患者に付き添い、関川と外回りの北島が病棟に戻ると、残った垣谷が世良に言う。

「鉤引《こうび》きの大切さと怖さがわかったか？」

世良はうなずく。その答えに不純物が混じっていないことを確認した垣谷は、念を押した。

「どんな些細な仕事でもきちんとやれ。俺たちの仕事はいつでもどこでも、人の命と直結しているんだ」

世良の背筋が伸びる。立ち去ろうとした垣谷の背中に、世良は声をかける。

「あの、明後日の手術、俺は何をすればいいんでしょうか？」

垣谷はゆっくり振り返る。

「今日と同じ第二助手に決まってるだろ。術者が代わってもやることは同じだ。ただし何を言われても、渡海先生の命令を忠実に遂行することだ」

垣谷は一瞬、世良を見つめた。それから足早に第一手術室を出ていった。


器械の後始末をしている花房に、世良は声をかける。

「初めての器械出し、だったんだよね？」

花房は、世良を見つめてうなずく。マスクの奥で、切れ長な眼が細くなる。花房は、微かに笑っていた。

「大したもんだよ。初めてとは思えないくらい、スムーズだった」

花房は首を振り、ぽつんと呟いた。

「でも、渡海先生のオーダーにはつまずいてしまいました」

世良はうつむいて言う。

「仕方ないよ。〝プッツン〟は正式用語じゃないもの。本当に大したもんだよ。それに引き替え、こっちはみっともないところ見られちゃったな」

「そんなこと、ないです」

思いもよらぬ強い口調に世良は顔を上げ、花房を見つめた。花房は世良にまっすぐ向けていた視線を、慌てて器械台の上に落とし、銀色に光った鋏《はさみ》やペアンを磨き始めた。

世良は黙って手術室を退出した。


ナースステーションに戻ると、一年生の姿がちらほら見受けられた。渡海の姿を探したが、見つからない。そう言えば渡海の姿をナースステーションで見かけることはほとんどないことに思い当たる。教授回診に同行する姿を見ることすら稀《まれ》だった。

世良は一足先に病棟に戻った関川を見つけて、尋ねる。

「渡海先生って、ふだんはどちらにいらっしゃるんですか？」

関川は一瞬、濁《にご》った眼で世良を見た。それから口元に冷たい笑みを浮かべて言う。

「世良も世渡りが上手《うま》いね。帝華大《ていか》の小天狗《こてんぐ》にゴマをすっていたかと思っていたら、今度は東《とう》城《じょう》大オペ室の悪魔に媚《こ》びるのか。次は魂でも売り飛ばすつもりかい？」

世良は関川の、ささやかな悪意に気づかないふりをした。無邪気そうに見える眼で関川を見つめながら、もう一度尋ねた。

「あの、もう一度聞きます。渡海先生はこの時間はどちらに？」

関川は吐き捨てる。

「知らないのか？　渡海先生は日中の業務時間は手術室の外科控え室でごろごろしている。あの人は手術室の牢名主《ろうなぬし》なんだ」

関川は皮肉めいた表情を浮かべ、つけ加える。

「ただしその部屋にいるのは勤務時間内だけ。時間外になるとすぐに渡海先生の姿は病院から消える。今日中にお目にかかりたいなら、急いだ方がいいぞ」

掛け時計を見た。午後四時五十分。終業は午後五時十五分。定刻通りの勤務態勢だなんて、外科勤務ではありえない。そう思いながらも世良は、関川の言葉にせき立てられるようにナースステーションを飛び出した。

その背を関川の声が追いかけてくる。

「鉤引きくらい、きちんとやってくれよ。優等生の世良ちゃんよお」

一年生の視線が、世良の背中に集中した。世良は関川の言葉とまとわりつく視線を引きちぎりながら、ナースステーションを後にした。


二階、手術部ユニットに入る。入局当初は、手術室は神聖な場所だと思っていたので、いちいち術衣に着替えていたが、入局して二ヵ月、しだいに事情がわかってくると、緊急入室用の簡易白衣をひっかけて手術室に入ることにためらいはなくなっていた。

世良はまっすぐに、手術室ユニット内の外科控え室に向かう。

廊下の奥のつきあたり、灰色の扉。

ノックに返事はない。もう一度ノックをし、結局返事がなかったので、おそるおそる扉を開けた。

エレキギターのフルボリュームの音が響きわたる。不協和音の重なりが、世良の周囲の空間を押し包み、部屋の外側にこぼれ落ちる。

「早く閉めろ」

鋭い視線が世良を睨《にら》む。世良は慌てて背後で扉を閉める。

渡海はジャケットをすっきり着込み、鏡に向かって鼻歌混じりでシェーバーをかけていた。

横目で世良を見ながら尋ねる。

「どうした世良ちゃん。何かあったのか？」

世良はフルボリュームのバックサウンドに負けないように、大声を張り上げる。

「あの、明後日の患者さんの手配についてお尋ねしたいことがありまして」

渡海は最後のシェーバーのひと剃《そ》りを終え、頬《ほお》に微香性のローションをぴしゃぴしゃと押し当てる。芳香が微かに漂う。

「何だ、垣谷や関川は教えてくれなかったのか」

「何を、ですか？」

「渡海患者の対応マニュアルだよ」

「何ですか、それ？」

渡海は世良に向き直る。がんがんに鳴り響くロックをばちり、と切る。

部屋を静寂が包んだ。音が無くなってみると、部屋の壁一面が、びっしりと医学書で埋め尽くされているのに気がついた。

静寂の中、渡海は押し殺した声で言う。

「何でもかんでも聞けば教えてもらえると思ったら大間違いなんだよ、坊や」

渡海は首を左右に揺らす。

「手取り足取り教えるのは、三流外科医の育て方さ」

「でも、明後日手術の患者さんが……」

片手を挙げて、世良の言葉を制止した渡海は、天井を指さす。

スピーカーから、聞き慣れたメロディの破片が降り注ぐ。終業時間を告げるクラシック音楽。渡海はにやりと笑う。

「時間切れ。悪いが約束があるんだ。続きが聞きたければついてこい。出先でなら聞いてやろう」

世良の脳裏に、山積みになったサマリーや書きかけのオーダーがよぎった。だが次の瞬間、うなずいた。

渡海は眼を瞠《みは》る。にっと笑って、世良の側《そば》を通り抜ける。すれ違いざま、世良の肩をぽん、と叩く。渡海の背を、白衣をかなぐり捨てた世良が追う。

立ちはだかる渡海という壁を突破しなければ、その先のゴールネットは揺らせない。ゴールチャンスは刹那《せつな》のはざまにあるということを、俊足サイドバックの本能は識《し》っていた。

「蓮《はす》っ葉《ぱ》通り、『シャングリラ』まで」

病院正面のロータリーの待ち受けタクシーに乗り込むと、渡海は運転手にタクシー券を投げ捨てた。動き始めたタクシーのバックミラーの中で、東城大学医学部の赤煉瓦の勇姿が遠ざかっていく。

街の灯が車窓にあふれ始めた頃、ようやく世良は、腕組みをしている渡海に尋ねる。

「あの、どちらまで？」

渡海はぶっきらぼうに答える。

「だから、『シャングリラ』だって言っているだろ」

どんな店だろう。心中の疑問符を読みとったように、渡海はつけ加える。

「くれば、わかる」

大学病院の小高い丘を下り、五分も走れば、そこはもう通称蓮っ葉通りの入口だ。

蓮っ葉通りは、地方都市によくある歓楽街の典型だ。世良も学生の頃はよく入《い》り浸《びた》っていた。世良はなじみの店を思い出し、ふと懐かしい気持ちになる。だが、店にもピンからキリまであるので、世良の知らない店もたくさんあるのは当然だ。

タクシーの車窓に白っぽい夕闇の中で色褪せたネオンがぼんやり映る。投げ出してきてしまった仕事《デューティ》が、世良の心の中で次第に小さくなっていく。夏の宵のときめきがふわりと世良の身体を包む。

タクシーが静かに止まる。

車外に出ると、夏の夕暮れの空気が世良の身体を押し包んだ。こうして夕闇の街の息遣いを感じるのは久しぶりだ。道行く若い女性たちが無意識に見せつける、半袖シャツからこぼれでた滑らかな白い腕。丈の短いスカートの裾《すそ》からすらりと伸びた脚。

激務で疲れ切っているはずの世良の若い肉体は、一瞬で蘇生《そせい》する。病院と下宿の往復でほとんど休日も取れていない。かつての恋人の祐子に連絡を取らなくなって久しいことをふと思い出す。

薄暗い階段を降り、地下室の扉を開ける。煌びやかな光に照らし出された世良は面食らう。入口の明るさと対照的に暗く沈んだ店の奥から、媚びを含んだ声が聞こえた。

「ずいぶんご無沙汰《ぶさた》だったわね」

薄暗がりの中に浮かんだ女性の白い横顔が、ゆるやかに笑顔になる。渡海は言う。

「精練《せいれん》製薬の新しいプロパーが石頭でね。突然、『シャングリラ』には出入り禁止だと宣告しやがった。しかたないから、抗生剤を全部かえちまった」

「あらあ、高橋ちゃん、かわいそう。あんなに渡海先生に尽くしてきたのに」

脱いだジャケットを手渡しながら、渡海が答える。

「申し送りが不充分なんだから自業自得さ。慌てて泣きついてきたけど、後の祭りだよ」

女性は渡海の腕に触れて、言う。

「ダニみたいな人。相手が弱ったら、すぐ乗り換えるなんて」

渡海は言う。

「そのダニを喰らって生きているお前さんは、一体何者だ？」

「ダニがご馳走、可愛いレディバード」

「レディバードねえ。さぞや、可愛らしくて獰猛《どうもう》な小鳥なんだろうな」

女は艶《あで》やかに笑う。

「ばかね。テントウ虫のことよ」

「ややこしい名前をつけやがって。テントウ虫なら鳥の名前なんか騙《かた》らず、サンバでも踊ってりゃいいんだ」

世良の眼が地下室の眩《まぶ》しさに慣れてくる。改めて女性を見つめた。三十前後か。落ち着いた声の調子から想像していたより、外見はずっと若い。

女性は言う。

「いつものボックスで、いつものヤツね？」

渡海はうなずく。女性の先導で、渡海と世良は店の奥の暗闇の中に姿を消す。

世良は渡海と向き合い、気詰まりな時を過ごしていた。奥まったボックス席、渡海はサキイカをくわえ、上下させる。二人の前には、琥珀《こはく》色の液体を湛《たた》えたグラスが置かれている。

からん、と氷が鳴った。

渡海の暗い眼が、世良を覗き込む。

「こういう店は初めてか？」

世良は首を振る。かつてサッカー部のＯＢに連れられて行ったことがある。ただしその時は、その他大勢と一緒だった上に、べろんべろんに酔っぱらっていた。

「何か食いたいもの、あるか？」

渡海がふと尋ねた。そう聞かれて昼飯抜きだったことを思いだす。急に空腹が襲ってきた。

世良はおそるおそる言う。

「じゃあ、焼きうどんを」

渡海は、世良をまじまじと見つめた。次の瞬間、大笑いを始める。周囲のざわめきが一瞬、静まり、世界は渡海の笑い声だけで満たされる。

渡海はソファにもたれて後ろを振り返る。

「おおい、美香《みか》ちゃん。この坊やにとびっきり旨《うま》い焼きうどんを一丁、頼む」

それからもう一度愉快そうに笑うと、グラスの中のマッカランを一気に呑み干した。

世良が黙々と大盛りの焼きうどんを食べる様子を、美香は微笑《ほほえ》みながら見つめる。

「おいしい？」

落ち着いた声が尋ねる。世良は上目遣いで美香を見て、無言でうなずく。

渡海は琥珀色のグラス越しに、美香を見つめる。

「美香ちゃん、世良を気に入ったかい？」

「ええ、とても」

美香がにこやかに答える。世良は一瞬、うどんを喉《のど》に詰まらせる。

「世良ちゃん、気をつけな。テントウ虫は可愛いけど、肉食だからな」

ふと世良が顔を上げると、スーツ姿の堅気のサラリーマン風の男が立っていた。

渡海は男を見て、言う。

「美香ちゃん、紹介するよ。サンザシ薬品の木下《きのした》さん。俺の新しいお財布」

男は頭を下げる。

「渡海先生にはお世話になっています」

美香は艶然《えんぜん》と笑って言う。

「はじめまして。渡海先生のお世話ができてよかったわね、というべきかしら。それとも、災難ですね、と同情すべきなのかしら」

木下は無表情のまま、もう一度会釈する。渡海が美香を眼で牽制《けんせい》しながら、木下に言う。

「まあ、座りな」

木下は、ボックス席の端に座る。美香は渡海の煙草《たばこ》に火をつけると、耳元で何かをささやく。渡海がうなずくと、美香はお辞儀をして席を外した。

渡海は、紫煙をゆっくり吐きながら、木下に言う。

「今週の症例から、サンザシンに切り替える」

「ありがとうございます」

木下は頭を下げる。渡海は世良に言う。

「明後日の患者、術後抗生剤はサンザシンで、オーダーを頼む」

「ええと、術後オーダーはオーベンの関川先生が決定されるので……」

世良の言葉を、渡海は片手を挙げて制止する。

「関川には、俺からのオーダーだと言えばそれで済む」

世良はちらりと木下を盗み見る。木下の表情は全く変わらなかった。


グラスの中の氷が、からん、と鳴った。渡海が言った。

「『スナイプ』について、何かわかったか？」

木下は無表情のまま、鞄《かばん》から紙の束を取り出す。プリントアウトした紙をクリップで留めたものから、印刷された小冊子のものまで、種々あった。

「意外に情報セキュリティが厳しく、集められたのはこの程度ですが」

渡海は紙の束をぱらぱらと眺めていたが、あるページで手が止まる。視線が左右に動き、文章を追っていることがわかった。

渡海は紙の束をテーブルにばさりと投げ出す。

「小天狗はビッグマウスだけではなく、口八丁手八丁だな。認可前の器材を使っているから、そこから崩そうと思ったが、そのあたりは抜かりがなさそうだ」

木下が微かにうなずく。

「治験申請に関しては穴はありません」

「さすが天下の帝華大学出身だ。厚生省に太いパイプを持っているようだな」

「帝華大学は官僚養成大学ですから」

木下が表情を変えずに言う。

「ここだけの話ですが、何でも高階《たかしな》講師は帝華大学では阿修羅《あしゅら》と呼ばれていたんだとか。門外不出の呼び名らしいんですけど」

「なるほどね。阿修羅対悪魔、というわけか。涅槃《ねはん》の東西代理戦争だな、こりゃ」

渡海はソファにもたれ込み、書類をめくりながら呟く。

「……とすると、この器械の構造上、おそらくはリークの頻度《ひんど》が高くなるはずだから、そのあたりからつついてみるか」

「お言葉ですが」

木下が言う。渡海が頭をもたげる。

「何だ？」

「厚生省の極秘資料には『スナイプAZ1988』を使用すると、リーク率が低く抑えられるという客観的データが添付されています」

「そのデータは解剖学的な常識とかけ離れている。間違っているか、どこかにごまかしがあるはずだ。あの構造では術創の血流が非常に悪くなるはずだ」

「私もそう思って担当役員をつついてみたんです。そうしたら連中は吻合部の血流低下とリークの頻度間には有意の相関関係がないという科学的なデータを教えてくれたんです」

「そんなバカなことがあるわけないだろう」

渡海はグラスをテーブルに叩きつけ、吐き捨てる。

渡海の大声が響き、店内は静寂に包まれる。慌てて美香がやって来た。

「渡海さん、落ち着いてちょうだい」

美香は木下と世良を交互に見て呟く。

「今夜はどうかしてる」

木下は渡海を見上げ、淡々と続けた。

「データを論文発表したのが、高階先生ご本人だったんです。論文の別刷りを添付しました。一昨年末のサージェリー誌に掲載された速報です。マサチューセッツ医科大学留学中に、当時の主任教授と連名で投稿したものです」

渡海は書類の束をめくり、最後の小冊子に眼を留める。渡海の眼球が忙しく左右に往復する様子を、世良はぼんやり眺めていた。

渡海は論文を木下に放り投げる。空のグラスを一瞥《いちべつ》して、ぽつりと呟く。

「つまらん。帰る」

渡海は席を立つ。世良は、木下と美香と渡海の背中を交互に見ていたが、あわてて渡海の後を追う。

渡海は外へ出る。追いかけて店を出た世良の身体を、生ぬるい外気がじっとり押し包む。小走りの世良はようやく早足の渡海の後ろ姿に追いつく。

「あの、支払いがまだなんですけど」

渡海は顎《あご》を上げて世良を見て、せせら笑う。

「あそこはサンザシが持つ」

「これじゃあタカリじゃないですか」

世良が抗議する。

「代わりに俺はヤツの会社のクスリを使う。持ちつ持たれつ、さ」

「それでは賄賂《わいろ》です」

渡海は世良を見て、答える。

「本当に世良ちゃんは世間知らずだな。お前だってこの間は、国試合格祝いの宴席で飲み食いしたんだろ?」

「あれは、医局行事です」

「カネの出所は変わらない。あの宴会の後、病棟では精練製薬のセイレインをずいぶん使った。お前もオーダーしたはずだ。それでチャラ、さ」

世良は呆然とした。確かにあの後、オーベンからの指示で術後抗生剤にセイレインが立て続けに使われていた。世良は、知らぬ間に自分がそういう世界に足を踏み入れていたことを、初めて認識した。

渡海は世良を見て、軽い語調で言う。

「ま、深く考えるな。きれいごとばかりでは患者は助けられない。俺たちは患者を助けさえすればすべてが許される、そんなヤクザな仕事さ。セフェム系のゾロ薬だ。どれを使っても同じ。だから安心してゴチになれよ。世良ちゃんの労働に対する正当な報酬なんだから、さ」

世良は返す言葉を失う。

タクシーを止めた渡海は、乗り込みながら世良に尋ねる。

「俺は呑み直すが、世良ちゃんはどうする？」

帰ります、と世良が答えると、渡海はあっさり答える。

「好きにしな」

それから思い直したように、世良の顔を覗き込んで言う。

「そうだ、約束だったな。今後の予定を教えてやるよ。明日午後一時、患者にムンテラをするから準備しておけ」

世良はうなずく。渡海は続ける。

「もうひとつ教えてやる。高階はこの間、御大層な癌告知をしていたが、あんなのは全然大したことない。俺は入局したその日から今日までずっと、患者に対し癌告知をしてきた。だが高階のやり方や姿勢とは全然違う。明日はそこんとこをよく見ておけ」

渡海の乗ったタクシーが、排気ガスをまき散らしながら世良の視界から遠ざかっていく。突然世良の耳元で、嬌声《きょうせい》が響いた。

華やかな世界と、渡海の暗い眼差《まなざ》しというふたつの両極端の世界から同時に見捨てられて、世良は、夜の底でひとりぼっちだった。

翌日、七月十九日火曜日、午後一時。ナースステーションで、世良と三人の学生は渡海を待っていた。長身の速水はいち早く他の研修医から糸結びを教えてもらっていて、鮮やかな手際で糸結びを行い、白衣に牡丹《ぼたん》の花を咲かせ始めていた。

その様子を見ながら世良は、世の中には越え難い壁を易々《やすやす》と越えていくヤツがいるものなんだなあ、と感じていた。

ゆらりと渡海が入ってきた。手には、ぶ厚い書類の束を抱えている。

世良と三人の学生は立ち上がる。渡海はちらりと世良を見て、固苦しいことはまあいいから、というように手のひらで抑える。

「世良ちゃん、今日は取り巻きのギャラリー付きかい？」

「是非、渡海先生のムンテラを学生に見せておきたいと思いまして」

渡海は笑う。

「ゆうべ俺が言ったことを曲解したな。前途有望な学生さんがひねくれちゃっても知らないぞ」

世良は一瞬ためらうが、学生の顔を見て考え直す。コイツらだっていずれこの世界に足を踏み入れる。それならできるだけ早く現実に接しておいた方がいい。

世良にとって、渡海は圧倒的な現実そのもの、だった。


胃癌の小山兼人《かねと》さんは、七十歳だが矍鑠《かくしゃく》としたおじいさんだ。豪快に笑う笑顔が、世良は好きだった。進行癌だが、術前CT検索では転移巣は見つからなかったため、手術で病巣が取り切れれば根治も望めるというのが、術前カンファレンスの結論だった。

渡海と世良、そして三人の学生が部屋に入ると、小山さんと奥さんが待っていた。

「いやあ、垣谷先生から急に担当の先生がお替わりになると聞かされて、家内とふたり、びっくりしてたんですわ。明日手術だというのに、手術をして下さる先生に一度もお目にかかれないなんて、不安ですからなあ」

大きな声で、朗らかに言う。渡海はうっすらと笑う。

「病棟も夏休み態勢でして、いろいろあるんです」

小山さんの顔が曇った。主治医変更の理由が夏休みだから、だなんて、患者としてはあまり聞きたくないことだろう。もっとも、本当の理由はもっとヤバいということを知っているのは、渡海と世良だけなのだが。

「垣谷先生からはお聞きになっていないと思いますが、今日は大切なことをお伝えしようと思ってやってまいりました」

「ほう、大切なこと。一体なんでしょうかね」

隣に寄り添う奥さんを振り返り、小山さんは尋ねる。奥さんは穏やかな微笑を浮かべ、手にした珈琲《コーヒー》カップを口元に運ぶ。

渡海がぼそりと言う。

「小山さんの病気は、胃癌です」

小山さんの顔に、笑顔が張りついたまま動かなくなった。奥さんが手にしたマグカップが床に落ち、金属音が響いた。そこに小山さんの大声が重なる。

「ば、ばかな。私は胃潰瘍《いかいよう》だって、垣谷先生が……」

「それは本当の診断ではありません。この病院では癌患者本人にはたいてい、潰瘍と説明して手術をしているんです」

渡海は小山さんの顔を覗き込んで、続ける。

「佐伯外科では患者に対しては癌告知しない方針です。私だけは例外で、患者さんには真実を告げていますが、ね」

小山さんの表情ががらりと変わる。陽気な表情が峻厳《しゅんげん》に、言葉遣いも大阪弁に変わった。

「つまりわてはダマされていた、ちゅうわけでんな。お前も知ってたんか？」

奥さんは、夫の強い視線を受け止めきれず、うつむく。すかさず渡海が弁護する。

「奥さんを責めるのは間違いです。小山さんが癌になったのは誰が悪いのでもない。そして現在の医療制度では、患者に癌告知するかどうかは医療従事者とご家族が相談して決めていい、ということになっています。患者である小山さんがとやかく言うことではないんです」

「わての身体でっせ。騙《だま》して手術するなんて、言語道断でっしゃろ」

渡海は真顔で答える。

「仰《おっ》しゃるとおりです。でも、実際の世の中はそうなっているんですから、駄々をこねないでいただきたい。それを踏まえた上で、真実を申し上げます。他の医局員は病院のルールに従っているだけなので、どうか責めないで下さい」

渡海は続けた。

「なぜ、他の医者が、患者さんに癌であることを伝えずに嘘をつくのか。それは、彼らが癌は治らない、と考えているからです」

小山さんの唇が震えた。だが、言葉にならない。渡海は続ける。

「だが、私はそうは考えていません。癌は治る、そう信じています」

「ほ、本当でっか？」

小山さんが咳こむように尋ねる。渡海は自信たっぷりにうなずく。

「ええ、本当です。ですが条件がある」

「何でっしゃろ」

「それは手術で癌細胞を全部取り切れれば、という条件です。身体に一個でも癌細胞が残ってしまえば、アウトです」

小山さんは不安気に尋ねる。

「で、わての癌は取り切れるんでっか？」

渡海は微笑する。

「さあ。それはやってみないとわかりません」

「やってみないとわからない？　そんな丁半バクチみたいなことをお医者さんが言っては困りまっせ」

渡海は怒号をあっさり受け流す。

「小山さんの理解力は素晴しいです。その通り。手術とは丁半バクチそのものです」

小山さんは唖然として渡海を見た。渡海は続ける。

「少し真面目に答えると、医学は、バクチのことを確率と言い換えているだけなんです。小山さんの胃癌は現在ステージ2で、五年生存率は六十パーセントくらい。つまり、三人中二人は生き残れるバクチです」

いきなり余命の確率を突きつけられた小山さんは、呆然と渡海を見た。

「お話を聞いて安心しました。癌告知をしたことは、小山さんにとって間違いではなかった」

小山さんは、振り上げた拳の下ろし所がわからなくなって、うつむく。渡海は続ける。

「小山さんは現実認識能が高そうですから、これなら今からお話しする手術リスクについても理解していただけることでしょう」

渡海は手にした紙の束をテーブルの上に広げる。

「小山さんはベースに糖尿病があります。糖尿病は手術における危険因子《リスクファクター》です。糖尿病の本態は血糖が高いことにあるのではない。血糖が高い状態が続くと血管がぼろぼろになる。それで普通の人よりも、合併症が発生する確率が高い。腎不全《じんふぜん》などが惹起《じやっき》されやすいという報告もあります」

急に老けこんでしまったような小山さんは、渡海の顔を見つめるばかりだった。果たしてその言葉はその耳に届いているのだろうか。渡海は淡々と続ける。

「最大の問題は、基礎疾病をお持ちなので吻合部の縫合不全を起こす確率が高くなる点です。お渡しした資料にあるとおり、糖尿病の患者はリーク率、つまり術後縫合不全を引き起こす確率は、正常人の五倍です」

「まあ、そんなに……」

奥さんが息を呑む。渡海は続ける。

「その他にも基本リスクが山ほどあります。麻酔薬と不適合を起こすケース、麻酔から覚醒できなくなるケース。血管の異常走行が原因の血管損傷による大量失血、開腹した際に、術前検査では発見されなかった微小転移巣が見つかる可能性など、ざっと数えても危険因子は百を越える。すべてお手元の資料に記載してありますから、よくお読み下さい」

小山さんは手元の小冊子をぱらぱらとめくり、小声で尋ねる。

「そんな危険な手術、大丈夫なんでっか？」

渡海はふっと笑う。それから真顔に戻って答える。

「大丈夫かどうかなんて、誰にもわかりません。私が小山さんに呈示できるのは確率的事実だけ。だけどどれほど低い確率であっても起こってしまえばその人にとっては百パーセント。つまりすべてか無か、なんです」

渡海の言葉に対しては、全くその通りだ、と首肯せざるを得ない。渡海の語る内容に、ウソや誤魔化しはない。驚くほど誠実な内容と、堂々たる話しっぷり。

だがそれなら、どうしてこんなに不愉快な気持ちが湧き上がってくるのだろう、と世良は不思議に思う。

小山さんはすがるような目つきになる。

「それで、渡海先生の手術成績、その、つまり、術後の合併症を引き起こす確率はどれくらいあるんでっか？」

渡海はにこやかに言う。

「私が術者時のリーク率はゼロ、この教室ではトップの成績です」

小山さんはほっとした表情になった。すかさず渡海は続ける。「ただし……」

世良は渡海を見る。渡海の眼には暗い光が宿っていた。

「……ただし先ほど申し上げたようにこの数字は奇跡的であり、明日の手術で不幸にも小山さんが、私のリーク・ゼロの記録更新を阻《はば》む症例になってしまうかもしれない。それは神のみぞ知る領域なのです」

小山さんの表情は喜びと恐怖の間を目まぐるしく行き来している。ムンテラにピリオドを打つべく、渡海は冷ややかに言い放《はな》つ。

「明日、私はいつも通りに手術を行います。ですが結果は保証しかねる。それでよろしければ手術承諾書に捺印し、ナースステーションまでお持ち下さい」

渡海が差し出した承諾書が、蛍光を放つようにぼんやりと光った。

ナースステーションに戻った一行は、しばらく押し黙っていた。ようやく学生の一人、田口が、小声でぼそぼそと言い始める。

「先ほどの説明は患者さんの気持ちを無視しているように感じました」

渡海は田口を見て、うなずく。

「君は立派な内科医になれるぞ」

速水が糸結びをしながら言う。

「俺はそうは思いません。渡海先生が伝えたのは事実であって、告知するかどうかという判断を飛び越えた後なら、妥当だと思います」

「そうかなあ。事前にもう少し気遣わなければいけないんじゃないか？」

田口と速水の言い合いに、島津が乱入する。

「そんな感情論は問題ではないよ。あそこまで言うならステージングとか転移の有無による五年生存率が施設によって違ったりするところまで呈示しないと正確な情報提供にならない。だから俺はどちらかというと田口に賛成する」

そう言って、島津は田口の側に立つ。渡海は眼を細める。

「今年の学生さんたちは実に勉強家で優秀だな。うかうかしてると世良ちゃんなんかこの五日で追い抜かれちまうぞ」

煽《あお》られた世良は反論する。

「最大の問題は田口君が言った通り、渡海先生が患者の気持ちを全く考慮していない、という点だと思います」

渡海はうっすら眼を閉じ、腕を組む。

「ここまできたら、俺も綺麗《きれい》ごとで済まそうとは思わないから、本音を話すか。もっとも君たちが突っ込まなければ聴けなかった本音だから、その意味で君たちは、世良先生も含めなかなか優秀だ」

そう言って渡海は眼を見開いた。声の調子ががらりと変わる。

「今のが褒《ほ》め言葉だと思ったら大間違いだ。確かにお前たちは優秀だ。だが、そんなうすっぺらな優秀さなんて現場ではクソの役にも立たない。ご立派なことをのたまう世良先生が、現実に血を吹いているオペ場で一体何ができた？　ただ震えていただけだ。優秀である前に、ちっとは役に立つ男になれるよう努力しな。優秀とおだてられてニマニマするのは、ハンチクなお役人やその周囲でうろちょろしている目障《めざわ》りなお偉いさんたちだけで充分だ。外科医になりたいなら、もっと他にしなければならないことがたくさんある」

速水の眼が鈍く光る。田口が反論する。

「でもさっきみたいな説明の仕方では、患者さんは不安になり手術を受けたくない、と言い出しかねません。そうなったらどうするんですか」

「手術を中止するだけだ」

渡海は即答する。絶句する田口に追い打ちをかける。

「ムンテラは患者のために行うのではない。外科医が自分の身を守るためにやるのさ。患者やその家族は極楽トンボみたいなもので、いつだって世の中は自分たちに都合良く動くと思っている。だから気に入らないことにぶつかると、すぐに医者を非難する。八つ当たりの的になるなんて、俺は真っ平御免だね」

田口は唇をわななと震わせている。何か言い返したいのだが、歯切れがよい渡海の身勝手な論理の前に立ちすくむことしかできない。

渡海は速水と世良を交互に見つめて、続ける。

「これは、後で患者や家族にごちゃごちゃ言われないで済むように、真実をつきつけ、覚悟を決めさせる踏み絵だ。踏めなければ、手術を受ける資格はない。手術を受けるのは俺ではない。患者自身なんだ」

渡海は傲然《ごうぜん》とした視線を田口に戻し、見据える。

「医者はボランティアではない。病気を治すプロフェッショナルだ。慰めの飴玉《あめだま》が欲しいなら、カウンセリングにでも行けばいい。それは外科医の仕事ではない」

渡海の言葉にうなずく速水。その隣で田口の震える唇が、かろうじてひとひらの言葉を吐き出す。

「それでも、たとえそうであったとしても、僕は患者の言葉に耳を傾けたいです」

渡海は、ふん、と鼻先で笑う。

「好きにすればいい。世の中、そういう物好きな医者だって必要かもしれないからな」

あの、と呼びかける小さな声が聞こえた。一同、一斉に振り返る。

小山さんの奥さんが一枚の紙を持って、佇《たたず》んでいた。

「あの、主人が、渡海先生に是非手術をお願いします、と申し伝えて欲しい、と」

差し出された手術承諾書には、朱印が鮮やかに押されていた。世良の目にはこれまで見たどの朱印よりも色濃く映った。


七月二十日水曜日、午前八時。三人の学生を引き連れた世良は手術室にいた。小山さんを病棟で見送り、その足で手術部ユニット内部で受け取る。身体が一回り小さく見える。世良は声をかけながら、ストレッチャーを手術室に運ぶ。

「手術中は眠っているようなものだから、心配しないで下さいね」

小山さんは、口を真一文字に結んできつく眼を閉じている。

麻酔医に小山さんを引き渡すと、外回りの北島に諸事を託し、世良は学生を引き連れて手洗い場に向かう。

「一昨日説明した通り、手洗いをしてみな」

三人の学生はおのおののスタイルで手洗いを始める。世良は横目で見ながら、一番は速水、二番が島津、三番が田口、と順位をつけた。全く予想通りの結果だった。

世良は、学生たちのいかにも着慣れていないと一見してわかる術衣姿を引き連れて、第一手術室に向かう。ふと、カルガモの親鳥になった気分がした。

手術室では、小山さんはすでに麻酔をかけられ、意識を失っていた。口から飛び出した気管チューブからの送気で胸が規則正しく上下している。

世良は、三人の学生に指示する。

「三人とも、壁際に一列に並んで、邪魔にならないように見学するように」

はい、うっす、とまちまちな返事が返る。返事は不揃いだが、素直な連中だ。

第一助手、関川が入室してきた。ちらりと世良を見ると、器械出しの看護婦に、イソジン、とオーダーする。慌てて世良も同じ注文を出し、二人同時に術野の消毒に取りかかる。やがて関川が言った。

「サンザシンを使うのか？」

世良は眼だけになった顔でうなずく。

「渡海先生のオーダーなんだな？」

無言の返事。関川がさらに重ねて尋ねる。

「セイレインじゃダメなのか？」

世良はうなずく。関川は小さく舌打ちをする。

「精練製薬のプロパーに、集団会の発表用スライド作成を頼んでいたのに、急に断られたのはきっとそのせいだ。どうしてくれるんだ」

世良は肩をすくめ、何も答えなかった。俺のせいじゃないし、と呟く。

関川は諦めたように言う。

「仕方がない。サンザシさんに頼み込むか」

扉が開き、渡海がゆらりと入室してきた。掛け時計の針は九時ジャスト。手術開始予定時刻だった。


「胃幽門部亜全摘術を開始する。メス」

渡海の宣言と共に、メスが煌めく。手技のスピードは、高階講師の第一助手を務めた時と比べて遥かに遅い。渡海は、関川が皮膚切離面の出血点をペアンでもたもたと止血している様子を舌打ちしながら見守っている。

「おーい関川君よ、そんな手際じゃあ日が暮れちまう。何なら、一年生エースの世良君に代わって貰うか？」

関川は顔を上げ、世良を睨む。第二助手の世良は身をすくませる。

渡海はへらりと笑う。

「冗談だよ。でも俺が冗談を実行してみようかと思う前に、ちっとは関川の〝本気〟ってヤツを見せてくれよ」

関川の眼の色が変わる。ギアが変わったかのように、糸結びの速度があがる。

渡海はにやりと笑って、言う。

「やればできるじゃねえかよ」

関川はにこりともせず、黙々とペアンによる止血を続行した。

胃亜全摘術は淡々と進行していた。日頃の節制の賜物《たまもの》か、小山さんの体内には脂肪分が少なく、渡海の手術手技の概略が一目で見て取れた。大網《だいもう》の切除、コッヘル受動術などを順序通りに行う渡海の手技は、教科書から引き写したかのように基本に忠実だった。

左胃動脈の露出が終わった。世良はため息をつく。

胃亜全摘術においては、左胃動脈の結紮切離が最も重要な過程とされていた。左胃動脈は大動脈から分かれた腹腔動脈から直接分枝しているので、万が一結紮が不充分だと大出血を起こし、患者は死に至ってしまう可能性もある。従って、左胃動脈結紮は胃切除術術者の最も重要な任務であり、左胃動脈結紮を任されることは、術者資格があると認められたことに等しい。それは外科初心者からの卒業を意味していた。

ペアンで左胃動脈を把持し、メッツェンバウムで切離した渡海は、サンゼロ、と小声でオーダーする。それからふと思いついたように、受け取った絹糸を器械出しの看護婦に返した。

怪訝《けげん》な顔で世良は渡海を見る。渡海は、眼だけで世良を見つめ返した。眼の光が尋常ならざる何かを孕《はら》んでいるように見えた。渡海が言う。

「世良ちゃんよ、ひとつ、チャンスをやろう。左胃動脈の結紮をしてみろ」

世良は顔を上げる。関川の驚きと敵意に満ちた視線が突き刺さる。その上に、三人の学生の食い入るような眼差しが重なった。

無理です、と喉元まで出かかった世良の目に、渡海のいじわるな目つきが映る。マスクの下では笑っているに違いない。

頭に血が昇った。

——はじめからやらせるつもりはないんだ。俺が断るのを見て、あざ笑おうとしている。タチの悪い男。後悔させてやる。世良は反射的に答えた。

「光栄です。やります」

サンゼロ、長ペアンで、とオーダーし器具を受け取った時、世良は今日の器械出しが花房だったことを思い出す。だがそれは、ほんの一瞬だった。世良の眼はまっすぐに患者の身体の奥深く、銀色のペアンの先端が摑《つか》む左胃動脈の断端に注がれる。

世良は絹糸付きペアンを深部に滑らせる。それからその糸を深部で血管断端をつまんでいるペアンの先端にひっかけ、手元に戻す。長い糸の両端をつまむ。その糸の折り返し点は、患者の身体の奥深く、切離されたばかりの左胃動脈断端だ。世良は慎重に手元で作った結び目を静かに奥へと滑らせる。身体の最深部、左胃動脈根部に指先が到達すると、ブラインドで結紮を締め上げる。一瞬、白衣のボタンで練習していた時の手応えが指先に甦《よみがえ》る。そこから手を離すと、途方もない空間に身体が投げ出されてしまったかのような頼りなさを覚えた。

「ばかやろう、左胃動脈結紮は二重結紮だろうが」

渡海の叱責が頭上に降り注ぎ、世良は震え上がる。もう一度、サンゼロ、ペアン付きとオーダーし、同様に深部で結紮する。二度目は緊張感が薄れた。

渡海は世良を見る。

「これでいいのか？」

一瞬ためらった世良は、次の瞬間うなずく。

「結構です」

「本当にいいんだな」

世良は渡海をちらりと見て、もう一度うなずく。渡海の眼が微かに笑ったような気がした。

「よし、それじゃあいくぞ」

かけ声と共に渡海が、銀色のペアンを外す。一瞬、空気が止まる。

次の瞬間、腹部から赤い円弧が吹き出し、手術室の壁に一直線にラインを引く。

壁の前に、速水と田口が立っていた。赤い噴水のワンショットが二人の顔面を直撃した。その瞬間、速水は眼を見開いて血しぶきを顔面で受け止め、ぺろりと舌なめずりをした。

一方、田口は何が起こったのか、理解できなかった。顔にふりかかったなま暖かい液体に手で触れ、それが鮮血であることを確認した。次の瞬間、田口は蒼白になり卒倒した。

「はい、世良ちゃん、患者をひとり殺しちゃったねえ」

学生の様子を横目でちらりと見ながら左胃動脈の断端をペアンであっさり摑み直した渡海は、ペアンを関川に持たせて、サンゼロの糸で結び目を作る。それから震える世良の目の前で、ゆっくりと、そしてあっさりと結紮し、自分の技量を見せつけた。

二回の反復動作の後、衆人環視の中で、渡海はペアンを外す。

出血はしなかった。


外回りの看護婦が、過呼吸を起こして倒れている田口の介抱をしている。その姿を確かめもせず、渡海は言い放つ。

「外回り、卒倒少年を運び出せ。目障りだ」

看護婦と他の学生が協力して、田口を手術室の外に運び出す。

奇妙な静寂に覆われる中、手術室では手術が坦々と進む。あっという間に病変部が摘出され、胃と空腸の吻合も終わり、閉腹となった。渡海はロックの鼻歌を口ずさみながら腹壁を縫合していく。関川が渡された糸を結紮する。

世良は完全に、術野の外側に置き去りにされていた。

「よし、手術終了。ここから先の面倒は世良ちゃんに頼もう。それくらいは俺のいうことだって聞くよな。何しろ俺は、世良ちゃんが殺しそうになった患者を助けてあげた正義のヒーローだからな」

縮こまって小さくなった世良の身体が、びくりと震える。

紙マスクを引き裂き、鼻歌を歌いながら手術室を出ていく渡海の後ろ姿を世良は、ぼんやりと見つめた。世良は壊れた人形のように無表情だった。

翌日。世良は病院を欠勤した。

一晩中、渡海の言葉が呪縛のように耳元で鳴り続けていた。

「どうする、人殺しの世良ちゃんよ」

渡海がいなければ、世良は本当に人殺しになっていた。その事実が世良を重苦しい悔恨の海のどん底に沈める。

世良は一日中、布団にくるまって身を縮めていた。はたから見れば、申告通りの病欠だ。うつらうつらしては、人殺し、という言葉が耳に響いて起きあがる。びっしょり汗をかいていた。このままでは、本当に病気になってしまいそうだ。

何度か跳ね起きたあと、ふと身体を起こして窓から外を眺める。夕陽が地平線に滲《にじ》みながら沈みゆくところだった。赤光《しゃっこう》が狭い部屋に差し込んでいる。

世良は立ち上がり水を汲《く》んだ。一息で呑み干す。身体がダルい。

階下から、下宿のおばさんの声が聞こえた。

「世良さん、お電話ですよ」

一瞬、居留守を使おうかと思ったが、反射的に答えてしまっていた。

「はい、今いきます」

階段を降りて、廊下の赤電話に耳を当てると長閑《のどか》な声が聞こえてきた。

「近くに来たもので。土産《みやげ》があるんです。寄ってもいいかな」

今週いっぱい夏休みを取っていたはずのオーベン、高階講師だった。

陽気な声が一方的に告げて、電話は切れた。発信音を耳にしながら、世良は呆然とした。

高階はすぐにやってきた。どうやら近くの公衆電話から掛けていたらしい。手にはビニールの包みをぶら下げていた。

世良の姿を認めると高階はにこやかに、手土産を持ち上げて見せた。

「実家の方の地酒でね。なかなかイケるよ」

断る元気もなく、世良は万年床の下宿の部屋に高階を通した。

高階は遠慮する様子もなく、ずかずかと上がり込むとどっかりあぐらをかいた。

「さあ、呑もう」

「俺は風邪なんで」

断る世良を見つめ、高階が言う。

「ごちゃごちゃいわずに茶碗を二つ、持ってきなさい」

世良は肩をすくめ、茶碗を用意する。高階は一升瓶《いっしょうびん》を開け、なみなみと注いだ。

「さ、呑むぞ」

高階は一気に呑み干した。つられて世良も杯を傾ける。

熱い液体が喉を駆け抜け、世良は蘇生した気分になる。高階は眼を細め、もう一杯いこう、と二杯目を注いだ。

世良と高階は急ピッチで呑んだ。一升瓶の半分が空になったところで、高階が尋ねた。

「オペで患者を殺しそこねたんだって？」

世良はびくり、とする。杯を置いて正座する。

「殺しました。渡海先生がいなかったら、俺には患者を助けられなかった。外科医失格です」

高階は、世良の顔を黙って見つめた。それから呟く。

「いい経験をさせてもらったね」

高階講師の言葉に、世良が懸命に抑えこんでいた感情のタガが外れた。茶碗を畳にたたきつけて、言う。

「いい経験？　冗談じゃない。もうたくさんです、こんなの。俺は外科医を辞めます」

高階講師は世良の言葉を聞きとがめ、ひとり呟く。

「おや、私は渡海先生との賭けに負けてしまったかな」

世良は尋ねる。

「どういうことですか？」

「さっき病棟に顔を出したら、珍しくナースステーションにいた渡海先生がこう言うんです。世良のへなちょこは外科医を辞めるはずだ。昨日の大失敗で真っ青な顔をしていたからな、まったく腰抜けのガキだってね。だから思わず言い返してしまったんですよ。世良君は確かにおぼっちゃまですが、その程度でへこたれるほどヤワではありませんって。そしてはずみでつい、渡海先生と賭けをしてしまいました。世良君は必ず戻ってくる、ってね」

世良は弱々しく笑う。

「申し訳ありませんが、その賭けは渡海先生の勝ちです。僕は腰抜けのガキなんです」

「ふうん、そう」

高階は世良を見つめた。

高階は片手の指をいっぱいに開き、世良の目の前に突き出した。

「何ですか？」

「私がこれまでに、手術で殺《あや》めた人の数だ」

高階の答えに、世良は絶句した。高階は世良を見つめ、言葉を続ける。

「私は手術で五人、患者さんを殺めている。今でもひとりひとりの顔は忘れられない。そんなことをしても、私のメスが患者さんを殺めたという事実は変わらない。それなのにどうして意味のないことを考え続けているのか。そしてどうして、五人も殺めた私は外科医であり続け、一人も殺していない世良君は外科医を辞めようとしているのか」

高階の眼が、ぎらりと光る。ざらりとした短い言葉を投げつける。

「世良君。その違いがわかるかい？」

高階の眼光に吸い込まれそうになりながら、世良は尋ねる。

「わかりません。高階先生は、なぜそんなに強いのですか？」

高階はぎらりとした眼光で、世良を射抜く。

「責任があるから、だよ」

世良と高階は、夕陽が差し込む狭い部屋で対峙した。

「僕が無責任だと言うんですか？」

「このまま逃げ出せば、ね」

「逃げ出そうが逃げ出すまいが、殺めてしまった人はもう還《かえ》りません」

「世良君はまだ、誰一人殺めていないじゃないか」

「殺めたも同然です」

高階は鼻先で笑う。

「全然違う。君は逃げてるだけさ。それでは単に無責任な卑怯者だ」

「高階先生はご自分が殺めた人に対し、申し訳ないという気持ちはないんですか」

「あるさ。決まっているだろ」

「じゃあなぜ……」

世良の質問を片手で制し、高階は言う。

「世良君は、このままいけばいつか自分が人を殺めてしまうのではないかとびびって、外科医を辞めようとしている。それは敵前逃亡だ。そこには自分が可愛いと思う利己心しかない」

高階が言い放つ言葉は、世良の震える心をメスのように切り裂いていく。高階は、猛々《たけだけ》しい言葉とは裏腹な、柔和な表情で世良を見つめて、続ける。

「幸か不幸か、世良君は人を殺める寸前まで行くという稀有《けう》な経験をした。これは得難い経験であり、そのことを経験させられた君には、もはや外科を志す以外に負債を返済する道はない」

「そんなバカな」

「何がバカなんだ。君には君が外科医として経験したことを自分の中で消化し、君に続く後輩たちに、その事実を伝えていく義務がある」

高階は世良の顔を覗き込み、低い声でささやいた。

「世良君、君は外科の神様に見込まれてしまったんだ。逃げることは私が許さない」

怪物でも見るように、世良は高階を見つめた。夕陽の残照に照らし出された高階の顔は、世良の眼に不気味な輝きを放っていた。

——阿修羅だ、と世良は思った。


「おお、一升瓶が空っぽだ」

最後の一滴を茶碗に注ぐと、高階は一気にあおる。これでおしまい、と呟き立ち上がる。世良をまっすぐに見下ろし、高階は言う。

「世良君、病棟で待ってるよ」

空瓶を手に提げ高階は部屋を出ていった。世良は扉を見つめた。

薄闇に閉ざされた部屋にただひとり、世良は残された。

世良の脳裏には「もう辞める」という自分の心の弱音と、「辞めることは許さない」という高階の声がリフレインのように響き続け、不協和音を奏でていた。

七月二十二日金曜日午前六時。世良が病棟に上がった時はナースステーションは空っぽだった。夜勤看護婦は交代前の最後の巡回をしているし、早朝採血のために一年生医師が病棟に上がってくるにはまだほんの少しばかり早い、エアポケットのような時間。詰め所に入り浸りの青木もゆうべは帰ったようだ。世良は小山兼人さんのカルテを取りあげた。そこには見慣れない文字で〝経過順調〟と書き込まれていた。

「お、世良ちゃん、外科を辞めるのは止めたのかね」

振り返ると渡海が笑っていた。アルコールの匂いが漂う。どうやら朝帰りらしい。

世良は答える。

「あの程度のことで辞めたりなんか、しません」

「ふうん、そうか……。俺はてっきり昨日は世良ちゃんはズル休みで泣きベソをかいているもんだとばかり思っていたがね。まあ、それなら仕方ないな」

渡海が何かを放り投げる。世良がキャッチすると、それはセブンスターの箱だった。

渡海は言う。

「高階に渡してくれ。賭けは負けたってな」

世良は驚いて尋ねる。

「俺が外科を辞めるかどうかの賭けに、たったの煙草一箱ですか」

「一年坊が辞めるだの辞めないだのという些細なことに、この俺がセブンスター一箱賭けただけでも感謝してもらいたいものだな。おかげで手痛い出費だ」

世良の肩がすうっと軽くなった。俺が外科医を辞めるか続けるかなんて、この人たちにとっては煙草一箱程度のことなのか。

吹っ切れた表情で、世良は渡海に尋ねる。

「渡海先生はこれまで何人の患者を殺しましたか？」

渡海は不思議そうな顔で、世良を見た。

「何でそんなことを聞く？」

「少々興味が湧いたので」

首を左右にこきこきと鳴らしながら、渡海は答える。

「ははあ、さては高階の差し金だな。小賢《こざか》しいヤツ。だが、折角だから教えてやるとするか。耳をかっぽじってよく聞けよ。俺はこれまで一人も患者を殺めたことはない」

「本当ですか？」

「嘘なんか、つくもんか。その代わり女は相当殺してきたがな」

渡海は笑う。

「高階程度のウデだったら、大方五人くらい殺しているんだろ。でも俺はゼロだ。なぜだかわからないが、死神が俺を避けて通るんだ」

「きっと死神は悪魔が苦手なんでしょう」

世良がそう言うと、渡海は世良の眼の奥を覗き込んで言う。

「なあ、世良ちゃん、特別サービスで患者を殺さない悪魔の極意、教えてやろうか」

世良は答えない。その代わり、黙ってボタンの糸結びの稽古を始める。

渡海はそれを見咎《みとが》める。

「言っただろ。そんなことしたって何の役にも立たないって」

世良は渡海をまっすぐ見返して答える。

「役に立たなくとも、いえ、役に立たないからこそ、俺は糸結びの練習を意地でも続けます。そして次に左胃動脈を結紮する時は、必ずきちんと結紮して見せます」

世良は渡海から視線を切らずに続ける。

「俺には渡海先生のような外科医としての才能はありません。だけど俺にはこの道しかないんです。この道の果てで、いつか必ず渡海先生をこてんぱんにしてみせる」

渡海は驚いたように眼を瞠る。それから肩をすくめて、微笑する。

「ま、凡人はせいぜい励むがいいさ」

それからぽつんと呟く。

「いい医者になるのは凡人だからな」

肩からはおった白衣の袖をなびかせて立ち去ろうとする渡海の背中に、世良が声をかける。

「小山さんのカルテ記載、ありがとうございました」

渡海は振り返らずに、立ち止まって尋ねる。

「何のことだ？」

「佐伯外科に勤務して二ヵ月、大体全員の先生の筆跡は解るようになりました。でも昨日の小山さんのカルテの筆跡には見覚えがありません。そして、俺が筆跡を見たことがない先生は、渡海先生だけなんです」

渡海は肩をすくめ、ふわりと部屋から姿を消した。

世良は渡海の背中を見送ってから、手元のボタンに眼を落とし、一心不乱に糸結びを始めた。ボタンの穴が、左胃動脈を把持したペアンの先端に見えた。一結びしては、切離する。鮮血が噴出する。もう一度。また出血。

世良は糸結びを続けた。いつの間にか傍《かたわ》らに三人の学生が集まり、世良の様子を見つめていることにも気づかずに、ただひたすら一心に。


灰色の扉を前に、世良は深呼吸をする。

意を決してノックをし、返事を待たずに術後患者の個室に入る。

一回り小さく見える小山さんは、鼻に管を通され、その上から酸素マスクを口元にあてられていた。ベッドの隣には、初老の奥さんが椅子に座ってうつらうつらしていた。

世良に気づいた奥さんは、立ち上がってお辞儀をした。小山さんの身体を揺すって言う。

「あなた、世良先生よ」

小山さんはうっすらと眼を開け、おお、と呟いた。震える指で酸素マスクを外し、横たわったまま、うなずくようにして頭を下げる。

「ありがとう、ございました。世良先生の、おかげで、命を、助けて、いただき、ました」

とぎれとぎれの言葉が世良に届けられる。世良は首を振る。

「私は未熟者です。手術でも足を引っ張ってばかり」

小山さんは空気が漏れるような吐息《とい き》を吐いた。それは笑い声のようだった。

「わては、先生に、殺されかかった、そうでんな」

世良は一瞬、凍りつく。それから、黙って頭を下げる。

小山さんは眼を閉じる。長い間。やがて口元を緩めて、呟く。

「言わなければ、わからないで、済むものを。本当にあの渡海、先生って、いうお方は、何でもぺらぺら、ぺらぺら、喋りはる人、でんなあ」

小山さんはうっすらと眼をあけて、世良を見た。

「わては知らぬ、間に、殺されかかった、だなんて……、お医者さんってのは、恐ろしい、商売でんな」

世良は頭を下げ続けている。小山さんは再び眼を閉じる。

「でも、わては、生きている……。こんな嬉しい、ことはない。わての、願いはひとつ、だけ。世良先生、これに懲りずに、いいお医者さん、に、なって下され」

リノリウムの床に一滴、水滴が落下して、小さな湖になった。

世良は頭を下げたまま、動かなかった。

ナースステーションに戻ると、学生三人が世良を待っていた。世良の姿を認めると、長身の速水が紙を差し出す。

「五日間ご指導、ありがとうございました。これ、レポートです」

世良は自嘲気味に呟く。

「昨日は休んでしまって悪かったね。おまけに、あまり大した指導もできなかったし……。外科の一年生なんて、こんなもんだ。隠すつもりはないよ」

速水が世良を見つめて、言う。

「世良先生、俺は外科医志望ですけど、今回の研修は勉強になりました。技術を磨くことは患者の生命を助けることだということが少しだけわかった気がしました。世良先生はいつも糸結びの練習をしていましたが、あんなに努力してもまだ手の届かない世界なんですね」

歯切れのいい速水の言葉に、島津がぼそりと言い返す。

「おい、術中検索の問題点についてもきちんと伝えろよ」

速水は横目で島津を睨む。

「うるせえ。折角俺が感動的にキメたんだから、チャチャ入れるんじゃねえ」

速水は、不満げにふんぞり返る島津と、窓の外をぼんやり眺めている田口の首根っこを掴み、無理矢理三人揃えて頭を下げた。

「俺たちも、世良先生を追いかけて医者になります。今後ともご指導お願いします」

三人の学生を、世良は呆然と見つめた。

――コイツらから見れば、高階先生も渡海先生も、そして俺も、同じ先輩なんだ。

世良は笑う。そして覚悟を決めた。

先を走る限り、俺も外科の世界を担う先輩の一人。それならたとえどれほどぶざまであろうとも、俺の姿をコイツらに見せ続ける義務が、俺にはあるというわけか。


学生三人が病棟を辞したあと、世良は手許に残された三枚のレポートを見た。どれも用紙一枚であっさりしたものだった。俺も学生の頃はこんなもんだったかな、と世良は苦笑した。

一枚目は、びっしりと書き込まれた用紙の右上に、小さく島津の名があった。

『以上の問題点を踏まえ、手術見学を通じて感じたことを総括すると、最大の問題は診断の非合理性にある。例えば実地に手術見学した症例では術中に八番リンパ節腫脹《しゅちょう》を認めたにもかかわらず、術中迅速診《じんそくしん》で対応していない。仮に腫脹したリンパ節が転移であったならば、処置も変わってくる。精度の高い術中診断を併用すれば、行き当たりばったりの外科学も洗練されるものと確信する』

――何様だ、お前は。

世良は吐き捨てる。もっさりした風体でやたらきょろきょろしている挙動不審さは感じてはいたが、こんな不遜《ふそん》なことを考えていやがったとは。世良は途方に暮れる。

このままでは佐伯教授に提出できないじゃないか。かといって、出来はいいから書き直しをさせるわけにもいかないし……。

二枚目は、手術の出血を浴びせられて卒倒したへたれの田口君。数行のレポートだった。

『今回の見学では、自分が外科向きではないことを痛感させられました。特に、血が苦手だということを再認識させられた私としては、今後はできるだけ手術室に近寄らないようにしようと決意しました。ですから今回は私にとって最初で最後の手術見学になる、と確信しています。ご指導ありがとうございました』

世良は思わず笑みをこぼす。己を知るということはいいことだ。きっとコイツはいい内科医になる。だが、ふと我に返り、またしても呆然とする。外科に対する訣別宣言なんて、やっぱり佐伯教授には見せられない。世良は頭を抱える。

世良は一縷《いちる》の望みを託し、最後の紙を開いた。一番気になっていた男、速水だ。

真っ白な紙に、たった一行の走り書き。

『すぐに追い抜きます』

反射的にくしゃくしゃに丸めて、壁に叩きつける。それから世良は、壁に当たって戻ってきた紙を拾い上げ、丹念にシワを伸ばし、元に戻す。

世良の指先が、何度も速水の一行をなぞる。

——結局、誰一人俺の説明なんか聞いていなかったわけか。俺が大失敗したって、誰も気にも留めやしない。俺が外科医を辞めようが辞めまいが、大したことはない。天下の一大事だと思っていたのは俺ひとり。

世良は呟く。

――そうか、そういう世界なのか。

世良は笑って大きく伸びをする。

どいつもこいつも使えないレポートに勝手なことばかり書きやがって。こうなったら俺は、とことん外科を極めてやる。この世界で大暴れしてやるから覚悟しろよ。

その夜、世良はひとりワープロに向かい、学生指導報告レポートを作成していた。

『今回、総合外科学教室のベッドサイド・ラーニングに参加した三名の学生は、問題意識が高い優秀な学生であった。三名は興味対象を異にしており、指導的立場からみるとそれぞれ適性は内科、外科、診断領域にあるように感じられた。だが白紙に近い学生において、四年生の段階で適性を早々に決めつけるのは尚早《しょうそう》であると思われる。その意味で、当科のベッドサイド・ラーニングは外科学の体系を総合的に呈示するには適していたと思われる。但《ただ》し、短時間で外科学のすべてを呈示できるはずもなく、限られた症例に過ぎなかったが、学生たちは多くを感じ取っていた。やはり外科学のベッドサイド・ラーニングに於《お》いては、手術見学を主体に行うべきであろうと実感した。たとえ将来外科を志すつもりがなくとも、いや、外科を志すつもりがなければこそむしろ積極的に、ベッドサイド・ラーニングでは外科手術の研修に励むべきであると思われる。日本の医師は医師免許を取得した時点で、すべての診療科をカバーする資格がある。従って、内科志望の医師にとってこそ、外科学のベッドサイド・ラーニングは重要となると思われる。

最後に、指導する側の自分にとっても、学生を指導することで自分の立ち位置や技術レベルを再認識させられて大変役に立った。自分の未熟さを痛感させられる新たな視点を得たことは、自分自身の研修に対しても有意義であったと思われることを追記する。

一九八八年七月　グループF担当　東城大学医学部付属病院総合外科学教室　世良雅志』

三人の学生は短い研修期間を終え、佐伯外科学教室を去った。ほんの五日間の滞在だったが、その経験が後の彼らに与えた影響は大きかった。

二十年後、彼らが所属する未来の東城大学医学部付属病院は次々に未曾有《みぞう》の災難やスキャンダルに襲われる。また、二十年の年月は医療の常識もドラスティックに変えていく。その内憂外患の大嵐に彼らの運命も大きく翻弄されるのだが、その物語はまたの機会に譲ることとする。

4章
誤作動
一九八八年（昭和六十三年）十月

黄金の葉が舞い散る駅前のイチョウ並木を、世良《せら》は軽やかに走っていた。ひんやりとした空気が心地よい。

十月の晴れた日曜の朝。最近建て直されたばかりの駅舎には、ショッピングビルが組み込まれている。世良は駅のホールに駆け込む。待ち合わせをしていると思しき男女がたむろしていた。ある者は手持ち無沙汰に、ある者はしきりに腕時計を気にしながら佇《たたず》んでいた。

――早すぎたかな。

映画の開始時刻が十時三十分なので、約束は十時十五分という中途半端な時間にしてあった。時計の針は十時ジャスト。さすがに十五分前はちょっと、だったかな。

苦笑いした世良が、桜宮《さくらのみや》駅の待合わせ場所のモニュメント、桜の乙女像に視線を投げかけたとき、その足元によく似た横顔を見つけた。

世良は息をひそめて、小柄な女性の背後から近づく。切り揃えた髪を微《かす》かに揺らしながら、うつむき加減で一心に本を読んでいる女性の左後ろから、腕を回して右肩をぽん、と叩く。女性が本から顔を上げ、右後ろを振り返る。誰もいないので、一瞬怪訝《けげん》そうな顔になる。世良は今度は左肩を叩く。くるりと一回転して、世良の顔を見つけた女性は笑顔になる。

「もう、世良先生ったら、冗談ばっかり」

花房美和《はなぶさみわ》は、くすりと笑った。それからうつむく。

「何を読んでいるのかな」

世良が花房の手から本を取り上げる。

「あ、返して下さい」

ハードカバーの薄い本を、世良はぱらぱらとめくる。

「何これ。俳句?」

花房は世良の手から本を取り返すと、書店の紙カバーを外して表紙を見せる。

「違います、短歌の本です」

「ふうん、『サラダ記念日』って、変なタイトル」

「私と同じくらいの女性が詠《よ》んだ歌集です。去年のベストセラーなんです」

世良は肩をすくめる。

「へえ、短歌集がベストセラーになってたんだ。全然知らなかった」

「世良先生は本はあまり読まないんですか?」

「そうでもないけど、去年は受験生だったたし、今年は今年で、下っ端の外科医だから、最近は本なんて読む暇がないなあ。考えてみたら映画だって二年ぶり、かな」

世良は思い出す。最後に見たのは『バック・トゥ・ザ・フューチャー』というSF映画で、その時隣に座っていたのは、すっかり疎遠になったかつての恋人、祐子《ゆうこ》だった。

世良は、駅ビルの向かいにある映画館を見上げて言う。

「少し早いけど、もう行こうか。でも本当にこの映画でいいの？」

花房は嬉しそうに微笑んで、うなずく。

「ええ、ずっと楽しみにしてたんです」

映画館の看板には、太ったタヌキのマンガが描かれていた。世良は首をひねりながら、花房には聞こえないように呟《つぶや》く。「……それにしても一体何なんだ、トトロって」


暗闇の中、隣の花房が映画に没頭しているのを感じながら、世良はポップコーンをほおばる。ようやくタヌキのお化けが出てきた。アニメなんて久しぶり、しかも映画館で見るなんて、と思っていた世良は、少しばかりアニメ映画を見直し始めていた。

主人公の女の子が、お母さんに会えたようだ。隣で花房が洟をすすっているのが聞こえた。世良は息を呑み、それから思い切って手を伸ばす。暗闇の中、ひんやりした手をつかまえる。一瞬、その手が震えた。

世良は小さな手を自分の掌で包む。行き先を決めかねている細い指がもう一度微かに震え、それから諦《あきら》めたように力を抜いた。世良は、包み込んでいた手を緩《ゆる》めて、指と指をからめた。

駅ビルの最上階、ファミリーレストランの窓際の特等席で、世良と花房は向かい合ってパスタとステーキを食べていた。

「やっぱりあの監督の作品は素敵です。前のもよかったけど今度みたいなのは初めて」

饒舌《じょうぜつ》に映画の感想を語る花房を、世良は興味深くながめていた。手術室でのもの静かで控えめな花房とは、印象がずいぶん違う。

世良は最後の肉片を飲みこんで、口の回りを拭《ふ》きながら言う。

「花房さんって、映画が好きなんだ」

花房は、世良を見た。それからうつむく。

「そんなに見ているわけじゃないんです。友だちと休みが合わないから、ひとりで映画を見ることが多くなっちゃって」

花房は手術室ただ一人の一年生看護婦だ。病棟と手術室は勤務形態が全然違う。病棟は勤務時間が不規則だが、手術室は規則正しいから、同期とはなかなか予定が合わないのだろう。世良は意地悪なふりをして、花房に尋ねる。

「恋人と行けばいいじゃない」

花房は顔を上げ、世良を見つめる。それから真っ赤になってうつむく。

「そんな人、いません」

世良はマズったかなと思いながらも、その返事を聞いて肩が軽くなるのを感じた。

珈琲《コーヒー》カップは空になっていた。ウエイトレスが何度目かの水を注ぎ足しにきた。

世良は手を広げて言う。

「でさ、それからというもの、渡海《とかい》先生はすっかり高階《たかしな》先生の弱点を握った気になっちゃって、権太郎《ごんたろう》だの権の字だの、呼びたい放題だよ。高階先生はどう見ても自分の名前が権太《ごんた》というのが気に入らないことがありありだから、渡海先生がそうやって呼ぶたびに、眉《まゆ》をぴくぴくさせるんだ。で、オペが終わるたびに俺に八つ当たりさ」

世良は高階の口まねをする。

「世良君、医局内は公の場所です。親しき仲にも礼儀あり。私にはファーストネームで互いを呼び合うという、アメリカナイズされた習慣はありませんからね」

花房と世良は同時に吹き出す。世良は笑いながら続ける。

「俺が高階先生のことを、権の字、なんて言うわけないのに。相当気にしているよ、あれ」

花房も笑って言う。

「高階先生はお気の毒です。手術場でも、もう誰も高階先生って呼ばないんですよ。みんな陰ではゴンちゃん、って呼んでます。藤原婦長なんてもっとひどくて、あのゴンスケは、って言うんです」

「ゴンスケ、ねえ。非の打ち所のないエリート外科医なのに、人間どこに落とし穴があるか、わからないね」

「ほんと。最近では、高階先生もそう呼ばれているのをうすうす感じているみたいで、なんか機嫌悪いの。私たちもつい、面と向かって言いそうになるので、ひやひやしてるんです」

「それは楽しみだな。あの藤原婦長が高階先生に向かって、おいゴンスケ、と言う光景を考えるとわくわくする。今日の映画よりずっと面白そうだ」

花房が世良をちらりと見る。

「あの映画、つまらなかったですか？」

世良は慌《あわ》てて首を振る。

「そんなことない。久しぶりのアニメで戸惑《とまど》っただけ。それにしても、アニメって実写なみの感情表現ができるようになったんだね」

正直な感想だった。花房はほっとした表情で言う。

「ええ。でもやっぱりちょっと子どもっぽかったですね。次は恋愛物でも探しておきます」

言ってから、花房はまだ申し出のない次の約束を楽しみにしていることをうっかり漏《も》らしてしまったことに気づいて、真っ赤になってうつむく。

花房の気遣いと本音をこぼしてしまった羞《は》じらいが、世良の心に伝わってくる。

「いいけど、純愛物はよくわからないからなあ。もともと映画ってあまり見ないんだ」

花房は、真顔で言う。

「映画でなくてもいいです。私、美術館とか水族館も好きです」

「へえ、水族館ねえ」

世良は、桜宮水族館の記事を思い出す。何だっけ。ああ、『黄金地球儀』の話だった。

「来春オープンする桜宮水族館の別館、『深海館』の目玉って、知ってる？」

花房は首を振る。世良は続ける。

「桜宮湾で発見されたボンクラボヤと、『黄金地球儀』なんだって」

花房は尋ねる。

「ボンクラボヤは知ってます。新種発見で、この間大騒ぎでしたよね。『黄金地球儀』って、何ですか？」

「何でも『ふるさと創生資金』とかいって、国が全国の市町村に一億円ずつ大盤振る舞いすることを決めたらしいんだ。使途は自由。桜宮市は智恵がなくて、一億円全部、金塊《きんかい》に替えて、地球儀を作るらしい」

「そうなんですか」

花房は顎に手をあて、考えこむ。

「でも、どうして地球儀を水族館に展示するのかしら」

世良は答える。

「実はね、桜宮市には博物館がないから、むりやり水族館の目玉にするらしい」

「そうだったんですか。黄金地球儀はどうでもいいですけど、ボンクラボヤは見てみたいな」

花房は上目遣いで世良を見る。

「一緒に行こうか?」

世良の言葉に、花房はうなずく。世良はそう言ってから、ふと口ごもる。

「あ、ごめん。やっぱり約束はできないかも」

花房の顔が曇る。

「そうですよね。世良先生にだってご都合がありますよね」

世良は慌てて首を振る。

「そうじゃないんだ。来年から我が総合外科学教室の研修システムが少し変わるらしくて。これまでは研修医は二年目には、外部の協力病院に研修に出ていたんだけど、来年から二年目の一部は大学に残るらしい。だから大学病院に残留すれば行けるけど、外の病院に出てしまったら無理かも知れない」

「そうなんですか。来年大学に残る先生方は何人くらいですか?」

「正式にはまだ決まっていないけど、二、三人らしいよ」

それから世良は胸を張る。

「早く大学病院を出たいよ。大学じゃあ手術なんてさせてもらえないけど、外の病院ならばりばりやらせてもらえるからね」

「世良先生の願いが叶《かな》うといいですね」

花房の言葉にさみしげな響きがあった。世良は慌てて、言う。

「と、この間までは思っていたんだけど、この頃はもう少し大学病院に残ってもいいかなあ、なんて思い始めているんだ」

　そう言って世良は花房を見つめる。花房は顔を赤らめ、うつむく。それから笑顔で言う。

「もし来年、世良先生が病院に残っていて、それから私との約束を忘れないでいて下さったら、その時はご一緒させて下さい」

「もちろんさ」

　世良は花房の笑顔を見届けて、話を変える。

「ところで渡海先生の評判って、手術室ではどう？」

　花房の顔が複雑な色を見せる。プラスの感情とマイナスの感情が入り交じっている。そんな表情そのままの答えが返ってきた。

「最低、と、最高、ですね」

「どういうこと？」

　花房は窓の外を見る。駅舎から海に向かって、黄金のイチョウ並木が真っ直ぐ延びているのを眺める。

「藤原婦長はいつも言っています。あれでウデが良くなかったら、今すぐ八つ裂きにしてやるのに、って」

　オレンジジュースのストローを指でつつきながら、花房は続ける。

「手術開始時間は守らないわ、手術が終わるとさっさといなくなるわ。せめてその後、病棟で仕事をしているフリでもしてくれればまだ何とか我慢できるのに、外科控え室に引きこもって、がんがんロックをかけまくっている。あれで評判がいいわけないです」

「そうだろうね。最低という評価は当然だよ。でも、それなら最高って何？」

「手術手技です。早くて正確。それだけではなくて、渡海先生の手術を見ていると、バックにロック音楽が聞こえてくるような気がするんです」

「そんなこと、手技の素晴らしさとは全然関係ないだろ」

花房は首をひねりながら、考え込む。それからぽつりと言う。

「でも、見ている人間に音楽を感じさせるということは、手技の完成度が高い、ということではないのかしら」

花房はため息をつく。

「私の器械出しは未熟だから、渡海先生と御一緒しても音楽は聞こえてきません。でも猫田主任の器械出しだと本当にすごいです。ああいうのを、デュオっていうんでしょうね」

花房は一瞬羨《うらや》ましそうな顔になる。世良は微かな苛立《いらだ》ちを感じる。

「へえ、じゃあ美和ちゃんは渡海先生に苛《いじ》められてるわけだ」

渡海が花房のことを美和ちゃん、と呼ぶのを思い出しながら、世良はさりげなく、そして思いきって口にしてみる。チャンスボールを前にした緊張と、そういう時には力を抜くといい、という経験則から、できるだけ軽く言ってみた。

花房はぴくり、と緊張する。それから顔を上げて世良をまっすぐ見つめる。そして答えた。

「渡海先生は優しいです。私が渡海先生の指示に追いつかなくても、怒られたことはないです。その意味では高階先生の方が怖いです」

意外な答えに、世良は思わず言う。

「渡海先生はいい加減だからな」

花房は、きっぱりと言った。

「弱い人間に対していい加減になれるのは、強くて優しい人にしかできない気がします」

その言葉は、世良の心にかちりと突き当った。花房は一見弱々しく見えるが、その芯は強く、ブレない。世良はその口元を見ながら、ため息をつく。

どうやら、花房の唇までの距離はまだまだ遠いようだ。


世良は話の軸を微妙にずらす。

「渡海先生がいつも聴いているロックグループって知ってる？」

「バタフライシャドウ。今ちょっと流行《はや》りのグループですよね」

世良は話の継穂《つぎほ》にはずみで聞いた質問に、正確な答えが返ってきたので、驚いて尋ねる。

「なんでそんなこと知ってるの？」

「前に外科控え室に招待されたとき、教えてくれました」

「美和ちゃんて、渡海先生の部屋に招待されたんだ。いつ？」

花房は、世良の気配の変化を感じたのか、両手を振って慌ててつけ足す。

「違うんです。招待されたのは猫田主任。私はオマケです」

「猫田主任と渡海先生は仲がいいの？」

花房は即座に答える。

「渡海先生が猫田主任を気に入っているんです。でも、主任は何とも思っていないみたい」

花房はくすりと笑って続ける。

「猫田主任が興味あるのは、どこで昼寝ができるのか、ということだけ。しかも藤原婦長の厳しい監視の目をくぐりぬけて、ね。それを知った渡海先生が、手術中で使わない時に限って渡海先生専用の部屋を貸してあげようと仰《おっ》しゃって、二ヵ月くらい前、招待してくれたんです」

「へえ、それじゃあ猫田主任に日中の寝床ができたわけだ」

花房は首を振る。

「それがダメだったんです。渡海先生の部屋に一歩足を踏み入れた途端、こんな煙草《たばこ》臭い部屋では寝られません、と言って即お断り」

「猫田主任は煙草嫌いなんだ」

「ええ。煙草の匂いがしない寝床を探して、あちこち放浪しているみたい」

「そもそも、勤務時間内に昼寝をしようという、その根性が間違っている、と思うな」

花房は微笑する。

「世良先生って、藤原婦長と同じこと言ってる」

ウエイトレスの視線がとげとげしさを増しているのを感じ、世良は席を立つ準備を始める。

その世良に、花房が尋ねる。

「世良先生、総合外科学教室は、何か新しい研究でも立ち上げるんですか？」

世良は鞄《かばん》を膝《ひざ》の上に載せる動作を止めて、聞き返す。

「何で、そんなこと聞くんだい？」

「先週、高階先生があの『スナイプ』を二十台も注文なさったものですから」

「二十台も？　本当？」

世良は驚きを隠せず、花房を見つめ返す。

「ええ、藤原婦長がびっくりして、ゼロがひとつ多いんじゃないかと、再確認したくらいですもの」

食道癌《がん》二十症例と言えば、佐伯《さえき》外科で一年間に行われる数の三分の二に相当する。まさか、これから一年間、高階講師がほとんどの食道癌手術を行うというわけじゃないんだろうな。もしそうなったら、佐伯外科は一体どうなってしまうんだろう。

世良は急に自分の足元がぐらつくのを感じた。心配そうな花房の顔を見て、世良はあわてて取り繕う。

「今日は楽しかった。また今度、映画に誘うよ」

花房はうつむいて、小さくうなずく。

食道自動吻合器《ふんごうき》、『スナイプＡＺ１９８８』は帝華《ていか》大学から赴任《ふにん》してきた高階講師の秘密兵器だ。東城《とうじょう》大学医学部付属病院総合外科学教室、通称佐伯外科に赴任して五ヵ月、その白い狙撃銃は佐伯外科を席巻《せっけん》していた。今や看板の食道癌手術は高階講師の独壇場になりつつあった。

『スナイプ』は高価な器械で、かつ、一回限りの使い捨てだった。

下宿に戻った世良は机の上の本棚を見る。そこには、『スナイプ』の白い銃身がフェイクな金属の輝きを放っていた。

実は世良は破棄された『スナイプ』を一台、こっそり自宅に持ち帰っていた。朝に夕に、その白いボディを見る度に、かつてカンファレンスの席上で高階講師が言い放った言葉が鮮やかに甦《よみがえ》る。

『世良君だって、十年待ってやっと食道切除術の手洗いができるなんて世界、うんざりだろ。君みたいな若者がどんどん手術できる環境を整えるべきだ。そう思わないかい?』

その言葉は、甘美な毒のように、折にふれ世良の脳裏に甦るのだった。

世良は寝床に潜り込む。高階講師の言葉は霧のように薄らいで、代わりに脳裏に甦ったのは、冷ややかな細い指の感触と、赤いルージュを引いた唇だった。

世良はふと、明日のカンファレンス症例、食道癌患者の田村洋子《たむらようこ》さんの画像イメージを思い浮かべた。なぜか、輪郭以外が次第に真っ黒くぬり潰《つぶ》されていく。その黒いフィルムに吸い込まれるように、世良は眠りに落ちていた。

週明け月曜日午後のカンファレンスは緊張感に欠けていた。一番の理由は重鎮、黒崎《くろさき》助教授が不在のためだろう。

秋は学会シーズンで、佐伯外科でも多くの医局員が交代であちこちの学会に出席していた。ただ、それでも他大学と比べるとその数は少ない。外科手術の実技重視の佐伯外科はどちらかというと古いタイプの教室だ。

――外科医は手術ができてなんぼ。

その当たり前の考えが、最近ではしかし当たり前でなくなりつつある。少なくとも医学部の頂点、教授になるには論文の数が重視されつつあった。最先端の大学病院、例えば日本のトップを自任し首都東京に君臨する帝華大学では、論文の件数が多い医師が有能だと評されて出世の階段を昇り始めていた。一方佐伯外科では学術研究はそれほど重視されていなかった。

最近のカンファレンスでは活気が失われていた。渡海はもともとカンファレンスには顔を出さない。そして高階講師が言ったことに、佐伯教授がコメントをする回数は極端に減っていた。今や症例検討カンファレンスは、高階講師オンステージの様相を呈していた。

そのせいか、高階講師のネーベンである世良の相対的な地位も上昇しているような気がした。そうしたことには無頓着な世良も、その方面に敏感な北島の微かな反発のような空気を感じるたび、嬉しいのと煩《わずら》わしい気持ちがごっちゃになって、消化不良の気持ちになる。

秋晴れには程遠い、澱《よど》んだ空気が佐伯外科には漂《ただよ》っていた。そんな空気の中、世良は、高階講師のネーベンとして、淡々と症例呈示を進めていた。

「というわけで、田村さんの食道癌は中部の気管分岐部まで達している恐れがあります。粘膜下転移の可能性を考えると、拡大切除の臨時適用も視野に入れ、左側臥位《そくがい》開胸アプローチにより、『スナイプ』による器械自動吻合を行う予定です」

手慣れた定型のプレゼンを終え、世良は周りを見回す。

反論はない。佐伯総合外科は『スナイプ』の白い銃身に制圧されてしまったかのようだ。

その瞬間、重々しい声が響いた。

「高階君、ちょっと言わせてもらうが、よろしいか？」

佐伯教授が白眉《はくび》を上げて、言う。深い皺《しわ》の間から、鋭い眼光が高階講師を射抜く。高階講師は軽やかに答える。

「拝聴いたします」

佐伯教授は咳払《せきばら》いをする。

「そのオモチャで行った手術は何例になった？」

「十一例に達しました。幸い、ここまでリークはゼロです」

「なるほど、有言実行したわけだな。私もお前の主張は認めよう。そこで、だ。こうなると我々は当然次のステップに移行しなくてはならない」

高階講師は首をひねる。

「と申しますと?」

「お前にはこの五ヵ月、好き勝手をさせてやった。その代わりにこれから三つ、義務を果たしてもらいたい」

佐伯教授は指を三本立てて、言った。

「一つ目。私は来月『国際外科フォーラム1988』に特別講演の演者として招聘《しょうへい》されている。極北大学《きょくほく》で行う発表スライドを来週中にまとめろ。演題は『食道癌切除術の未来』だ」

「発表時間は一時間でしたね。わかりました」

「二つ目は、このオモチャを使った手術結果をまとめて、来春の外科学会総会のシンポジウムを企画し、発表しろ」

高階講師は、その言葉にもにこやかに答える。

「シンポジウムの件は西崎教授に頼んでみます。次回の外科学会の会長ですから。実は企画を出せ、とせっつかれていたので、ちょうどよかった」

ちらりと佐伯教授を見て、言う。

「佐伯教授、座長でもなさりますか」

佐伯教授はふん、と鼻先で笑って答える。

「おままごとの仕切役など、御免蒙《こうむ》る。お前がやれ。イヤなら西崎君にでも回せばよかろう」

「わかりました。これで二つ完了ですね。で、最後の御命令はなんですか」

佐伯教授の目の光が強くなる。

「お前がこのオモチャをウチの教室に導入したそもそもの動機は何だったか思い出せ。これを一般の外科医に広めることだっただろ」

「仰しゃる通りです。で、どうしろ、と?」

高階講師はうなずきながら、首をひねる。その視線が不穏な何かを捉える。

佐伯教授はうなずきながら言う。

「そろそろいい頃だろう。あのオモチャを使って、他の医局員に食道癌切除術を行わせる」

佐伯教授は高階講師の顔を見つめる。

「お前は、誰にでも食道癌切除術ができるような世界になると大ボラを吹いていたな。それなら医局員であれば誰にでもできる手術のはず。だから術者は私が決めさせてもらう」

高階講師は僅《わず》かに表情を曇らせて言う。

「まだ時期尚早の感はありますが、佐伯教授のお達しとあらばやむを得ませんね。それでは誰にやっていただきましょうか。垣谷《かきたに》先生あたりがよろしいような気がしますが」

高階講師の言葉に、佐伯教授はうっすらと笑った。

佐伯教授は臨席している医局員の顔をぐるりと見回す。低調だったカンファレンスの場は、一瞬にして沸騰《ふっとう》する。

佐伯教授の視線が次々と医局員の顔の上を素通りしていくのを見ながら、世良は唐突に鳩尾《みぞおち》が締めつけられるような緊張を感じ始めた。

——まさか。

佐伯教授の視線の巡回は、ルーレットの玉がどこかの溝に落ち込むことが必然であり、その一点がはじめからどこかと決まっていたかのように、世良の顔の上でぴたりと止まる。

……まさか、まさか。

「そうさな、口が達者な一年坊エースにやらせてみるのも面白いかな」

世良は膝が抜け、椅子《いす》にへたりこんだ。


高階講師が立ち上がる。

「佐伯教授のご指示とはいえ、従えることと従えないことがあります。いくらなんでも一年目の世良君に食道癌切除術の術者は早すぎる。無理です」

「何だ、誰にでもできる外科手術、という謳《うた》い文句は看板倒れか」

「そうは言いません。ですが、世良君は先日の手術で渡海先生から、やはり過分な役割を強制され、かなりショックを受けています。ここで何かあれば、彼の外科医生命に関わる」

佐伯教授は白眉の下に、強い視線をしまいこむ。

「常識的な指導からは、凡庸《ぼんよう》な外科医しか育たない。その口達者な一年坊が渡海から受けた大ショックが、どれほど血肉になっているか考えてみろ。渡海という荒海に揉《も》まれた方が使える外科医になれる可能性はよっぽど高い」

世良はぼんやり佐伯教授を見た。それから高階講師の激した声につられ、視線を移す。

「ですが、その荒海に沈没してしまう船だってある」

佐伯教授は笑う。

「小天狗、お前は甘い。そうなったらそれまで、だ。そんなヤツは、いつかどこかでそうなる運命なんだ。だとしたら、己の天分を知る時は早い方が身のためだとは思わないか？」

佐伯教授は世良を挑発するように言う。世良は、その言葉を受けとめた。震える足で立ち上がる。

「教授のご指名でしたら、やります」

「世良君、無茶はよせ」

高階講師の声が静かに響く。「君にはまだ無理だ」

「佐伯教授が無理な指名をなさるとは思えません。私たちが心から信頼する、佐伯外科教室の主宰者なんですから」

佐伯教授は、ほう、という顔で世良を見つめた。世良は膝の震えを気取《けど》られないように、続ける。

「教授がやれ、と仰しゃればやります。教授は私にできる、と思っていらっしゃるから指名なさるんでしょう？」

佐伯教授はにこやかにうなずく。「当然、だ」

高階講師は穏やかに世良を諭《さと》す。

「世良君、君の勇気には感服する。だが、君はいつも、蛮勇《ばんゆう》と紙一重の所にいる。己を見失った勇気は、害悪ですらある。時には引く勇気も覚えたまえ」

高階講師は視線を佐伯教授に戻す。

「お戯《たわむ》れはそのへんにして下さい。『スナイプ』で手術をするには胃亜全摘術の術者を最低でも五例経験している、という外科医の最低レベルに達していることが必要です。先般、確かに私は外科医になら誰でもできる手術だと言いましたが、逆に言えば、これは外科医でなければできない手技です。研修医一年生は、まだ外科医ではありません。というわけで、術者はオーベンクラスのどなたかにお願いしたい」

佐伯教授は高階講師をじろりと睨《にら》む。

「ふん、なるほど。うまく逃げたな。だがまあ、妥当な落としどころだろう。それでは、希望者を募るか。術者をやりたいヤツはいるか？」

佐伯教授はぐるりと場を見回す。一瞬の逡巡《しゅんじゅん》。誰もが新しい技術を試したいという野心を持つが、同時にそれは失敗の可能性も背負い込むことでもある。場が静まり返る。

佐伯教授が呟く。

「何だ、これでも天下の佐伯外科か。何とも情けないことよ」

その言葉につられたように、一人の外科医が立ち上がる。

「僭越《せんえつ》ですが、自分に術者をやらせて下さい」

視線が一斉に集中する。

五年目のオーベン、関川《せきかわ》だった。

佐伯教授は高階講師を見る。「関川君では不満かね」

高階講師は一瞬、躊躇《ためら》いの表情を見せた。それから胸を張る。

「異存ありません」

佐伯教授は高階講師から視線を切らずに、尋ねる。

「関川君、高階講師の手術で助手を務めたことはあるか？」

「あります」

「これまで何例、高階講師の食道癌手術の手洗いをした？」

「三例です」

佐伯教授は満足げにうなずく。

「よろしい、関川君、それでは君が術者をやりたまえ」

高階講師は関川に語りかける。

「心配いらないよ。私が第一助手で介助するから」

関川の表情が一瞬安堵する。そこへ佐伯教授の厳かな声が重なる。

「小天狗、この手術には、お前は手洗いはおろか、手術室への入室も認めない」

佐伯教授の言葉に、関川が驚いたように目を見開く。

「ばかな。無茶だ」

高階講師が大声をあげる。冷静な高階講師にしては珍しい。だが、場に居合わせた誰もが、佐伯教授の言葉は確かに無茶で、高階講師の抗議は当然だと考えた。

佐伯教授は静かに言う。

「かつてお前が教室で切った啖呵《たんか》を思い出せ。あの時お前は、この器械が広がることで日本の外科が変わる、と言い切った。お前がこのオモチャを使う手術に、常に立ち会うことは不可能だ。つまり、これから起こることこそ、お前のめざす現実、だ」

　高階講師は言い返す。

「その通りですが、新しい技術の導入の際はきちんと研修するのが当然です。そこをすっ飛ばして技術だけを導入することは医療の自殺行為でしょう」

　佐伯教授は言う。

「研修にはどのくらいの時間を割けると思う？　その手術の第一人者の助手を三例も務める、というのは、過剰なくらい濃厚な研修に思えるがな」

　黙り込んだ高階講師に、佐伯教授は淡々と続ける。

「高階君よ、お前にはまだわからないだろうが、君の考えを推し進めていくと未来のどこかで必ず、うぬぼれた未熟者が自分の技量も顧みず、見よう見まねで新しい技術に挑戦するようになる。その時医療は大勢の人を殺す。君はそのことを身を以て知っておく必要がある」

　佐伯教授は言い放つ。

「水曜日の食道癌患者、田村洋子さんの手術スタッフは、術者関川、第一助手垣谷、第二助手青木、でいく。この件に関しては、これ以上異議は認めない。以上」

　佐伯教授はのそりと立ち上がる。扉のノブに手をかけてから、思い出したように言う。

「そうそう、ひとつ言い忘れていた。私の教室で、あのオモチャを使い続けることを黙認しているのは、失敗症例がないからだ。いくら教授である私が気に入らなくても、結果を出し続けている術式を個人的な一存で止めさせるわけにいかないんでね。だが、一例でも失敗したら、その時は遠慮なく中止させてもらうから、そのつもりで」

きしむ音と共に閉ざされた扉。その向こうに消えた佐伯教授の後ろ姿を、高階講師は燃えるような視線で射抜いていた。

佐伯教授の姿が消えると、関川と垣谷が高階講師の元に駆け寄った。

「高階先生、どうしましょう」

口火を切ったのは、第一助手に指名された垣谷だった。関川は青ざめて唇を震わせて言葉も出ない。高階講師は諦めたような表情で笑う。

「佐伯教授にあそこまで断言されては、どうしようもないでしょう。やるしかありません」

高階講師は関川を見た。

「関川先生、先生はいつも、あんな手術は簡単だ、と仰しゃっているそうですね」

「それは……」

関川はうつむく。高階講師は笑う。

「その意気ですよ。佐伯教授の仰しゃることは正しい。あの手術は実に簡単で、三例も見学すれば十分です。大丈夫、関川先生ならできます。ましてサポートするのはピカイチの指導医、垣谷先生です。私は、大船に乗った気分ですよ」

「おだてても、何も出ませんよ」

垣谷はぶっきらぼうに言う。佐伯外科に対する忠誠心篤《あつ》い垣谷としては、複雑な心境だろう。高階講師はにこやかに言う。

「思い悩んでも仕方ありません。関川先生は、使用済みのスナイプでシミュレーションを繰り返して下さい。疑問があれば私を捕まえて質問すること。遠慮は無用です」

関川は心細げにうなずいた。

隣で話を聞いていた世良に向かって、垣谷が言う。

「世良、手術室に術者予定変更表を至急、提出してこい」

それから世良をちらりと見て言った。

「サイドバックは守備に専念してればいいんだ。少しばかり足が速いからって、おだてられてのこのこ最前線に出張ってきても、いいことはないんだぞ」

六年生の秋に決勝ゴールを決めました、とはさすがに言い返せなかった。世良は黙って垣谷から用紙を受け取った。


手術室のドアの前に立つ。深呼吸をして、フットスイッチに足を入れドアを開ける。続いてゴムサンダルに足を突っ込み、白衣のまま入口すぐの左手にある手術室受付の扉を開ける。

予想通り。花房が書類整理をしていた。世良は心臓が急に高鳴り始める。

花房が顔を上げる。世良を認め、顔を赤らめる。

世良がぶっきらぼうに言う。

「手術予定の変更届けを提出しに来ました」

「わざわざご苦労さまです」

他人行儀なやり取りのあとで、花房が小声で言う。

「あの、昨日はご馳走さまでした」

世良も声を潜《ひそ》めて言う。

「また、誘うからね」

花房が小さくうなずくのを見て、世良の周囲が急に明るくなったような気がした。

背後から、世良の首にぐるり、と腕が絡まってきた。

「よお、世良ちゃん、いつの間に美和ちゃんと仲良しになったんだ？」

渡海の声。世良は振り返らずに答える。

「そんなんじゃないです」

渡海は笑って、世良が花房に手渡した紙を取り上げながら言う。

「誰も責めちゃいないさ。男女交際大いに結構。それより美和ちゃんさ、自分のことばっかじゃなくて、先輩のコトも少しは考えてあげないとね。ネコちゃんは何とかならないの？」

花房は真っ赤になりながら、小声で答える。

「それとなく、お伝えしてはあるんですが」

渡海は、驚いて花房を見る。それから大笑いする。

「本気にしたのか。心配するなよ、ネコちゃんが男に興味ないのはよくわかってるから。俺はただ、世の中で昼寝が一番大切なことだと思っている者同士、ちょっとだけ仲良くしたいなあ、と思っただけさ」

　そう言って、世良に向かってウインクをする。

「実はその手の話なら、クスリ屋に言えば六本木まで往復のハイヤーを出してくれる。よかったら美和ちゃんも一緒に行こうか、世良先生と一緒にさ」

　世良と花房は一瞬、視線を交錯させる。その後ろから太い声が聞こえた。

「いつまでも油を売ってないで、とっとと仕事をしなさい、花房さん」

　世良が振り返ると、藤原婦長が腕を腰に当て、渡海を睨んでいた。

「ウチの新人によからぬことを吹き込まないで下さいませんか」

「おお、こわ。婦長なんだから、もう少しこう、何というか、まろやかに物を言えないかな」

「無理ですね。今年の佐伯外科は不作だわ。渡海先生といい、ゴンスケといい、わがまま者ばかりなんだから」

　藤原婦長が渡海を睨みつけ腕組みをした瞬間、受付奥の物品倉庫から、荷物が転げ落ちたような大きな音がした。

　場に居合わせた者は一瞬、ぎょっとした顔になる。世良と花房は顔を見合わせた。藤原婦長が眉をぴくりとさせ、舌打ちをする。

「ネコのヤツ、とうとう物品倉庫にまで……。もうどうしようもないわ」

「せっかく俺の部屋を貸してやる、と言っているのになあ」

渡海の呟きを無視し、藤原婦長は奥の扉を開く。そこには、ぶつけた額を撫《な》でて立ちすくんでいる猫田主任の姿があった。

「あ、藤原婦長、おはようございます」

「もう夕方よ。呆《あき》れて言葉も出ないわ」

猫田主任は藤原婦長の叱責《しっせき》に慣れているのか、ぽとぽとと歩くと、花房の隣に腰掛ける。その顔を見ずに、猫田は小声で言う。

「役に立たない娘《こ》ね。婦長さんが来たら咳払いしろ、って言ったでしょ」

「すみません、猫田主任」

花房が身を縮めて、謝罪する。その様子を見ていた藤原婦長が言う。

「花房さんが謝る必要はないわ。悪いのは、勤務時間中に昼寝をしている猫田なんだから」

猫田主任は眠そうな目を上げて、ぼんやりとした声で言う。

「婦長さん、違いますよお。昼寝じゃありません。シエスタです」

怒りのあまり、手をわなわなさせている藤原婦長の肩を渡海が軽く叩き、手にした紙を机の上に置く。

「そんなことより、こっちの方が面白そうだぞ。とうとう権の字が左遷された」

藤原婦長は机の上の手術予定表に視線を落とすと、あら？　という表情になる。

「『スナイプ』手術なのに、ゴンスケが入っていない。どういうこと？」

世良がカンファレンスでの出来事を一通り説明し終えると、渡海があくびをした。

「ふうん、いよいよジイさんが袈裟《けさ》の下から鎧《よろい》を出してきたか」

「どういうことです？」

渡海はぐるりと周囲を見回して言った。

「世良ちゃん、続きを聞きたかったら、部屋までおいで。今日は幸い、夕方までヒマだから」

「いつもヒマでしょ」

藤原婦長が小声で言う。

肩をすくめて部屋を出ていこうとした渡海の背中に、猫田主任が声をかける。

「渡海先生、明後日《あさって》の手術の時、お部屋にいらっしゃいますよね」

渡海は振り返る。

「驚いた。あれだけ口説いても袖《そで》にされ続けたネコちゃんから声をかけてもらえるとは」

渡海は続ける。

「あいにく俺は、ママゴトの後かたづけを手伝うつもりは毛頭ない。明日から三日間、東京の研究会に出席するんだ。夜は六本木で大豪遊さ。ネコちゃんに声をかけてもらったのに申し訳ないが、ま、そういうことだ」

渡海の後ろ姿を見送った猫田主任は、手術予定表に視線を落として、言う。

「私、この手術の器械出しは降りたいなあ。そうだちょうどいい、美和ちゃんがやれば」

「こら、メンバー決定は婦長の権限でしょ」

そう言って藤原婦長は猫田主任を見つめる。

「何か、あるの？」

猫田主任はうっすら笑う。それから、花房に言う。

「美和ちゃん、あんたにとってはいい経験になるわよ、きっと」


誘惑に耐えきれず、世良は渡海の部屋の扉を叩いた。おう、という返事があり、世良は扉を開く。

ぎんぎんのロックサウンドを予想していたが、部屋に流れていたのは、ハスキーな女声のスロー・バラードだった。扉を閉めながら世良は尋ねた。

「これがバタフライシャドウ、ですか？」

渡海は、ほう、という顔で世良を見た。

「よく知ってるな、マイナーなグループなのに」

「たまたま、です」

ソファに横たわっていた渡海は、上半身を起こして言う。

「残念ながら違う。バタフライシャドウは、バックを務めている。これは水落冴子《みずおちさえこ》という歌手だ」

「何ていう曲ですか？」

「『ラプソディ』」

世良は勧められるまま、椅子に腰を下ろす。黙って歌を聴いていた世良は、胸の中にもやもやした感情が立ち上るのを感じた。女性の声が、長く震えながらフェイドアウトしていくにつれ、胸騒ぎが高まる。

やがて、最後の音の煌《きら》めきが世良の身体を貫いた。どす黒い感情が砕《くだ》け散って、光の破片となって飛び散る。世良は深呼吸をして、ふと思う。

——蘇生《そせい》するって、こういう気持ちなのかな。

「この曲は、世良ちゃんには、まだ早すぎる」

空回りしているターンテーブルを止めて、渡海はレコードを替えた。

針を落とすと、フルボリュームのエレキギターが流れ出す。

世良は耳を押さえ、音楽に負けないような声を出す。

「今度は、何です？」

「こっちが正真正銘バタフライシャドウさ。曲名は、『スカラベの涙』」

スカラベ。確かエジプトでは聖なる昆虫のはず。こんな美しい旋律に、フンコロガシという昆虫の名前をつけた作曲者の感性に、世良はふと興味を覚える。

大音響の中、渡海はいつになく真面目な表情をしていた。

「ジイさんは権の字に、手術室に入ってはいけない、と言ったんだな？」

世良はうなずく。渡海は続けて呟く。

「まあ仕方ないか。オモチャだけじゃなくて、ＩＶＨ（中心静脈栄養輸液）まで使うんだもの、ジイさんの神経を逆撫でしまくっているもんなあ」

世良は尋ねる。

「どうして、ＩＶＨを使用することが問題なんですか？」

渡海は腕組みをする。そして呟く。

「……世良は、ジイさんに対する忠誠心が強いから危険かな」

「何を仰しゃりたいんですか？　はっきり言って下さい」

渡海は暗い眼で世良を見た。肩をすくめる。

「ま、あながちコイツも無縁というわけでもないし、仕方ないか。特別に教えてやろう」

ため息をひとつ。それからひと言、言い放つ。

「自分の身に危険が及ぶと、ジイさんは誰でも平気で切り飛ばす。たとえそれが、長年の盟友であったとしても、だ」

一体、何を言っているのだろう。世良は途方に暮れて渡海の言葉の続きを待った。だが、それきり渡海は黙りこくってしまった。

仕方なく、世良は尋ねた。

「渡海先生は、佐伯教授に特別待遇されているじゃないですか。なにがご不満なんですか」

「……と、いたいけな青少年は主張するのであった」

渡海の混ぜ返しに、世良は思わずかっとする。

「真面目に聞いているんですから、真面目に答えて下さい」

渡海は世良を見つめる。そして弱々しく笑う。

「本当は、世良ちゃんはここで、怒って席を蹴って出ていけばよかったんだ。だが、もうすべては遅い」

渡海は世良の顔から視線を切らずに続けた。

「俺が特別待遇されているから感謝すべきだって？　冗談言っちゃいけない。俺は、そういう待遇を受けて当然なんだ。ジイさんが俺を特別扱いするのは、過去の罪滅ぼしなんだから」

世良は渡海の突然の変貌に度肝をぬかれて、その赤い唇が激しく蠢《うごめ》くのを、呆然と見つめていた。

渡海は、続けた。

「この物語は、十七年前に起こった佐伯のジイさんと俺の親父の確執から始まっているんだ」

眼をつむり、音楽に耳を傾けている様子の渡海は、世良に尋ねる。

「最近、ＩＶＨを盛んにやっているが、あれは高階のオーダーだろ？」

世良はうなずく。渡海は腕を組んで、目をつむる。

「俺の親父は極北大出身でね。母校で内科助手をしていたが、俺が極北大医学部に入学する直前、業績が認められ東城大学医学部の内科に講師として招かれた。ちょうど今の高階と同じような立場だった。そう言えば、単身赴任しているところなんかもそっくりだ」

渡海が何を言いたいのかがわからず、反発すればいいのか従えばいいのか、世良は量りかねていた。

世良は渡海の言葉を待つ。渡海は音楽に耳を澄ます。

やがてぽつりと呟く。

「ＩＶＨは親父が確立した技術なんだ」

世良は渡海を見た。渡海は続ける。

「親父はＩＶＨを東城大学に導入しようとした。だが当時、先代の外科学教室の大林《おおばやし》教授は内科の力に頼るのをよしとせず、親父は睨まれた。そんな逆風の中、ＩＶＨの価値を認めて積極的に使い始めたのが佐伯のジイさんだった、というわけさ」

世良は不思議に思った。佐伯教授がＩＶＨを導入したのなら、教室で普遍的に使われていてもいいはずだ。だが、今の教室にＩＶＨを持ち込んだのは高階講師。世良の心中の疑問に答えるかのように、渡海は言う。

「それなら何故、今までウチの教室でＩＶＨが使われてこなかったのか、不思議だろ？　それこそ、ジイさんが親父を追い落としたという、何よりの証拠なんだ」

『スカラベの涙』の掉尾《とうび》を飾る、きしむようなエレキギターのグラディエントが、音階を一気に駆け抜けていった。

曲が終わり、静寂が部屋を覆った。

渡海は立ち上がると、もう一度レコードを替えた。再び、スロウなバラードが流れ出す。

『ラプソディ』の旋律に、世良は自分の中に暗い感情が浮かび上がるのを感じる。さっきは、この曲は世良にはまだ早い、と言っていたことを、渡海はもう忘れてしまったのだろうか。

渡海の声が静かに響く。

「親父とジイさんは、良好な協力関係だった。何しろ、佐伯教授、ああ、当時は助教授だったんだが、ジイさんが海外での国際学会の発表に行ったときに、留守中の患者のフォローを外科の教室員ではなく、科が違う親父に頼んでいくくらいにまで互いに深く信頼しあっていたらしいからな。ところが、その信頼が仇《あだ》になった」

渡海の眼がぎらりと光る。

「ジイさんがスペインへ出発して三日目、申し送られていなかった患者が緊急で外来受診した。クローン病で直腸穿孔《せんこう》したために、直腸切除の術後患者だった。診察した親父は驚いた。念のため撮影したX線写真にくっきりと写っていたものがあったからだ。何だったと思う？」

世良は首を振る。渡海は吐《は》き捨てるように、言う。

「患者の腹部に置き忘れられた、ペアンさ」

水落冴子の歌声が、細く長く、尾を引いて震えた。

「お父さんはどうされたんですか？」

渡海は暗い眼で、世良を眩《まぶ》しそうに見つめる。

「親父はすぐに再手術しなければならない、と考えた。医者であれば当然の判断だ。だが、担当医はスペインの田舎町をのんびり旅行中だ。仕方なく、親父はジイさんの上司である大林教授に直訴した。そしたら、何て答えたと思う？　大林教授は、その患者の腹部にペアンが置き忘れられているという報告を佐伯のジイさんから受けていたんだ。すべて承知の上で、隠蔽《いんぺい》し続けていたんだ」

世良は足元がぐらつくのを感じた。佐伯教授の白い眉のイメージが、急にぐにゃぐにゃと歪《ゆが》み始めるのを、世良は足を踏ん張って持ちこたえようとする。

「何か理由があったのかも」

「患者の腹にペアンを置き忘れ、それを隠し続けることに、深い理由があるのか？」

世良は黙る。渡海は続ける。

「親父は立場を忘れて、二日間、大林教授に訴え続けた。はじめは取り合わなかった大林教授も次第に親父の熱意に打たれ、耳を傾けるようになった。そしてとうとう、佐伯助教授が了承すれば再手術する、という所までこぎつけた」

渡海は煙草に火を点けた。大きく紫煙を吸い込むと、ゆっくり吐き出す。

「あの頃は、国際電話も不便で、国際学会に行ってしまえば、直接連絡はつかないものと諦めるしかなかった。だが、コトは急を要する事態だ。それで大林教授は佐伯助教授に電報を打った。さぞや驚いたのだろう、ジイさんはすぐさま、電報を打ち返してきた。どんな文面だったと思う？　その場に居た親父が、大林教授から手渡された一枚の紙には、ただ一行だけ、〝イイヌマシノペアンテキシュツオコナウベカラズ〟とあったそうだ
——飯沼《いいぬま》氏のペアン摘出行うべからず。

世良は文面を噛《か》みしめる。そんな判断を、あの佐伯教授が下すなんて信じられない、と思い、それから、嘘だと確信できるほど、佐伯教授の人柄を知らないことを思い知らされる。

「その電報で様相ががらりと一変した。当時の大林教授は学究の徒で手術下手だった。実際のオペは佐伯のジイさんに頼り切り。だから部下とはいえ、佐伯のジイさんの言葉は絶対だった。その判断が百八十度変わってしまって、大林教授は親父の上司、宇野教授に直談判で文句を言った。当然の抗議で、当時としては、いや今でもそうだが、親父の行為は非常識と見なされた。そうなると、大学病院というところは、自己保身のために素早い対応を行う。親父はあっと言う間に県外にある関連病院にトバされてしまった。二週間の外遊を終えて凱旋帰国した佐伯助教授が戻ってきたときには、すでに次の講師が着任の挨拶回りをしていたそうだ。親父はそのまま……」

渡海の打ち明け話が途切れるのと同期するように、『ラプソディ』の歌声もフェイドアウトしていく。世良の胸の中をどす黒い感情が覆い尽くす。

最後の煌めきが、総《すべ》ての音と感情を、その部屋から奪い去った。

どれほど時が経ったのだろう。世良は、ターンテーブルが空回りしている音に気がつく。

渡海は世良を見つめ、ため息をつく。

「何で、世良ちゃんにここまで話してしまったかな。俺もヤキが回ったものだ」

「渡海先生は俺のことを考えて言ってくれたんです。佐伯教授に気をつけろ、って」

「ほほう、ただのぼっちゃん、でもないわけか」

その時、天井から穏やかな旋律の欠片《かけら》が降り注いできた。終業時間を報《しら》せる音楽だ。レコードを片付け、渡海は白衣をするりと脱ぎ捨てる。ジャケットをひっかけ、部屋を出ていこうとする。ふと気がついたように、世良に声を掛ける。

「どうだ世良ちゃん、一緒に六本木に行くか？　ディスコで踊りまくるんだが」

世良はまっすぐに渡海を見て即答する。「お供します」

渡海は驚いたように世良を見た。

「俺は研究会が終わるまで、三日間六本木に居続けだぜ。お前は始発で帰らないと、朝一番の仕事に間に合わないぞ」

世良はうなずく。渡海は続ける。

「それに、世良ちゃんの大嫌いなサンザシ薬品の接待だぞ」

世良はもう一度うなずいて、笑う。

「連れていきたくないなら、そう仰しゃって下さい。俺は誘われたから、素直に返事をしただけです」

渡海は世良を見つめた。それからへらりと笑う。

「どうやら俺はまたひとり、将来有望な外科医の未来をぶっ壊してしまったらしいな」

「ご心配なく。この程度で潰れるようなタマじゃありませんから」

渡海は高らかに笑う。

「逞《たくま》しくなったもんだ。ついこの間、人ひとり殺しそびれてベソをかいてた新米クンと同じ人物とは、とても思えないな」

渡海が顎《あご》をしゃくって、ついてこい、という仕草をした。世良も白衣を脱ぎ捨て、渡海の後に続く。そして小さく呟く。

——渡海先生のおかげですよ。


翌朝。げっそりした顔の世良は、少し定刻に遅れて病棟に姿を現した。夜勤看護婦が世良の側を通りかかって、顔をしかめる。それから小声で注意する。

「世良先生、お酒臭いです」

「ん？　ああ、すみません。ゆうべ少し飲み過ぎてしまったもので」

中堅の看護婦は世良を軽く睨むと、朝食の配膳に向かう。世良は、忙しく立ち働いている同期生の中から北島の姿を見つけ、歩み寄る。

「ちょっと頼みがあるんだ」

北島が怪訝そうな顔で、何だ？　と問い返す。世良は声を潜めて言う。

「お前、明日の田村さんの手術の外回りだったよな」

「そう、だけど……それがどうかしたのか」

「外回りを代わってくれないか?」

「別にいいけど。でも何でだよ」

「それは、……ほら、田村さんて、俺の受け持ちだったからさ。急に担当が代わるのは怖いからイヤだ、と駄々をこねられてさ」

「ウソつけ」

北島は言い返す。

「主治医が代わったから昨日、関川先生が田村さんのムンテラをやり直したんだ。でもそんなことは全然言っていなかったぞ」

予想外の答えだった。これでは北島のガードが固くなってしまう。

だが意外にも、北島はあっさり言った。

「まあいいや。代わってやるよ。世良には第二助手を代打でやってもらった借りがあるし」

「サンキュ。恩に着る」

北島が不思議そうに言う。

「術者や助手ならともかく、外回りを代わって欲しいだなんて、お前の方がよっぽど変わってるよ」

北島の言葉は、遅刻を取り戻すため一目散に病室に向かっていた世良には届かなかった。

患者の点滴をやりながら、世良はゆうべの出来事を思い出していた。煌めくミラーボール。大音響の中、狂ったように踊りまくる原色の服を着た女性たち。

渡海がグラスを二つ持ち、大声で世良に話しかける。

「どうだ、ワンレン、ボディコンのねえちゃんが、よりどりみどり。楽しいだろ」

世良は、グラスを受け取りながら、負けずに大きな声で答える。

「ええ、すごいですね。でも酔っぱらう前にひとつだけ、教えて欲しいんです」

ボックス席に腰を下ろしながら、渡海が言う。「何だ？」

「明後日の手術で、何が起こるんですか」

渡海はにやりと笑う。

「見学していれば、わかる」

「それじゃあ遅いんでしょう？」

渡海はほう、という顔をした。

「何でそう思う？」

「手術室の猫田主任が、器械出し当番を避けてました。あの人、妙に勘《かん》がいいところがあるそうじゃないですか」

「そんな極秘情報、誰から聞いた？」

花房とのデートの時に、とは言えない。世良は黙りこむ。だが幸い、渡海は情報の入手先の追及にこだわっていないようだった。

「ふうん、あれだけの醜聞《スキャンダル》を教えられても、佐伯外科に対する忠誠心に衰えなし、か。大したもんだな、世良ちゃんは」

世良は佐伯外科の未来を心配して質問をしたのではなかった。血塗《ちまみ》れの術野で途方に暮れる花房の肩の震えを見たくなかっただけだった。トラブルが起これば、下っ端が責められる。そして、ハナがいい猫田が手洗いを花房に押しつけた。トラブルの予感がする。

渡海が言う。

「世良ちゃんの忠誠心に免じて、ちょこっとヒントをくれてやる。俺だって何が起こるかなんてわからんさ。でも、ネコちゃんが関与を回避したとなると話は少々違ってくる。ひょっとしたら、想定している中でサイアクの事態になるかもしれない」

「何が起こるんですか?」

渡海は肩をすくめた。

「俺の口からは畏《おそ》れ多くて言えないな。回避したいなら、高階の居場所を把握しておけ。そして、世良ちゃんが外回りにでも入りこんで、高階の眼となり触角となってやるんだな」

世良は渡海の言葉を噛みしめた。更に真意を尋ねようとしたときに、ミラーボールの光と音の洪水と共に、真っ赤とピンクのドレスのふたり連れが、ボックスになだれこんできた。

「おにいさんたち、辛気くさい顔で話してないで一緒に踊ろ、踊ろ」

ミニスカートから剝《む》き出しになった膝が、世良の腕に触れる。世良は引っ張られるようにして、ホールの踊りの渦の中に投げ込まれていった。

十月十九日、水曜日。手術当日朝一番で出勤した世良は、高階講師の居場所をつきとめた。何と、教授室に佐伯教授と二人きりで詰めている、という。その寒々とした光景を思い浮かべ、世良は一瞬、震える。その足で手術室に向かう。

手術室では患者の消毒を終えた関川が、神妙な顔で滅菌布を患者の身体にかぶせていた。ちらりと世良を見るが、何も言わずに術野の形成に努めている。視線をずらすと、小柄な花房が器械台に銀色の器具を丁寧に並べていた。花房は、世良の気配に気づいたようだが、準備中の器械から一時も眼を離さなかった。

足元を見ると、足台の上に腰を下ろした猫田がうつらうつらしている。器械出しを回避したのに外回りとして参加していては、逃げ出したことにならないじゃないか、と世良はその一貫性のない行動に啞然とする。

関川はおどおどと消毒を終える。第一助手の垣谷に促《うなが》され、術者の位置に着く。続いて垣谷がその向かいに立ち、青木が端の術野圏外から鉤《こう》を持ちながら遠巻きに術野参加ポジションを確保する。

「それでは、よろしくお願いします」

関川の挨拶に、一同、お辞儀をする。関川のメスがたどたどしく側胸部を走り抜ける。運命の手術が始まった。


五階、佐伯総合外科学教室の教授室では、高階講師が佐伯教授の真向かいの席に座りながら、爪を噛んでいた。

「落ち着かないな、小天狗。手術が気になるのか」

佐伯教授がゆったりと笑う。高階講師が答える。

「私は貧乏性でして、みなさんが働いている時にひとりぼんやりとしているのは、性に合わないんです」

「そんなことでは、教授になったとき苦労するぞ」

高階講師は、にまっと笑う。「おや、私は教授にしてもらえるんでしょうか？」

佐伯教授は口元を緩める。

「さあて、な。今後の精進次第だろう」

どんよりした空気が教授室の流動係数を上昇させ、時の流れを停止に向かって限りなく微分していく。そんな錯覚に囚《とら》われた高階講師はふと、永遠にたどり着けない時間の果てではアキレスは亀を追い抜かすことができない、という論理パズルの断片を思い出す。脈絡もなく、硝子《ガラス》が液体であると教えられた日の驚きを思い出す。そして融点のない透明な硝子の国に封入されてしまったかのような閉塞感を覚えた。

どれほど時間が経ったのだろう。突然、凍りついた世界を叩き割るように、扉が乱暴に開け放たれた。

開いた扉の向こう側から、息をきらした世良が眼を光らせ、まっすぐに高階講師を見つめていた。その眼には切羽詰まった焦燥が燃えていた。そして世良は大声をあげた。

「高階先生、大変です。すぐ来て下さい」

高階講師は腰を浮かす。その出鼻を抑えこむように、佐伯教授の鋭い叱声が飛ぶ。

「行ってはならんよ、小天狗」

高階講師は佐伯教授を振り返る。佐伯教授はゆっくりと首を振る。

「ここで行ったら、二度とあのオモチャは使えなくなると思え。そうしたら、もうこの教室にお前の居場所はない」

高階講師はすとん、とソファに腰を下ろす。佐伯教授の白眉の下、眼がぎらりと光る。

「それでいい。お前は日本中にあのオモチャを広める、と宣言した。トラブルが起こるたびに、いちいち駆けつけるつもりか。そんなことはできはしないんだぞ」

佐伯教授は高階講師の顔をじっと覗《のぞ》き込む。

「お前はこの結果を、手術室から遠く離れたこの部屋で、ひとりで受け止めるんだ」

「高階先生、何をしてるんですか。早く。手術室でみんな待ってます」

せき立てるように世良が言う。高階講師はぼんやりとした表情で、世良を見た。まるで、硝子越しの向こうの別世界を見るような視線。それからぽつんと言う。

「佐伯教授のお言葉が聞こえなかったか？　私は結果を、ここで受け止める」

「何を言っているんですか」

世良は絶句した。高階講師からそんな答えが返ってくるなど、思いもしなかった。

世良は高階講師を見つめた。高階は意志もなく首を左右にぼんやり振っている。

その姿は抜け殻のように薄く、今にも透明になって消え入りそうだった。このまま高階講師が、遠い世界に行ってしまうのではないか。世良はそんな予感に震えた。

考えるより先に、身体が動いた。世良は教授室に踏み込む。ソファの前に置かれたテーブルの縁にインステップキックの照準を合わせて、そのまま足の甲に力をのせる。そして一気にテーブルを蹴り上げる。

華やかな音がして、硝子の灰皿が砕けた。高階講師はソファにのけぞり、驚いたような表情で世良を見上げた。

佐伯教授の眼が大きく見開かれる。

世良は、佐伯外科の大御所二人を、肩で息をしながら見下ろす。そして、高階講師の腕を摑《つか》むと、絞り出すように言い放つ。

「高階先生は俺に、外科医を辞めるな、と言った。たとえ患者が目の前で死んでも逃げるな、目を逸らすな、と言った」

世良は息を荒らげ、ギラついた眼で高階講師をにらむ。

「俺は先生の教えに従う。俺は外科医です。患者を生に引き戻すためなら万難を排して総ての手を打つ。先生が来てくれさえすれば、助けて貰えるトラブルなんです。だから力ずくで先生をオペ室に連れていく」

世良は身体中を震わせ、ひと言叫ぶ。

「俺は外科医を辞めない。辞めるもんか。でも、目の前で患者が死ぬのを見るのは絶対にイヤなんだ」

高階講師は、世良に摑まれた腕を見つめた。

高階講師の顔に、徐々に血の気が戻っていく。眼光が炯々《けいけい》と輝き出す。頑《かたく》なに強ばっていた身体が、ふわりとほどけた。

高階講師は、ふう、と大きく長く息を吐いた。それからすくっと立ち上がる。

「世良君。状況を教えてくれ」

つかつかと扉に向かって歩く高階講師の背中に、佐伯教授が声をかける。

「行くのか、小天狗」

腕組みをした佐伯教授がふたりの間の空間を凝視している。

高階講師はドアノブに手をかけて、一瞬足を止める。それから振り返らずに言い放つ。

「行きます。医者なら当然だ」

翻《ひるがえ》る白衣の裾《すそ》の残像が眼に映った次の瞬間、高階講師の姿は佐伯教授の視界から消え去っていた。

部屋にひとり残された佐伯教授は机に肘《ひじ》をつき、組み合わせた指をピアノの基礎練習のようにぱらり、と走らせる。その眼は開け放しのままの扉の向こうを見つめていた。

ふと立ち上がり、窓辺に歩み寄る。眼下に広がる桜宮市街の風景をぼんやり眺める。

佐伯教授は小さなあくびをひとつすると、ふん、と鼻で笑った。


階段を駆け下りながら、高階は背後の世良に尋ねる。

「一体何事が起こったんだ」

「『スナイプ』の誤作動です」

高階講師は階段の踊り場で立ち止まり、振り返る。「誤作動、だって?」

「ええ、縫合後、断端を確認したら、ドーナツの輪が一つしかできていなかったんです」

高階講師は舌打ちをする。

「それは誤作動ではない。操作ミスだ」

言い放つと、螺旋階段をすべるように駆け下りていく。俊足サイドバック、世良は瞬時に置き去りにされた。世良は一瞬呆然とし、それから我に返り、高階講師の背中を追う。

手術室の扉が開くと、術者の関川が器械出しの花房を叱責していた。花房は眼を真っ赤にしてうつむいている。マスクの下では、唇を固く嚙んでいるに違いない、と世良は思った。隣では、その叱責が耳に入らない様子で、垣谷が患者の身体の奥深くをのぞき込み、状況を把握しようと懸命にもがいていた。

高階講師と世良が手術室に入ると、手術室の視線が一斉にふたりに集中する。高階講師は周囲には目もくれず、青い滅菌布の上に乱雑に投げ出された『スナイプ』の残骸に走り寄る。猫田から差し出されたディスポの手袋を装着して、その銃口を詳細に調べる。

高階講師は顔を上げると、呟く。「やっぱりな」

それから術者の関川を見つめて言う。

「これは誤作動ではない。操作ミスだ。吻合を行う寸前に、食道断端と小腸断端の間に夾雑物《きょうざつぶつ》が無いことを確認してから打たなくてはならない、と教えたのを忘れたのか？　見たまえ、ガーゼの破片が挟《はさ》まっている」

高階講師がつまみあげた布の断片を関川は虚ろな眼でぼんやり見つめた。高階講師はその視線をぶち切るように、視線を第一助手の垣谷に移す。

「垣谷先生、吻合不全の部位は見つかったか？」

垣谷は眼を上げ、小さくかぶりを振る。高階講師は立ち上がる。

「わかった。私が入る。世良君も手洗いをして助手に入れ」

高階講師と世良は手洗い場に駆け込む。その隣に、音もなく猫田主任が寄ってきて、同時に手洗いを始めた。ふたりの方を見ないでぽつりと呟く。

「遅いわよ」

高階講師は怪訝そうに尋ねる。

「手伝ってくれるんですか、猫田主任? ウワサでは、この手術の器械出しを降りた、とお聞きしていましたが」

あくびを嚙み殺しながら猫田主任が言う。

「あら、だって本番はこれからでしょ。あたしには、前座までこなす体力はないんです」

一瞬、高階講師の表情が揺れる。しかしすぐに手洗いに集中し始める。手洗い場に並んだ三人を待ち受けるように看護婦たちが、術衣と手袋を持って集まってきた。

手術室に降臨した高階講師は、関川に言う。

「ご苦労様でした。ひとまず関川君は、青木君と一緒に手を下ろして下さい」

「でも……」

高階講師は諭すような口調で関川に言う。

「誰でもミスをすることはある。ましてや初めての手技です。関川君を責めているのではありません。責められるべきは、佐伯教授の口車に乗って、経験不足にも拘わらずこのメンバーで手術を敢行させた、この私だ」

関川は手術の場から崩れ落ちるように、一歩下がった。高階講師のために開かれた道のように、術者の座が空いた。そして高階講師がその空席に着いた。

猫田主任が花房の右腕を叩いて、代わるように無言で指示をする。花房は涙をいっぱいにためた眼で猫田を見て、力無く手を下ろした。

世良が足台の上、高みに立つ。前立ちの垣谷を残して他のメンバーが総入れ替えになった。

清潔な両手を高く掲げながら、高階講師がメンバーに宣言する。

「さあ、修羅場です。申し訳ありませんが、ここからは敬称略でいかせてもらいます」

高階講師はいきなり猫田に「3《サン》－0《ゼロ》バイクリル」と命令する。言葉と同時に猫田が把針器《はしんき》を手渡していた。

「垣谷、術野保持。世良、スパーテルのスピッツを利かせろ」

高階講師の矢継ぎ早のオーダーを、メンバーは懸命にこなしていく。

術野の中、高階の手は縦横無尽に動き回り、その腕は何本もの残像となって、世良の眼に残った。八面六臂《はちめんろっぴ》、とはこういうことか、と世良は思った。

——これが阿修羅《あしゅら》だ。

世良は呟いた。患者の身体の奥深くで眠る傷ついた臓器が、みるみるうちに正常に回復していく光景が、術野の中心から遠く離れた世良の脳裏にも鮮やかに浮かんだ。

意識を取り戻した田村洋子さんが、関川と青木に付き添われて手術室を後にする。関川は高階講師を振り返ったが、ひとつだけお辞儀をして、結局何も言わずに去っていった。

垣谷が高階講師に言う。

「申し訳ありません。術者のミスは第一助手のミスです。私がもう少し注意していれば、避けられた事故でした」

「今回はリカバリーできたので、あまり深刻にお考えにならないように。考えなければならないのは私の方です。佐伯教授の指摘は正しかった。技術を教えるというのは難しいものだな。熟練者は、どこをミスしやすいのか、忘れてしまっているからね」

最後の方は独り言のような呟きになっていた。

「ふうむ、リカバリー能力を事前に量ることは不可能なのか。こいつは早急に教育システムの確立を検討しないと……」

そう呟いてから、高階講師は苦笑する。

「ここはお暇《いとま》するんだから、次の職場で考えるべきことだな」

高階講師は垣谷を見て続ける。

「今回、関川君は少々問題アリ、でしたね。手術の失敗のことではありません。その後の対応です。彼は私が手術室に駆けつけた時、器械出しの看護婦を責めていましたね」

高階講師がちらりと、部屋の隅で眼を真っ赤に泣きはらしている花房を見る。

「術者は手術の全責任を負う、神聖な職責です。何かあったら、総てを負うという覚悟が必要です。弱い立場の者に責任を押しつけるのは、絶対にいけません。これは今回の手術の失敗を咎《とが》めているのではない。そしてそれを諭すのは、前立ちの垣谷先生の仕事です」

垣谷はうなずく。「猛省します」

垣谷は手術室を後にした。入れ替わりに緑の術衣姿の藤原婦長が入室してきて、無表情に伝言を告げる。

「佐伯教授からお電話です。手術が終わったら教授室に戻るように、とのことです」

高階講師はうなずいて、紙マスクを引きちぎる。

血塗れの術衣を脱ぎ捨てながら世良を振り返り、にっこり笑う。

「さっきはありがとう。目先の小事に囚われて、一番大切なことを見失うところだった」

高階講師の眼の色が深くなる。

「世良君、君のおかげで後悔せずに済んだよ。あのままだったらきっと私は一生……」

遠ざかりつつある高階講師を引き留めるために何か言わなければ、と世良は思った。だが、高階講師の泰然自若とした笑顔を見ているうちに、言おうと思っていた言葉がシャボン玉のように弾けて次々に消えていく。

「高階先生」

絞り出すような世良の声。だが高階講師の姿はもうそこにはなかった。

藤原婦長が、誰にでもなく、呟くように言う。

「あと少しぐずぐずしてたら、はり倒すところだった」

藤原婦長に寄り添うように、猫田主任が言う。

「大丈夫ですよ。いざとなれば渡海先生がいらっしゃいますから」

世良は振り返る。

「渡海先生は、六本木で大豪遊の真っ最中ですよ」

猫田主任はうっすらと笑う。

「世良先生、渡海先生がこんな場に待機していらっしゃらないわけ、ないでしょ」

世良は一瞬考え込む。急いで手術室を後にしようとして、ちらりと振り返る。眼を真っ赤にした花房が、世良を見つめている。

その視線を置き去りにして、手術室内の外科控え室へと足早に急ぐ。

扉の前に立つと、微かにバラードの旋律が聞こえてきた。世良は扉を開け放つ。

ソファに横たわっている渡海が見えた。レントゲンフィルムを天井灯に透かして眺めている。扉が開く音に、渡海がごろりと身体を転がした。フィルムから世良に視線を移す。

「お、その様子だと手術は無事終わったな。どうやら俺の勘は外れたか」

世良は息を弾ませて言う。

「研究会に出席なさっていたんじゃないんですか？」

渡海はへらりと笑う。

「あまりにも退屈な発表だったんでね。サンザシにハイヤーを出させて戻ってきた。出来合いの発表を聞いているくらいなら、『ラプソディ』でも肴《さかな》に、妄想にふけっている方がよっぽどマシってことだ」

世良は元気よく頭を下げる。

「渡海先生、ありがとうございました」

そう言って、世良は駆け足で去っていった。

渡海は上半身を起こすと、世良の去った扉を見つめた。再びごろりと横になる。腕枕をしながら天井を見上げ、渡海はふふ、と笑う。

「ぼっちゃんの早とちりにも困ったもんだ。俺は何にもしてないというのに」

渡海は、手にしていたレントゲンフィルムをもう一度天井灯に透かして見た。その患者氏名のところには、イイヌマタツジと刻印されていた。

渡海はスロウなバラード、『ラプソディ』の一楽節を鼻歌で歌った。


佐伯教授は窓際に立ち、眼下の桜宮市の風景を眺めていた。ソファに腰を下ろした高階講師は、その背中に報告をする。

「手術は何とか無事終了いたしました」

「ご苦労だった」

佐伯教授が答える。

「つきましては私の処遇ですが、もう十月ですので、ふた月ほどご猶予をいただければ、と存じます。年明けまでには、次の職場を探しますので」

佐伯教授は振り返る。

「何を言っているんだ、小天狗？」

「ですから、私の転勤先についてですが」

「転勤だと？　ここを辞めるつもりなのか？」

高階講師は驚いて、佐伯教授を見つめる。「どういうことでしょうか」

佐伯教授は腕を組む。それから眼を閉じ、静かに告げた。

「今回は、通常の予定手術で下部食道摘出術を無事やり遂げ、ご苦労だった。あんなオモチャを使わなくとも通常手術をできることを証明してみせたな」

「何を仰しゃっているんです？　あれはスナイプによる器械吻合のミスをリカバリーしただけです」

「そうは聞いてないな。今回は通常の術式だったはずだが」

高階講師は、穴があくほど佐伯教授の白眉を見つめた。やがてぽつりと呟く。

「なるほどね、そういうことですか」

佐伯教授は、黒椅子にどっかり腰を下ろし、続ける。

「わが佐伯外科にミスという言葉は存在しない。今日は予定通りの手術を大過なくやり遂げた。そうだろう、小天狗」

「……そう、でしたかね。忘れました」

「それでいい。物忘れしやすい、というのは教授たるものには必須の資質だ」

「はあ。つまりボケてからでないと教授にはなれない、ということなんですね」

佐伯教授は声を上げて笑う。

再び立ち上がると、窓に歩み寄る。

「小天狗、こっちに来い」

高階講師は窓に近づく。低層の家並みが続く先に、銀色に輝く水平線が見えた。佐伯教授は家並みを指さして言う。

「お前はいつも、輝く水平線ばかりを見ている。だが、我々が相手にしているのは、もっと手前のごみごみした住宅地の屋根瓦だ。遠くばかりを見ていると、足元をすくわれるぞ」

高階講師は隣の佐伯教授を見たが、何も言わなかった。

佐伯教授は続けた。

「お前は言っていたな、あのオモチャが広く世の中に受け入れられれば、外科の世界が一層広がる、と」

高階講師はうなずく。佐伯教授は続ける。

「お前の企ては自己破綻している。このオモチャが一般化するためには、今日のような失敗をしたときにリカバリーできる外科技術があることが前提だ。だが、オモチャが一般化した場合、外科医からそうした技術習得の機会を奪うことになる。この自家撞着をどうするつもりだ、小天狗」

高階講師はポケットから煙草を取り出す。

「吸ってもよろしいでしょうか」

佐伯教授はうなずく。高階講師は、かちり、と火を点けると、深々と吸い込んだ。ゆっくりと煙を吐き出しながら、窓の外を見つめる。

二人は黙って、並んで佇んでいた。やがて、高階講師はぽつりと呟く。

「それでも私はずっと、あの水平線を見つめていたい」

それから佐伯教授に向き直る。

「教授の問いに対する答えを、今の私は持っていません。ですが私は確信している。『スナイプ』を広げていくことは、私の使命です」

佐伯教授は高階講師を見た。それから再び、窓の外を見る。

「小天狗、お前はツイている。あの時、あの一年坊に面を張られて眼を覚まさなければ、お前がここにいることはなかっただろう」

高階講師は眼を見開く。佐伯教授は机の上にばさりと一冊の小冊子を投げ出す。高階講師は取り上げた冊子をぱらぱらと眺める。

「病院長選挙の要項……。何ですか、これ」

「私は、病院長になろうと思う」

高階講師は佐伯教授の横顔を見つめる。

「私が病院長選挙を勝ち抜くために、手助けをしろ。それが、お前がこの医局で生き残るための、唯一の道だ」

高階講師は肩をすくめる。

「佐伯教授の参謀になれ、と仰しゃるんですね。渡海先生の方が適任かと思いますが」

佐伯教授は紫煙に眼を細めながら、呟く。

「あれは信用できん。いつ、私の寝首を掻《か》くか、わかったものではないのでな」

「なぜ渡海先生が、教授の寝首を搔くんですか？」

高階講師の問いかけに、佐伯教授は言う。

「この教室には、まだまだ小僧ッ子にはわからない因縁があちこちに転がっているんだ」

高階講師は煙草の火を、砕けた硝子の灰皿の破片に押しつけて消す。

「で、やるのか、やらんのか」

高階講師はため息をつく。

「仕方ない。やりますよ。あまり好きなタイプの仕事ではないんですがね」

「相変わらず、口の減らないヤツだな」

佐伯教授は白眉を上げて、うっすらと笑った。

どんよりとした曇り空が、ふたりが眺めている窓一面を灰色に塗りつぶしている。その果てに水平線が、一条の銀線のように光った。

5章 ブラックペアン

一九八八年（昭和六十三年）十一月

十一月初旬。赤煉瓦《あかれんが》棟の周囲を黄金《こがね》色に色づいたイチョウが取り囲む中、病院長選挙が公示された。立候補者は第一内科学教室・神林《かんばやし》三郎《さぶろう》教授、皮膚科学教室・中村貞夫《なかむらさだお》教授、そして総合外科学教室・佐伯清剛《さえきせいごう》教授の三人だった。

下馬評では、大本命佐伯、対抗神林、大穴が中村。大穴がきたら万馬券だとウワサされていた。第一内科学教室の神林三郎教授はリウマチ治療の大家で、日本内科学会総会の会長という大役を前年果たしたばかり。アカデミズムの格としては佐伯教授を陵駕《りょうが》していたが、東城《とうじょう》大学医学部において佐伯教授は、その片言隻句が信奉されるほど神格化されていたため、誰ひとりとして神林教授が有利だと考える者はいなかった。

佐伯教授の弱点は、アカデミズム面での業績だった。佐伯教授は外科手術の実技を重んじ学会の業績を軽視してきたが、半年前帝華《ていか》大学から招聘《しょうへい》した高階《たかしな》講師による補完、さらに新開発の食道自動吻合《ふんごう》器『スナイプＡＺ１９８８』を使った手術により、外科学会の注目を浴びるようになった今、弱点領域ですら圧倒的な力量差を見せつけ始めていた。そして十一月中旬、意図したかのような『国際外科フォーラム1988』における招待講演、来春の日本外科学会での「食道癌《がん》治療の新世紀」と題するシンポジウム企画決定などが、次々と発表された。弱点領域における佐伯教授の矢継ぎ早な連続攻撃に、対抗馬である第一内科学教室・神林三郎教授陣営は気息奄々《えんえん》、もはや白旗を掲げる寸前だった。

こうした状況を踏まえ、今回の病院長選挙は盤石《ばんじゃく》の鉄板レースだという結論が、公示前からいくぶん白けた口調で囁《ささや》かれていたのだった。

十一月七日月曜日。朝一番の症例検討カンファレンスは最近では珍しく活気に溢《あふ》れていた。夏休みから秋の学会シーズンにかけて、メンバーが揃《そろ》いにくい状況が一段落したことも大きな要因だったが、何より二週間前に医局員全員に、この日のカンファレンスへの出席が厳命されていたためだった。

どうして俺は、こんな時に限って症例報告する巡り合わせなのだろう。居並ぶ強面の面々を前に、世良《せら》はひとり心の中で愚痴《ぐち》る。カンファレンスは全員出席のコンプリート。ふだんであれば絶対にカンファレンスに顔を出さない渡海《とかい》までもが、退屈そうに爪を弾《はじ》きながら後ろの方でぽつねんと座っている。それなのに、症例呈示は世良の受け持ち患者、戸村《とむら》義介《ぎすけ》さんひとりだった。

だが、心中のぼやきとはうらはらに、世良は半年前と比べてはるかに逞《たくま》しくなっていた。御大やクセ者の面々を前にして、臆することなく朗々とプレゼンテーションを続ける。

「以上より、体位は側臥位《そくがい》。アプローチは左胸腔横隔膜合併切除。再建臓器は空腸。そして食道空腸吻合には、『スナイプ』を使います」

世良は、すっかり手慣れたプレゼンを終えた。

その語尾を引き取り、珍しく高階講師が立ち上がる。

「今回は私は第一助手を務めます。術者は関川《せきかわ》先生にお願いしようと思っています」

一瞬、カンファレンス室の空気が揺らいだ。関川は身を縮めて椅子に沈み込む。その様子を見つめながら、高階講師は笑顔で言う。

「関川先生、君ならできます」

「リターンマッチ、というわけか」

小声で呟《つぶや》いた黒崎《くろさき》助教授が咳払《せきばら》いをして尋《たず》ねる。

「ところで胸部CTでは、右肺の肺尖部《はいせんぶ》に小陰影《クライン・シャッテン》があるようだが」

世良は黒崎助教授のチェック力に感心しながら、答える。

「申し訳ありません。説明し忘れました。その陰影については肺外科の木村教授にコンサルトし、結核という確定診断をちょうだいしております」

「木村教授、ね」

黒崎助教授の言葉のニュアンスが微妙に変化する。世良は学生時代に聞いた話を思い出す。木村教授と黒崎助教授は犬猿の仲だったという。当時助手だった木村教授は優秀だったが、高慢な口調で佐伯外科では異色の存在だった。それが嵩じて、とうとう佐伯外科に反旗を翻《ひるがえ》し独立した。その前年、高野助教授率いる脳外科が分離独立したのは、世の中の趨勢《すうせい》からある程度仕方がないと思われていたが、木村助手の肺外科独立宣言はまさしく青天の霹靂《へきれき》で、東城大学医学部付属病院内部でも賛否両論に分かれた。

結局、木村助手の主張は通り、三十五歳の教授という華々しい謳《うた》い文句で、一躍メディアの寵児《ちょうじ》となった。それから二年経過した今、肺外科は東城大学の看板教室にまで成長していた。そしてその成功が、昨年の小児外科の独立も引き起こすきっかけになった。

「気管支鏡は行わなかったのかね」

「木村教授は必要ない、と仰《おっ》しゃっていました。戸村義介さんは検診で引っかかって以来、肺外科でフォローしていたそうで、二年間胸部陰影に変化がないそうです。肺外科初診時にはガフキーも陽性、ツィールニールセン染色でＴＢ（結核）の確定診断がついているそうです」

世良は、コンサルトしたときの木村教授の底意地の悪い台詞《せりふ》を思い出す。

――どうせ黒ナマズが気管支鏡をするべきだ、と口喧《くちやかま》しく言うだろうから、そしたらはっきりこう言いなさい。〝木村教授が総合的に診断し、不必要と判断しました〟ってね。

世良は頭をごつごつ叩《たた》きたくなる。あんな危険情報を忘れたのみならず、挙げ句の果てにその黒崎助教授本人から指摘されるなんて、おマヌケもいいところだ。だが幸い、確執から二年の年月が経過し、黒崎助教授も諦念《ていねん》に至ったのだろう、その後、世良が恐れた追撃はなかった。世良はほっとした。

その時、部屋の片隅から重々しい声が響く。

「世良君のプレゼンはだいぶ滑らかになったな。ところであのオモチャでの手術は、全部で何例になった？」

「十二例です」

佐伯教授の質問に、世良は即答する。

「ほう、するとこの半年、ウチで行われた食道癌手術すべてに『スナイプ』が使われた、というわけか……」

佐伯教授が呟く。しばらく何か考えこんでいたが、やがて白眉の下の眼をうっすら開き、ひとことと尋ねる。

「この前の症例は外してあるんだろうな」

世良はぎょっとする。「いえ、あの、その、……入れてあります」

世良はうつむく。その時、涼《すず》やかな声が響いた。

「世良君は間違っていません。当教室での『スナイプ』使用症例は確かに十二例です」

佐伯教授が左眉を上げ、声の方向を見る。背筋を伸ばし端然と座った高階講師だった。

「田村さんは『スナイプ』適用症例です。そして適用十二例中操作ミス一例、ただしリークはゼロです」

「来春の外科学会シンポジウムでは、あの症例についても言及するつもりか？」

「当然でしょう。日本で『スナイプ』使用の嚆矢《こうし》となる、わが東城大学医学部の公式発表では、すべての情報をつまびらかにすることが要求されます」

佐伯教授は高階講師を見つめる。

「黙っていれば表に出ないミスを自ら進んで衆目にさらすとはな。変わったヤツだ」

そして、ぽつりと言う。

「まあ、好きにすればいいさ」

佐伯教授は場を見回す。「他に質問は？」

応答がないのを確認し、佐伯教授が言う。

「では戸村義介さんの手術メンバーは、術者関川、第一助手高階、第二助手世良で行く。金曜日は『国際外科フォーラム１９８８』の特別講演がある。教室から多数を引き連れていくため、教室は手薄になる」

高階講師は腕組みをしてうなずく。佐伯教授は眼を細めて、言う。

「この前のようなドタバタは困るぞ」

高階講師が顔をあげ、答える。

「ご安心を。あんな失態は二度としません」

佐伯教授は立ち上がる。

「それでは今から金曜日の『国際外科フォーラム１９８８』発表の予演会を始める。垣谷《かきたに》君、スライド映写を」

窓に暗幕が引かれ、ホワイトボードにスライドが映し出される。映写機から放射される光の経路に埃《ほこり》がきらきら反射するのを、世良はぼんやりと見つめていた。

カンファレンスは、佐伯教授の鮮やかなプレゼンテーションの余韻もさめやらぬうちに解散となった。席を立とうとした世良は、背後から肩を叩かれた。

「世良ちゃん、残念だったな」

「何が、ですか？」

振り返った世良に渡海は笑って言う。

「教授様ご一行に指名されれば、酒池肉林だったのに」

「そんなの、どうでもいいですよ」

「どんな接待か知らないから、そんなこと言えるんだ。極北大はすごいんだぞ。カニ、エビ、タコ、ウニ、トロ、イクラ。本州とは刺身の厚さが違うんだ。海の幸の宝庫だからな」

一瞬、世良の前に船盛りの刺身のイメージがありありと浮かぶ。唾《つば》を飲み込みながら、かろうじて言い返す。

「渡海先生は極北大学出身でしたっけね。いいんです。一年生には身分不相応です」

渡海は呆《あき》れたように言う。

「欲のないヤツだなあ、世良ちゃんには資格があるんだ。スライド作りを一手に引き受けたんだから」

世良は答える。

「本当ならあれは、渡海先生への依頼が俺に丸投げされただけです」

以前佐伯外科の学会スライド作成を引き受けていた精練《せいれん》製薬が一切手を引き、代わりにサンザシ薬品が引き受けるようになった。新興のサンザシと接触できる医局員は少なく、いち早く太いパイプを築いていた渡海に図《はか》らずも雑用が集中したのだ。その事態は目端《めはし》の利《き》く渡海ですら予想外だったようだ。しかしそこは抜け目のない渡海のこと、すぐに流れを読むと、サンザシとのパイプ役を世良に全権委任してしまった。抗《あらが》おうとした世良の耳元で、渡海はぼそりと言った。

――六本木のボディコンねえちゃんとの御乱行の一件をバラしちまうぞ。

役者が一枚も二枚も上だ。世良はしぶしぶ、雑用を引き受けたのだった。そして高階講師はその流れを知った上で世良にスライド作成を委託したのだった。

世良は言い返す。

「渡海先生こそ、連れていって貰《もら》えなくて残念なんじゃないですか」

渡海は笑う。

「ばーか。俺はいつも〝ひとり接待〟を受けているんだ。ジイさんの顔色を見ながら飲むなんて、ばかばかしい」

それもそうだ、と世良は納得する。渡海はつけ加える。

「それに、こんな千載一遇《せんざいいちぐう》のチャンスに、酒池肉林なんてやってられるかよ」

その時、病棟看護婦に声をかけられて振り返った世良は、渡海の最後の言葉とその瞬間暗く輝いた眼の光を見逃してしまった。

「ご苦労だったな、小天狗《こてんぐ》」

教授室の窓に佇《たたず》み、佐伯教授が言う。ソファに腰掛けた高階講師が答える。

「お安い御用です。佐伯外科の業績は豊富で多彩ですから。中身さえあれば、学会発表なんて簡単です」

佐伯教授の許可をもらい、煙草《たばこ》に火を点《つ》ける。紫煙が部屋の天井に立ち上っていく。

「スライド作成は、世良君が一手に引き受けてくれたので、ラクをさせてもらいました」

佐伯教授は、高階講師の向かいに腰を下ろす。高階講師は続ける。

「それにしても国際外科フォーラムの招待講演だなんてすごいですね。世界トップクラスの外科医、ヒギンズ教授まで御招待されていますから、今回の講演は食道癌治療の世界的第一人者の名医おふたりの競演、というわけですね」

佐伯教授はうっすら笑って、言う。

「国際フォーラムだなどと仰々しい名がつけられているが、所詮《しょせん》あんなものは学芸会だ。半日や一日程度ならスライドなしで話せるさ。それよりも、病院長選挙の票読みはどうなっている？　そちらの方がよほど不確実だ」

「ご心配なく。こちらも盤石です」

高階講師は煙草をもみ消す。ポケットからメモを取り出し、前屈《まえかが》みで話し始める。

メモ書きの教授の名前を指さしながら説明する。

「総合外科から独立した脳外科の高野教授、肺外科の木村教授、小児外科の斉藤教授からは、当然ながら確約をいただきました。対抗馬の第一内科・神林教授は日本内科学会総会の会長もなされた大家ですが、所詮はリウマチ治療という弱小部門の専門家に過ぎません。消化器内科、呼吸器内科といった外科と関係が深い内科の教授の切り崩しは完了しました」

「早いな。さすが、口八丁手八丁だけのことはある」

高階講師は答える。

「これも佐伯教授の人徳のなせる業《わざ》です。朽木《くちき》に仏は彫れませんから」

佐伯教授は白眉を上げて、高階講師を見つめる。

「よせ。お前に世辞《せじ》は似合わない。それよりオルト（整形外科）はどうなった？」

高階講師の眉がぴくりと動く。しばし沈黙。それから頭を下げる。

「申し訳ありません。オルトの野中教授への工作には失敗しました」

佐伯教授は、ふん、と鼻で笑う。

「仕方ない。オルトとリウマチ内科の関係は深いからな。それにもともと私は、野中君とは合い口が悪い」

「だからこそ、工作員としての腕の見せ所だったのですが」

「構わんさ。圧勝したいわけではない。勝てるなら一票差でも構わない。だから、票読みだけは間違えてくれるなよ」

高階講師は佐伯教授の顔を真っ直ぐに見て、即答した。

「了解しました。では私からもお願いがあります」

「言ってみろ」

「この時期、スキャンダルは御法度《ごはっと》です。相手は不利な状況ですから、身の下から金銭問題まで捨て身で揺さぶりをかけてきます。言わずもがなですが、ご留意下さい」

佐伯教授はうなずく。

「その点は心配するな。家庭はそこそこ平穏だし、この年になると艶事《つやごと》をしようにも相手はなし。子供は大学を卒業したのでもう手もかからない。不確定なのは、診療に関する突発的なスキャンダルくらいかな」

佐伯教授は高階講師を見つめて言う。

「金曜日の手術は、注意しろ。この時期、診療関連でのミスは致命傷になりかねない」

「万全を尽くします。ただし……」

高階講師は佐伯教授に答える。

「教授の病院長選挙のためにではありません。患者のために、です。そのためになら、私はいつでもベストを尽くします」

佐伯教授はもみ消された灰皿の煙草から立ち上る紫煙の流れを見つめ、呟く。

「その余計なひと言を我慢できれば、お前も出世が早いだろうに」

それから佐伯教授は高階講師に言う。

「どうやら私は思わぬ拾い物をさせてもらったようだ。どうして西崎君は、こんな有能な人材を手放してしまったんだ？」

「有能すぎたから、ですよ」

佐伯教授の皮肉の香りを意に介さず、高階講師はしゃあしゃあと答える。

「帝華大学というところは、出る杭《くい》を打ちません。引っこ抜いて捨ててしまうんです。官僚の不興を買うことを恐れているんでしょうね」

「お前には厚生省に有能な知り合いがいるという話だが」

高階講師は答える。

「坂田のことですね。あいつは官僚向きではないから、窓際で干されていますよ。名前ばかりの室長を拝命しているので、こちらとしては便利な存在ですけどね。『スナイプ』認可の時は、ぶつくさ言いながらも、よく働いてくれました」

「なるほど、せっかく人脈を築いてみても、類は友を呼ぶ、というわけか。所詮は官僚養成大学である帝華大でお前が教授になる目はないわけだな」

高階講師はげんなりして言う。

「そんなくだらないことを理解していただいてもなあ。ちょうどいい。実は私も佐伯教授に、伺《うかが》ってみたかったことがあるんです」

佐伯教授は視線で、何だ？　と先を促す。

「佐伯教授はどうして病院長なんかになりたいとお考えなんですか？」

佐伯教授はまじまじと高階講師を見た。肩をすくめて言う。

「これはまた唐突で原理的な質問だな。教授職を得たら、次に目指すのが病院長だというのは、当然の願望だとは思わないのか？」

「ええ、もちろん当然なんでしょう。ごく普通の標準的な教授なら、ね。ですが、佐伯教授がこれまで選択してきた道を見直すと、少々奇異な印象が……」

「なぜだ？」

「佐伯教授は、学会や病院内部の権力機構などの手術技術から離れた分野では、ひどく投げやりな対応ばかりしている。まるで極力自分の影響力を減じようとお考えになっていらっしゃるようにさえ見える。教授になったら次は病院長、という選択をなさるようなありきたりの教授なら、少なくとも外科学会総会シンポジウムの座長依頼を即座に断ったりしない。少しでも名誉につながる依頼にはダボハゼのように食いつく。それがそうした上昇志向の強い方々が持つ、共通のメンタリティです」

「帝華大学外科学教室の西崎教授のように、かね？」

佐伯教授の切り返しを、高階講師はうっすらと笑ってやり過ごす。

佐伯教授は立ち上がり、窓際まで歩み寄る。窓の外の明るい景色をひとしきり眺めた後で、振り返って言う。

「小天狗、ウィルヒョウという名は知っているか？」

唐突に何を、と思いながら、高階講師はうなずく。

「偉大なプロイセン、つまり旧ドイツの病理学者ですね。医者なら常識でしょう。胃癌患者における、胸管経由の鎖骨窩《さこつか》リンパ節転移をウィルヒョウ転移と呼ぶくらいですし」

佐伯教授は続ける。

「では、ビスマルクは？」

「今度は大学入試問題ですか。常識レベルでしか知りませんが、確か鉄血宰相《てっけつさいしょう》と呼ばれ、ドイツ帝国の建国に多大な寄与をした剛腕の政治家でしたっけ」

「さすが帝華大学に入学しただけのことはある。一般教養はそこそこだな。だが、果たして次のことを知っているかな」

佐伯教授は再び窓の外を眺めて言う。

「ウィルヒョウとビスマルクは、政治の場では、プロイセンの宰相の座を争った好敵手だったのだよ」

高階講師はすっとんきょうな声を上げる。

「そうだったんですか。全然知らなかった」

佐伯教授は続けた。

「プロイセン議会で首班の座を争ったウィルヒョウはビスマルクに僅差で敗れた。もっとも、敗北理由は政治家としての力量差というよりビスマルクの変質、つまり彼が反動的革命家になってしまったことによるのだが。それでも私は時々夢想する。もしあの時ウィルヒョウが勝っていたら、日本の医療はどう変わっただろう、とな」

「彼岸の国の歴史が変わると、そんなに違いますかね」

高階講師の問いかけに、佐伯教授は首を縦に振る。

「ウィルヒョウは医療システムの拡充や公衆衛生の充実を公約に掲げていた。そして近代日本が、黎明期《れいめい》には、医学のみならずドイツの社会制度を模倣《もほう》したことはよく知られている。つまり、ウィルヒョウが政権を取ったら、という歴史的な〝もしも〟は、現在の日本の医療と決して無関係ではない」

「よりよい医療を達成するためには、政治的関与が必須だ、ということですね」

佐伯教授は高階講師の言葉に、白眉を上げる。

「ここまで話して聞かせても、その程度の反応しかできないのか。失望させてくれるなよ。お前はこの総合外科学教室の正統な後継者なのだからな」

その言葉に怪訝《けげん》そうな表情を露《あら》わにした高階講師に向かって、佐伯教授は低い声で告げた。

「私の次の教授は小天狗、お前だ」

「はあぁ？」

高階講師は驚きの声を上げる。

「何をすっとぼけたことを仰しゃるんですか。黒崎助教授がいらっしゃるじゃないですか」

「あれは、いずれ総合外科学教室を割る男だよ」

高階講師は絶句した。あれほど忠誠心溢れる黒崎助教授を、そこまで見透しているとは。確かにウワサはあった。だが、高階講師ですら、黒崎助教授が独立して新たに教室を立ち上げるだなんてデマだろう、と思っていた。

　高階講師は続けた。

「でしたら、渡海先生はいかがです？」

　佐伯教授は首を振る。

「アレは本当にダメだ。渡海は医者ではなく手術職人だ。外科学教室の主宰者にはなれない」

　そう言って、小声でつけ加える。

「もっとも、渡海にもそんな気はさらさらないだろうがな」

　高階講師は腕組みをして考え込む。やがて、ぽつんと言った。

「困りましたね」

「何が、だ？」

「私、そこまでの忠誠心はないものでして」

　佐伯教授は、白眉を上げて言う。

「お前はそれでいいんだ、小天狗。こっちだって、今のを口約束だなどと勘違いされては困るんでな。今のは、私の言葉ではない。天が私に言わせただけだ。自分の感情だけで自由に物が言えるなら、こんな台詞《せりふ》は死んでも言いたくはないさ」

　そして、つけ足した。

「気分が変われば、天の声が聞こえなくなる。そうしたらそんな人事は金輪際《こんりんざい》ありえない」

　高階講師も笑顔になる。

「それを聞いて安心しました。ならば、私も全力を尽くしてお仕《つか》えいたしましょう」

佐伯教授は言う。

「お前にだけは、私の本音を伝えておこう。私が病院長を目指す理由はもうひとつある。てっぺんに近づけば近づくほど自由度が上がるからだ。何のため自由度を上げる必要があるのか？自分より能力が低い連中にとやかく指図されないようにするためだ。偉くなればその分、自分よりバカな人間が上にいる確率は低くなる。そのためだけに私は病院長になるのさ」

佐伯教授は声の調子を変えて、高階講師に告げた。

「今回、極北市で行われる三日間の国際シンポジウムには、医局員の八割を連れていく。来春の外科学会へのデモンストレーションも兼ねているのでな。留守番部隊は高階、渡海、関川、青木、世良の五名。予定手術以外、一切手術はするな」

そう言うと、佐伯教授は高階講師を凝視した。そしてひと言、言い放つ。

「留守中の医局責任者は高階、お前だ」

高階講師は、佐伯教授の言葉にうなずいた。


その頃病棟では、世良が北島から留守中の患者引継ぎを受けていた。

「で、広田さんは明後日《あさって》退院だから、退院時処方はカルテにはさんでおくぞ」

世良はうなずく。北島は満面の笑みを浮かべて、言う。

「留守中は大変だけど、よろしく頼むな」

「わかった。カニ一匹で我慢してやる」

「たった一匹でいいのか？」

「お、強気だね、北島」

「そりゃそうさ」

北島は声を潜《ひそ》めて、続ける。

「二泊三日の学会の間、夜の宴会はプロパーさんが入れ替わり立ち替わりで手配してくれる。寿司にカニしゃぶ、ジンギスカン、フグ。豪勢な料亭料理のオンパレードさ」

世良はごくりと生唾を飲み込む。今さらながら、渡海の揶揄《やゆ》が実感と共に脳裏に甦《よみがえ》る。

——やっぱり、まずったかな。

世良は精一杯強がって言う。

「せいぜい楽しんでこいよ。こっちは外科医の本分、手術の腕を磨いておくから」

もうひとりの居残り一年、青木が口をはさんできた。

「世良はいいよな。留守番でも、食道癌手術の手洗いに入れるんだから。俺は手術にさえ入れない。本当の貧乏クジは俺だぜ」

北島は笑う。

「よし、今日から青木と世良を〝佐伯外科の天中殺コンビ〟と命名しよう」

青木は北島にヘッドロックをかける。

「き・た・じ・ま、俺にはカニとエビとタコとトロな」

「あ、ギブギブ。わかったわかった」

ギブアップしてヘッドロックを外してもらった北島は懲《こ》りずに言う。

「イクラにウニにヒラメは、いらんかね」

上機嫌の北島の軽口に、青木は恨《うら》めしそうな視線を投げかけた。


十一月二十四日木曜日。佐伯外科の実働部隊の大半が極北市へ出発して二日目。国際学会に合わせ入院患者をコントロールしていたので、どんより曇った天候とシンクロしていた。仕事はほとんどなかった。唯一の手術患者、食道癌の戸村義介さんに関しては、術前準備は先週のうちにすべて終わっていたし、ふだんなら口喧しく突発的な雑用を押しつけてくるオーベン（指導医）も残っていたのは関川ひとり、そしてその姿もほとんど見ない。病棟に残された世良と青木の一年生コンビは、取り残された寂しさと同時に、晴れやかな解放感も感じていた。

カルテを書きながら、青木がぽつりと言う。

「なあ、世良、これなら留守番もそんなに悪くないなあ」

データ表をカルテに貼りつけながら、世良はうなずく。

そこへ渡海がふらりと現れた。

「居残り部隊の一年生諸君、粉骨砕身、業務遂行に邁進《まいしん》しているかね」

関川から渡海の悪口を散々吹き込まれているのだろう、オーベンに対する忠誠心篤い青木は身を固くする。渡海は世良の肩を抱き、朗《ほが》らかに言う。

「どうだ、哀れな子羊諸君、今夜はぱあっと蓮っ葉通りに繰り出さないか」

「明日は、朝から手術ですから」

固い口調の青木の言葉に、渡海は真顔で答える。

「心配するなって。けなげな一年生に、この渡海先生が食事を奢《おご》ってあげよう、というだけだから」

「どうせ木下さんにタカるつもりでしょ」

世良が言う。サンザシ薬品のプロパー、木下にはシンポジウムのスライド作成で世話になっていて、世良とはすっかり顔なじみだった。

渡海はへらりと笑う。

「ばーか。遣《や》り手《て》の木下がこんな絶好の機会を見逃すはずないだろ。スライド作成で貢献したんだ、少しは回収しないと。今頃、木下は極北の港町でジイさんにべったり、接待の嵐さ」

「それじゃあ、一体どこの……」

接待ですか、と聞きかけた世良の言葉を途中で遮《さえぎ》って、渡海は言う。

「俺だって、ごくたまには自腹でメシを喰うこともある。そしてごくごく稀《まれ》に、後輩に奢ってやろう、なんて殊勝な気持ちになることもある。なあ青木君よ、オーベンには告げ口しないから、一緒にメシ食いに行こうぜ」

青木の気持ちがぐらりと動いたのが感じられた。渡海は返事を待たずに言う。

「それじゃあ五時十五分に玄関ロータリーのタクシー乗り場に集合、な」

青木が必死に言う。

「お願いです。せめて六時にしてもらえませんか」

渡海は青木の顔をまじまじと見つめた。それからふっと微笑する。

「わかったよ。そんなに必死にならなくても、置いてけぼりにしたりしないから安心しろ」


焦げた肉の匂いが充満していた。あちこちで嬌声《きょうせい》があがる。

「結構イケるだろ。馴染《なじ》みのスナックのねーちゃんたちの御用達《ごようたし》なんだ、ここ」

世良の脳裏に一瞬、『シャングリラ』の嬌声が甦る。紙エプロンを着けた渡海が、焼きあがった肉を世良の皿に盛りながら、言った。

「それにしても酒ぐせ悪いな、コイツ」

世良の隣では、青木がビールのジョッキを握りしめて、突っ伏していた。何かむにゃむにゃ言っている。耳を澄ますと、「もう食べられません」と呟いている。夢の中でも渡海の焼き肉攻撃に遭遇しているのかと思うと、世良は思わず笑った。

「疲れているんです。青木は病棟滞在時間がいちばん長い医局員なんです。こんなに早い時間に街に連れ出されたのは久しぶりだから、外の空気に酔っちゃったんでしょう」

「あんまり一生懸命働きすぎても、切ないだけなのになあ」

渡海は呟く。その響きの中には、いつもの皮肉めいた匂いがなく、世良は少し意外に感じた。渡海が尋ねる。

「ところで明日の手術は何時からだっけ」

「午後一時の開始予定です。高階先生が外来を終えてからの開始になりますので」

「ふうん。そうすると手術時間を二時間と見て、終了は午後三時か。ちょうどジイさんの晴れ姿が極北市民センター大講堂を飾っている頃だな」

シンポジウムのプログラムによれば、講演開始は午後四時だ。シンポジウムの掉尾《とうび》を飾る講演だった。世良は渡海の間違いに気づいていたが、訂正するのも面倒でそのまま聞き流した。

「すごいですよね。国際シンポジウムの特別講演に招聘《しょうへい》されるなんて」

渡海はひやりとした口調で、世良に聞こえないように呟く。

「ま、せいぜい浮かれているがいいさ」

それから笑って世良に言う。

「佐伯のジイさんがその気になれば、あんなもん、いくらだってやれる。だけど、ジイさんは、もともとああいうパフォーマンスが大嫌いでね」

「それならどうして今回はお引き受けになったんですか？」

「病院長選挙のためのハクづけさ。よっぽどなりたいんだな、病院長に」

世良は渡海の言葉と笑顔に違和感を覚え、挑《いど》みかかるような口調で反論する。

「優秀な教授が病院のトップに立つのは当然だと思います」

渡海は不思議そうな顔をして、世良を見つめる。

「おやおや、相変わらず世良ちゃんはジイさんに対する忠誠心が強いな。それじゃあお尋ねするが、教授に対する忠誠心と患者の命のどちらかを選べと言われたら、どうする？」

世良は驚いた顔になる。

「そんなの、比べることではないでしょう。そもそも、患者さんの命を粗末にするような御判断を佐伯教授がなさるはずはありません」

渡海は舌打ちをする。

「ち、うまく逃げたな」

それから渡海はぼそぼそと呟く。

「この間、あれほど事細かに話してやったのに、俺の言うことを全然信用してないな」

渡海から聞かされた過去の事件。本当だろうか。あの佐伯教授がペアンを腹部に置き忘れ、そのもみ消しのために異物摘出手術を中止させた、だなんて。

「ほかに何か理由があったんですよ」

「あるわけ、ないだろ」

渡海は世良を見つめ、ため息をつく。それから世良に尋ねた。

「もうひとつお尋ねしよう。この間の話が本当と仮定して、もし世良ちゃんがその場にいたら、開腹してペアンを取り出してくれたかな」

「当然です。俺なら絶対にそうしました」

世良の即答を聞いて、渡海は笑顔になる。

「その返事を聞けて嬉しいよ。救われた気分だ。まあ呑め」

渡海は遠い目をしてビールをあおる。

「あの時、世良ちゃんみたいに骨のある医局員がひとりでもいてくれたら、親父も詰《つ》め腹を切らされずに済んだんだろうに……」

渡海はちらりと腕時計を見る。

「明日午後三時、か。ジイさんの講演は聴衆に届くかな。その頃は、一番演習が盛んな時間帯だからな」

世良の不思議そうな顔を見て、渡海は追加で説明をする。

「会場の隣は自衛隊の駐屯地なんだ。中学校の時、学校行事で音楽会をやったんだが、ひどい目にあった。ヘリの音が喧しくて、メロディが全然聞こえないでやんの」

中学校の音楽会、という単語があまりにも渡海のイメージとかけ離れていて、世良は思わず微笑する。渡海は、そんな世良を見つめた。

酔いつぶれた青木と、介抱する世良を一緒にタクシーに乗せると、渡海はタクシー券を投げ渡す。世良は窓越しにお辞儀をした。渡海は走り去るタクシーを見送る。

全く、世良のおぼっちゃまにも困ったものだ。そんなだから足元をすくわれるんだ。

渡海は腕時計を見た。午前二時。

あと十二時間で、佐伯外科の崩壊が始まる。

渡海の暗い笑顔が、天空の月と一緒に水たまりに映り込む。その水たまりを、ピンヒールが粉々に砕いた。再び水面が静止した時、砕かれる前と同じ月が映っていたが、そこにはもう渡海の暗い眼差《まなざ》しはなかった。


「万が一、手術中に緊急外来患者が見えた時はお願いします」

外来でひと仕事を終えた高階講師は、渡海に申し送りをしていた。もともと予約は少なめに組んでいたので、予定の十二時より三十分早く外来は終了していた。もちろんそれは、高階講師の診療スピードに負うところも大、だったのだが。

渡海は陽気に返事をする。

「了解。この渡海、菲才《ひさい》ながら高階講師のお留守を、全身全霊あげて護《まも》らせていただく」

「嫌がらせはやめて下さい」

心底《しんそこ》イヤそうな表情で高階講師は言う。その後ろ姿を見送った渡海は、外来診療の椅子《いす》に深々と腰を下ろし、大きく伸びをした。それから外来のベテラン看護婦に言う。

「ひな子ちゃん、今日の外来は終わりだろ。お昼に行っていいぞ。ジイさんのいない時くらい羽を伸ばしな。俺がここにいて、緊急患者が来たら教えてやるよ」

中年の看護婦は一瞬迷い顔になったが、すぐに明るい表情になる。

「お言葉に甘えようかな。それじゃ、今日の業務は終了」

外来のベテラン看護婦は思い出したように渡海に尋ねる。

「そう言えば今朝方、救急患者をひとり、病棟に緊急入院させたでしょう。セイちゃんが時間外に働くなんて珍しいわね」

渡海は暗い眼をして笑う。

「俺だって、ヤルときはヤルってことさ」

渡海に手を振り、看護婦は姿を消す。腕を頭の後ろで組んで、椅子の背もたれに寄りかかりながら、渡海は目を閉じる。口元にうっすらと微笑を浮かべる。

やがて渡海は身体を起こすと、長い指でダイヤルを回し始めた。


午後一時。極北市民センターのレセプションホールで行われていたランチパーティーには、各大学の腹部外科の大家が参集していた。午前の部のゲストスピーカー、マサチューセッツ医科大学のヒギンズ教授の隣には、帝華大学第一外科学教室の西崎教授がぴったり寄り添って談笑していた。その周囲を、距離を置いて地方大学の助教授や講師クラスの医師連が取り巻き、ちらちらとふたりの様子を盗み見ていた。

その隣を、灰色の背広で服装を統一した軍団が通り過ぎていく。

大柄なヒギンズ教授が、突然片手を挙げ、通り過ぎた集団の最後尾に呼びかける。

「Hey, Professor Saeki, I am looking forward to having your lecture.

（佐伯教授。あなたのレクチャーを楽しみにしてますよ）」

佐伯教授は振り返り、ヒギンズ教授に右手を差し伸べて言う。

「You are kidding, Prof.Higgins. That's an idle pleasure, I suppose.

（ご冗談を。くだらないことを楽しみにしない方がいい）」

ヒギンズ教授の隣で、帝華大学の西崎教授が苦々しげな表情になる。佐伯教授は西崎教授に話しかける。

「これはこれは。西崎教授がこのフォーラムにお見えになるとは夢にも思いませんでした。でしたら御講演は西崎教授にお譲《ゆず》りしたものを」

西崎教授は鷹揚《おうよう》に答える。

「いや、実はまずわたしの方にお話がきたんですがね、今回はヒギンズ教授の御講演の座長という大役もありましたので、遠慮申し上げたんです」

ふん、見栄《みえ》っ張りの嘘つきめ。佐伯教授はうっすらと笑う。大方、私が演者になったことを知って、慌《あわ》ててヒギンズの尻馬に乗ったんだろう。その言葉は口には出さず、佐伯教授は別の言わなければならないことを思い出す。

「そうそう、言い忘れるところでした。この度は、帝華大学第一外科の秘蔵ッ子をお預けいただき、ありがとうございました」

西崎教授は引きつった笑顔になる。

「どういたしまして。お役に立てばよいのですが。彼はなかなか跳ね返りで、ぬるま湯のような我が医局では、相当不本意だったらしくてね。今では、佐伯教授の荒行に嬉しい悲鳴を上げていると思いますよ」

「来春の外科学会では、食道癌のシンポジウムを企画されたようですな。私のような弱小教室にまで、声をかけていただき光栄至極《しごく》です」

「ご冗談を。日本の食道癌治療を語る時、東城大学の佐伯清剛教授のお名前を外すわけにはいかないでしょう」

「それはまた過分なご評価を。そう言えば、次回のシンポジウムでは西崎教授にご恩返しができる、とウチの小天狗が涙を流して喜んでおりました」

西崎教授は舌打ちをした。それからくるりと表情を入れ替え、ヒギンズ教授ににこやかに話しかける。

「Professor Higgins, Prof. Saeki has to start getting ready for his presentation. Later, we talk together this evening.

(佐伯教授は発表のご準備がありますので後ほど。また大いに語り合いましょう)」

ヒギンズ教授は西崎教授の言葉に、肩をすくめてうなずいた。佐伯教授は、ふん、と鼻先で笑い、取り巻きの医局員を置き去りにしてひとり、演者控え室へ向かった。

「『スナイプ』を下さい」

術者の関川のオーダーの声が部屋に響いた。

午後二時、東城大学医学部付属病院第一手術室。予定されていた下部食道癌摘出術はまさに山場にさしかかろうとしていた。関川の声に、器械出しの花房《はなぶさ》がおずおずと白い鉗身を差し出すと、関川は一瞬躊躇《ためら》った。だが決然と『スナイプ』を受け取ると、ゆっくりと、そして確実に装着を進めていった。第一助手として補助する高階講師の視線が、術者である関川の動作の隅々までいき届き、術野には安定感が漂っていた。手術の進行速度も早く、一時間ですでに終盤にさしかかっている。

——前立ちが替わっただけで、ここまで違うものなのか。

第二助手の世良と器械出しの看護婦、花房は、図らずも同じことを感じていた。

関川が高階講師を見上げる。マスクに覆《おお》われた眼だけの顔で、高階講師は力強くうなずく。

「打ちます」

関川が渾身《こんしん》の力を込めて、『スナイプ』を発射する。銃身のテイルにあるネジを二回転巻き戻し、もう一度引き金を引く。

「銃身を引き抜くときには気をつけて。できるだけ丁寧に」

高階講師の言葉にうなずいて、関川はゆっくり『スナイプ』の銃身を小腸断端から引き抜いていく。やがて、血に濡れた銃身がぬらりと抜かれた。

場に一瞬、弛緩《しかん》した空気が流れる。関川はすぐに、『スナイプ』の尻尾のネジを回し、断端に相当するドーナツ断片を確認する。

「リングになっています」

関川の明るい声に、手術室にいた全員がほっとため息をつく。

高階講師が言う。

「それでは、閉腹及び閉胸しましょうか」

その時、手術室の扉が開いた。入ってきたのは、白衣を肩からかけた渡海だった。その手にはレントゲンフィルムを持っている。

「高階先生、大変です」

渡海の棒読みの丁寧語が、奇妙な響きを醸《かも》し出す。切迫しているはずなのに、どこか緩《ゆる》んだ空気が流れる。高階講師が尋ねる。

「どうされました？」

渡海の眼が一瞬、暗く光る。それからいつもの軽口の口調に戻って、言う。

「先ほど、外来に緊急患者が搬送されてきた。急に腹部が痛み出したというから、念のため写真を撮ったんだ。そしたら、これだ」

渡海は壁に備え付けられたシャウカステンを灯し、フィルムを並べる。

高階講師は両手を胸の前で組みながら、術野を離れフィルムに近づく。黒々としたフィルムを覗《のぞ》き込む。茫洋《ぼうよう》とした人体の輪郭の中、シャープな人工物のシルエットが写し出されている。

「ペアン、のようですね」

渡海がうなずく。「置き忘れ、だな」

「手術歴は？」

高階講師の質問に、渡海が肩をすくめ答える。

「二十年前に直腸穿孔《せんこう》の手術をしている。直腸切除術だ」

「基礎疾患はクローン病のようですね」

渡海はうなずく。高階講師が呟く。

「まずいな。炎症性疾患に汎腹膜炎《はんふくまくえん》の合併だとすると、かなりややこしい」

「だろう？　どうする、高階講師よ」

高階講師は胸に手を当てたまま、じっと考え込む。それから渡海に尋ねる。

「腹部単純撮影したということは、腹部筋性防御反応《デファン》が出ているんですね」

渡海は一瞬逡巡《しゅんじゅん》し、うなずく。高階講師はあっさり言い放つ。

「それなら迷うことはない。直ちに開腹、ペアンを取り除くだけです」

「以前手術した外科医の名前を知らなくてもいいのか？」

「患者の腹部にペアンを置き忘れるような迂闊な外科医の名前なんて、どうだってよろしい」

「頼もしいが、それが佐伯教授だとしても、同じ台詞を吐けるかな、帝華大の阿修羅《あしゅら》は？」

高階講師の顔が、凍《こお》りついたように表情を失った。

「まさか……」

驚いた世良が顔を上げ、渡海を見つめた。

高階講師はうつむいたまま動かなかった。再び顔を上げた時、視線に迷いはなかった。

「今さら何を。ペアンを置き忘れたマヌケな外科医のことを斟酌《しんしゃく》する必要はありません。ただちに緊急手術の準備を」

「そうこなくっちゃ」

渡海が手を打つ。見慣れない渡海のはしゃぎっぷりに、世良の胸の中に微《かす》かな不安が過《よぎ》る。

渡海は陽気に続ける。

「高階先生ならそう仰しゃると思って、すでに手術室は手配済みだ。手術が終了次第、第三に来てくれ」

高階講師がマスクの奥で、眼を細めて笑う。

「私が開けるなと言ったとしても、ひとりで開けようと思っていらしたんでしょう？」

「ご名答」

渡海は両手の人差し指で二丁拳銃の形を作り、高階講師の心臓を射抜く。ははは、と笑い声をあげながら部屋を出ていこうとする。

「待って下さい」

渡海は立ち止まる。背中を向けたまま、地の底から響いてくるような声で尋ねる。

「なんか言ったか、世良ちゃんよ？」

足が震え出すのを懸命に抑えながら、世良は平静を装う。

「あの、佐伯教授のご了承を得ないといけないのでは？」

渡海は振り返る。高階講師と世良の顔を交互に見つめて言う。

「と、お前のネーベンが言っているが、どうする、高階？」

高階講師は、世良の顔を見つめた。それから小声で言う。

「私は留守中の教室の差配を一任されています」

世良はうなずく。「ええ、知ってます」

「渡海先生のご判断は、妥当だと思います」

「ええ、そう思います」

「だったら……」

なぜ、という言葉を高階講師は呑み込んだ。世良の眼の強い光から尋常ならざる事態を感じ取ったからにほかならなかった。

渡海がへらりと笑って、高階講師に向かって言う。

「なんだ、最初のカンファレンスの後にお前が切ったという啖呵《たんか》、ありゃウソか」

高階講師は首をひねって、尋ねる。

「なんでしたっけ」

「直接聞いてはないが、そこの一年坊が興奮して教えてくれたんだ。確か、『必要なら規則《ルール》は変えろ。規則に囚《とら》われて、命を失うことがあってはならない』だったかな」

マスクで覆われた高階講師の顔で、わずかにのぞく眼の周囲が紅潮した。荒い呼吸音だけが、時の流れを喪失した手術室に響く。

やがて、高階講師は言った。

「わかりました、ではこうしましょう。世良君は手を下ろして渡海先生の術前準備を手伝いなさい。その合間に、電話で直接佐伯教授にご報告するんだ。いいか、手術の可否をお伺いするのではない。手術施行は決定事項だ。君はただ報告だけすればそれでよろしい」

高階講師の眼が、ざらりと世良を射抜く。世良は肩をすくめながら思った。

――やっぱり天中殺だ。


第三手術室は小手術室だが、緊急手術が入ることも多かった。世良は、鼻歌混じりの渡海の背中に声をかける。

「ひょっとして、この間お話を伺った患者さんじゃあないでしょうね」

渡海の鼻歌が止む。軽やかだった足がぴたりと止まる。

渡海は振り返る。

「だとしたら、何だ？」

「まさかこうなるように細工をしたんですか」

渡海は真顔で答える。

「いくら俺でもそんなことはできない。ただ、飯沼《いいぬま》さんはこれまでも定期的に腹痛を起こしていた、という事実は知ってはいたがね」

「なぜご存じなんですか」

「飯沼さんのフォローは碧翠院桜宮《へきすいいんさくらのみや》病院で行われていた。バイトで手伝いに行かされたことがあってな。その時偶然、飯沼さんを診察したんだ。俺は親父から、名前を聞かされていたから、すぐに気がついた。それから手を尽くし、桜宮病院に定期バイトに行けるように工作した。外来を任せて貰えるようになるのに二年かかったよ。そしてようやく、飯沼さんと個人的にコンタクトが取れるようになった、というわけだ」

「なぜ、ペアンの置き忘れが、桜宮病院にはバレなかったんですか？」

「桜宮病院の桜宮巌雄《いわお》院長と佐伯のジイさんはかつての総合外科学教室の同窓で、仲良しなんだ。総合外科の竜虎《りゅうこ》、と言われていたりもした。大方、飯沼さんの手術でのミスを隠すために、ジイさんが泣きついたんだろう」

渡海は世良に背を向けると、すたすたと歩き始める。

世良が追いすがる。

「どうやって飯沼さんに手術に同意させたんです？」

「特別な検査の必要があると言って他院に呼び出し、レントゲン撮影した。その写真を本人に見せたら、ジイさんに対する飯沼さんの信頼は一発で揺らいだ。このままだと一生ペアンは取り出せない、と教えたら、すべて任せてくれたのさ」

渡海は第三手術室の前で足を止める。自動扉が開いた。

渡海は振り向いて、言う。

「何を言っても、もう遅い。飯沼さんは全身麻酔導入を終え、手術を待っている」

扉の向こう側には、患者の裸体が横たわっていた。麻酔モニタを気にしながら患者の消毒に勤《いそ》しんでいるのは、青木だった。

「今、高階の承諾を得た。あっちの手術はもうじき終わる。高階が来次第、こっちのオペを開始する。青木、手洗いをしておけ」

青木は、世良の隣をすり抜ける。後ろ姿を見送る世良に、渡海がメモ用紙を手渡す。

「ほれ、学会場の電話番号だ。ジイさんはこの時間には控え室にいるはず。大方ひとりきりで精神統一でもしているだろうから、ここから外線をかければいい」

受け取ろうとした世良の指先からひらりと逃げ去るように、メモ用紙がこぼれ落ちる。拾い上げ、顔を上げた世良の目に、患者の無防備な裸体がなまなましく飛び込んできた。

人工呼吸器のリズムに乗った呼吸を強制されている手術台上の患者は、とうに意識をなくしていて、何かを画策《かくさく》しようとしても手遅れだ、ということを思い知らされた。

ためらいながらダイヤルを回す。交換手に震える声で、控え室の佐伯教授をお願いします、と告げると、単調なオルゴールの旋律が耳に流れ込んできた。『トロイメライ』の主旋律が、延々と繰り返し流れている。そのメロディが永遠に続き、その旋律の迷宮に閉じこめられ、抜け出せなくなってしまいそうだ、と懼れた瞬間、唐突に音楽が途切れた。

「……佐伯だが」

低い声。世良の足が震える。隣で腕を組んでいた渡海が、にまりと笑った。

午後二時。あと二時間。講演前には、ひとり部屋に籠《こ》もり沈思黙考するのが佐伯教授の習わしだった。医局員も心得ていて、十分前に垣谷が飲み物を差し入れて以後、誰ひとりとして控え室には入ってこない。

佐伯教授は腕組みをし、教室に君臨した十年の月日を思う。思い通りにいったことなど何ひとつなかった。いつも何かが佐伯教授の足を引っ張った。だが、そうした日々には、もうすぐ終止符が打たれる。講演は成功を約束されている。ツイている、と佐伯教授は呟く。いくつかの手を打たねばならないと思っていた苦手な領域が、たった一発でケリがつくわけだからな。まさか極北大程度の田舎大学の新米教授がヒギンズ教授を引っ張ってくるなどとは、夢にも思わなかった。彼と並んで講演したことが報道される。それだけで、すべては終わる。

「だが、先はまだ長い」

その時、電話が鳴った。佐伯教授は舌打ちをする。講演前には誰も取り次ぐな、とあれほど伝えておいたのに。だが佐伯教授は思い直す。垣谷は機転が利く男だが、勝手のわからない会場だから、控え室に電話を取り次がないようにという指令をどこにだせばいいのか、わからなかったのだろう。もっとも、そこを何とかするのが真の機転なのだが。

佐伯教授の脳裏にふと、高階講師の横顔が浮かぶ。

電話の呼び出しベルは一向に鳴り止まない。仕方なく、佐伯教授は受話器を取った。

「外線です」

交換手の女性の声。佐伯は低く答える。

「佐伯だが」

受話器の向こうは無言だった。耳を澄ますと、微かに激しい息遣いが聞こえる。嫌がらせか悪戯《いたずら》か、と思った佐伯教授は通話を切ろうとした。

「教授、大変です」

置きかけた受話器から、聞き覚えのある声が聞こえてきた。受話器を耳に当て直す。

「誰だ？」

「世良です」

佐伯教授は再び舌打ちをした。どうしてコイツは、いつも肝心かなめのところにしゃしゃり出てくるんだ？　一年坊のクセに。

「どうした。こちらは講演前なんだが」

受話器の向こう側で、世良が一瞬息を呑んだのが感じられた。次の瞬間、すがりつくような声が用件を告げた。

「佐伯教授、イイヌマさんが緊急手術になります」

「イイヌマ？」

佐伯教授は首をひねる。出発前に入院患者や外来患者の一覧表に目を通したが、そんな名前はなかった。

「そんな患者は覚えがないが」

「二十年前、佐伯教授が直腸切除術を行った患者さんで、腹部にペアンが留置されたままなんです。急性腹症で緊急入院され、これから緊急手術になる予定です」

瞬間、佐伯教授の脳裏に、スペインの南海岸の明るい陽射しがよみがえる。

受話器を取り落としそうになった佐伯教授は、慌てて受話器に向かってどやしつける。

「誰がそんなばかなことをした。だいたい、どうして飯沼さんが東城大学《ウチ》を受診している？　高階は何をしている。高階を出せ」

受話器の向こう側に沈黙が広がった。やがて、世良の声よりも遥かに耳に馴染《なじ》んだ、低い声が聞こえてきた。

「ご心配なく。教授不在時の統轄責任者、高階講師の了承はすでに得ております。腹部に置き忘れられたペアンを摘出するだけの簡単な手術ですから。今、高階講師は食道吻合を終えたところですから、一時間以内にこちらの手術が始まるでしょう」

激していた佐伯教授は、一瞬でしんと冷め切った声に変わる。

「その声は、渡海か。……さてはお前の差し金か」

佐伯教授の声が沈み込む。受話器の向こう側では、くぐもった笑い声が聞こえてきた。佐伯教授は押し殺した声で言う。

「ペアンを取り出すのはやめろ。とんでもないことになるぞ」

「これは高階講師の決定事項です」

冷ややかに言った後で、渡海の口調ががらりと変わる。

「もう遅いんだよ。親父が見つけた医療ミスの証拠を、時を経て息子の俺が取り出し、あんたのミスとして明らかにしてやる」

「よせ、渡海。待て、話を聞け」

佐伯教授は叫んだ。だが、受話器の向こう側から聞こえてきたのは、通話が切れた後の電子音だけだった。

佐伯教授は呆然《ぼうぜん》と受話器を置いた。ノックの音がした。上《うわ》の空で返事をすると、極北大学医学部の進行係の学生が入ってきた。

「佐伯教授、座長がお見えになりました。間もなく事前の打ち合わせに伺います」

佐伯教授は深々とソファに腰を沈め、頭を抱え込んだ。


「フィニッシュ」

世良から受話器を取り上げた渡海は、短いやり取りを行って、一方的に電話を切った。悪戯っぽい眼で世良を見て、くく、と笑う。

「な、高階に言われた通りのいい子だっただろ。『手術施行は決定事項だ。君はただ、報告だけすればそれでよろしい』。世良ちゃんの代わりに、俺がお役目を果たしてやったぞ」

世良は呆然とした。だが冷静に考えれば、ペアン摘出という、いつかやらなければならない手術を粛々と行うだけ。何も恐れることはない、と、自分に言い聞かせる。

渡海に言いくるめられたのだろう、何も知らない青木が勇躍手洗いを終えて入室してきた。一緒に器械出しの看護婦が並んで入ってくる。

「お、ネコちゃんが器械出しをしてくれるのか」

猫田主任はうっすら眼を開いて、渡海を見る。

「ねえ、渡海先生、この手術ってどうしても今、やらなくてはいけないの？」

「当たり前だ。患者さんのお腹に残されてしまったペアンを取り出すなんてのは当然の義務だ。医療ミスをしたのが教授だからって、頬《ほお》かむりするわけにいかないさ」

「それはそうなんでしょうけど……」

猫田主任は、ため息をつく。珍しく歯切れが悪い猫田の様子に、世良の不安感が増大する。

渡海が陽気に言う。

「さて、それでは俺もそろそろ手洗いするか。それにしても高階のヤツは遅すぎるな。一体、何をグズグズしているんだ？」

開かない扉を見つめた渡海は世良を振り返って言う。

「世良ちゃん、ちょっと第一の様子を見てこいよ」

第一手術室に入った世良は、立ちすくんだ。高階講師が花房とふたりで、閉腹、閉胸をしていたからだ。花房と眼が合う。その視線に促《うなが》されて見回すと、術者だった関川が壁にもたれ、床に座りこんでいた。

高階講師が顔を上げて言う。

「手術を終えてあとは閉腹だけ、という時になって、体調を崩してしまったようです」

この前のトラブルを思い出したのかもしれないな、と世良はちらりと考える。同期するように自分の経験がフラッシュバックして、膝が一瞬、震えた。世良が小声で言う。

「呼んで下されば、すぐ来ましたのに」

「それには及びません。三十分ほど余計にかかるだけです。何なら、渡海先生に開腹しておいて下さい、と伝えておいて下さい」

世良は一瞬、再び手洗いをして入ろうか、と思った。しかし、手洗いにかかる時間を考えると、あまり役に立たないな、と考え直す。世良は高階講師に任せることにした。

修羅場ではスピードが早かった高階講師の手技も、問題がないときには、大河のようにゆるやかに流れていく。

「高階先生、次の患者さんはもう麻酔がかかっています」

「わかっている。だが、こういう悪い流れの中では、閉腹などのルーティン作業の時ほどエラーが起こりやすい。術者が倒れるというのは、ふつうならありうべからざること。こういう時ほど腰を据えて事態に当たるべきなんです。これは経験から導かれた鉄則です」

高階講師のさりげない言葉は、世良の臓腑《ぞうふ》にずしりと沈んだ。その重さを胸に抱いて世良は、伝書鳩のように第三手術室に舞い戻る。

第三手術室では手洗いを終えた渡海と青木、そして猫田が、うつむき加減で佇んでいた。それはさながら神父と修道女のようで、まるで一幅の宗教画だった。

世良は一瞬、その静謐《せいひつ》な世界に見とれた。美しい世界を破壊したのは藤原婦長だった。部屋にドカドカと入ってきたかと思ったら、いきなり吠《ほ》えはじめる。

「とっくに全身麻酔はかかってるんだから、とっとと手術を始めなさいよ。一体、どうしたの、せっかちな渡海先生らしくない」

世良もその言葉の尻馬に乗る。

「第一はあと三十分くらいかかりそうなので、できれば渡海先生に開腹し始めてほしい、という高階先生からの伝言なんですが……」

渡海は飄々《ひょうひょう》と答えた。

「御指名は大変光栄なんだが、ジイさんが不在の時は、責任者は高階だ。この手術の術者はどうしても高階でなければならない。でないと話が完結しないのさ」

それから渡海はきっぱりと言う。

「待とう、高階を」

渡海らしからぬ不可思議な言葉と、その説得力の強さに気圧《けお》されながら、世良は再び第一手術室に戻る。

三十分後。腑抜《ふぬ》けのように呆然としている関川を介助しながら、世良は患者をＩＣＵに搬送《はんそう》する。手術室出口まで患者を見送った高階講師は、着替え直しに手洗い場へ向かう。

ＩＣＵの医師に無事手術を終えた戸村さんの術後の状態を申し送った世良は、慌しく患者に背を向ける。ＩＣＵに残された関川が虚《うつ》ろな視線で、世良を見送る。

世良はゴール前のボールをクリアするかのように、オペ室に駆け戻る。フットスイッチに足を蹴り込むと、灰色の第三手術室の扉が開く。

無影灯の光が世良の眼を射た。そこでは今まさに高階講師が、術者の座に就《つ》こうとしていた。

渡海が高階講師を見て、眼を細めて笑う。

「思い出すなあ。初めてお前と組んだ手術のことを」

高階講師はうつむいて、マスクの奥でにやりと笑う。

「あの時は、手術をママゴトだと怒って途中で手を下ろしてしまったんでしたっけ」

「お前に第一助手はお役御免だ、と言われたから抜けただけだ」

渡海は一瞬、遠い目をする。

「何だか遠い昔のことのようだな」

高階講師は不思議そうな顔で渡海を見つめる。

「渡海先生らしからぬセンチメンタルな言葉ですね」

「ばかやろう。もともと俺は詩人なんだ。な、世良ちゃんよ」

世良は曖昧《あいまい》な表情でうなずく。渡海は続ける。

「さて、佐伯教授代行の高階先生よ。この患者は緊急手術適用と判断したわけだな」

「当然です」

高階講師は即答する。渡海は言う。

「それなら術者は頼むわ。ただでさえ俺は、ジイさんの覚えが悪くてね。その上こんな手術の術者なんてやったら、今度こそ本当に追放モノだからよ」

高階講師は渡海を見つめる。

「そんな些細《ささい》な理由で渡海先生が術者になることをためらうなんて、絶対にありえませんね。ひょっとしてこの患者さんには、何か因縁《いんねん》でもあるんですか？」

渡海は黙り込む。高階講師は笑う。

「どちらでも構いませんよ。この方に緊急手術が必要だという点では、我々の見解は一致していますから。私でよければ術者はお引き受けします」

高階は時計を見上げる。

「麻酔導入から一時間半も無駄に過ごしてしまいました。急ぎましょう。執刀を開始します」

世良は時計を見上げた。時刻は午後三時半。

「そういえば、教授の御講演もそろそろ始まる頃ですね」

高階講師がぽつんと呟く。遠く極北の地では、間もなく佐伯教授がスポットライトを浴びながら、万雷の拍手を受けて登壇するはずだ。

手術室の全員が瞬間、その光景に思いを馳せる。

「栄光の極みが没落の始まりなのさ」

マスクの奥で、誰にも聞こえないように渡海はぼそりと呟いた。


午後五時。すでに手術を開始し一時間半が経過していた。高階と渡海のコンビは、大昔の手術に起因する高度の癒着《ゆちゃく》に苦戦を強《し》いられていた。

「前回の手術時にはさぞ、ひどい出血をしたんでしょうね」

高階講師が愚痴めいて言うと、渡海もげんなりした声で応じる。

「とてもじゃないが勤務時間内に終わりそうもないな」

高階講師がうなずく。

「原疾患がクローン病、炎症性疾患ですからね。そこに手術侵襲《しんしゅう》とパンペリが加わり、二十年の時の経過を経ての癒着は国際級ですね」

「こんなにすげえのは俺も初めて見たぜ」

世良はシャウカステンに眼を遣る。フィルム上に白く輝くペアンは、骨盤腔の奥深く沈み込んでいる。術式は単純。腹部を開けて、忘れ物を取り出したらまた閉じる。目的地に到達しさえすれば即座に終わる、ごく簡単な手術。通常なら、この二人の手にかかれば五分で終わる。だが佐伯外科が誇る双璧、高階と渡海の術野は、まだその入口にすら到達できずにいた。

普通なら、腹壁を開けたところで、簡単に用手的に排除できる小腸と大腸が、癒着性の繊維組織でがっちり固定されている。ぶあついマットの中に埋め込まれた送電線のような、混迷した小世界。メスの切っ先が、剝離《はくり》組織と正常腸管の境界を求めさまよう。

それでもさすが佐伯外科のワンツーコンビ、渡海のペアンと高階講師のメスは少しずつではあるが、正確に癒着を剝離していった。

やがて、うらさみしいクラシックのメロディが天井から降り注いできた。一瞬手を止めた渡海が、天井を見上げる。

「ち、ダサいなあ。二時間かけて、やっとこれだけか」

終業時間と共に姿を消す、という自分の美学《ポリシー》を貫くことができなかった渡海はいまいましげに呟く。世良がくすりと笑う。渡海が世良を咎《とが》める。

「外回りの一年坊のくせに先輩を小馬鹿にしたような笑い方すると、俺は手を下ろすぞ」

看護婦の外回り役を引き受けていた藤原婦長が、腕組みをして渡海を睨《にら》みつける。

術野に視線を注いだまま、高階講師は顔を上げずに言う。

「世良君、謝りなさい。ぐうたらの渡海先生が死に物狂いで働いているんです。からかってはいけない」

真顔で言う高階講師を、渡海はいまいましげに眺める。

「渡海先生、申しわけありませんでした」

世良は頭をちょこんと下げる。渡海は言う。

「まあ、乗りかかった船だ。こうなったらとことん最後までつきあうさ。この手術はペアンに到達すれば終わり、だ。ぬかるみは果てしなく続いているようにも思えるが、なに、大したことはない。ゴールはあっけなくやってくる。案外すぐ近くまでたどりついているのかも、な」

高階講師が、お、と小さな声をあげる。

「ペアンの取っ手らしきものが」

「やっと、かよ」

渡海がちらりと掛け時計を見上げる。時計の針は午後七時半を回っている。手術開始からなんと四時間。いまだに癒着剝離の底さえ見えない、泥沼の敗戦処理。

世良が術野を覗きこむと、患者の骨盤上部に達した高階講師の手が、癒着しあった腸管を押しのけていた。その指先に、沈んだ銀色の金属片が見えた。

「ペアン本体にまで、腸管やら繊維やらが複雑にからみあっているようだな」

渡海が呆れたように呟く。「顔を出しても、まだまだかかりそうだ」

高階講師が顔を上げて笑う。

「何しろ、二十年近くこの人のはらわたの中で共存し続けていたわけですからね。そりゃあ馴染みもするでしょう」

高階講師はそう言って、不安そうな世良を見上げる。

「大丈夫です。ここまでくれば後は早いでしょう」

楽観的な言葉とうらはらに、高階講師があと一押しでペアンを摘出できそうだ、という報告をしたのは、それからさらに一時間経った時だった。

手術開始から実に五時間が経過していた。だが現実には、そこから更にしばらく、ぬかるみが続いた。


午後十時半。七時間追い続けた夾雑物《きょうざつぶつ》をようやく、高階講師は自分の視野に収めていた。くすんだ銀のペアンを摑《つか》んだ高階講師は、動きを止めた。不審気にペアンを見つめる。

「このペアンは本当に、単なる見落としで体内に忘れられたのでしょうか？」

その呟きを聞きとがめて、渡海が言う。

「なにをバカなことを。見落としに決まっているさ。腹部にわざわざペアンを残すなんて、あり得ないだろ」

高階講師の視線は、見えない何かを追尾するように、せわしなく左右に動く。

その検索はしかし、空振りに終わった。

深呼吸をひとつすると、顔を出したペアンを摑む。それから慎重に揺すった。高階講師の眼がいぶかしげな色に染まる。

「このペアンは自由に動きませんね。まるで何かを嚙《か》ませているようだ」

その言葉を聞いて渡海は、肩をすくめた。

「そんなに佐伯のジイさんが怖いのか？」

息を吞む世良。高階講師は一瞬、鋭い視線を渡海に投げかけた。やがて、意を決したように言い放つ。

「わかりました。それでは異物を除去します」

高階講師の右肩が、術野に向かって沈みこんだ。


「やめるんだ」

手術室に野太い声が響いた。手術室の扉が開く。手術室の人間は一斉に顔を上げる。全員の顔に、驚いた表情が貼りつく。

高階講師が声を上げる。

「佐伯教授？」

手術室にずかずかと踏み込んできたのは、東城大学医学部の国手《こくしゅ》、白眉の外科医、佐伯清剛教授その人だった。紙マスクを手で押さえている。肩にかけた白衣の下は背広にネクタイだ。

ふつうに交通機関を乗り継げば、極北市から桜宮までは最低半日以上かかる。講演会の終了は午後五時。どんなに急いだとしても、この時間に間に合うはずがない。直行便でも不可能。この時間に佐伯教授がこの場にいることは絶対にありえない。

高階講師は驚愕して佐伯教授を見つめた。その隣で、渡海はうつろな視線を白眉に注ぐ。

どかりと足台に乗る。術野の高みに君臨し、渡海を見下ろした佐伯教授は、厳《おごそ》かに言う。

「学芸会などどうでもいい。患者が危なければ、そっちの方が最優先だ」

世良が尋ねる。

「お昼過ぎには極北市の学会場にいらっしゃいましたよね。いくらなんでも早すぎます。どんな魔法を使ったんですか」

世良をちらりと見ると、佐伯教授は真顔で答える。

「相変わらず、口だけは達者だな」

それから、術野全員に言い聞かせる。

「電話を受けて即座に講演をキャンセルし、戻る決断をした。極北大の協力で、特別枠の航空便を押さえられてな。空港までは極北救命救急センターのドクターヘリで送ってもらった。羽田から桜宮まではタクシーを飛ばした」

高階講師が言う。

「国際学会の招待講演をすっぽかしたんですか。無茶苦茶だ」

渡海もぼそりと呟く。「ありえない。不可能だ」

佐伯教授が言い放つ。

「無茶だろうが不可能と思われようが、私は現にここに立っている。これが事実だ」

ゆったりと術野を見下ろしながら話を続ける。

「極北救命救急センターのヘッド、桃倉《ももくら》は私の弟子だ。アイツは地域の救急医療で行政に貢献している。だから、いざというときに無茶が通る」

「公私混同だろ、それ」

呆れ声の渡海に、佐伯教授は鋭く応じる。

「言葉の使い方には気をつけろ。私には〝公私〟の〝私〟など、ない」

「とんでもないジジイだぜ」

渡海が呟く。それから面を上げて、挑発的に言う。

「佐伯教授、遠路はるばるお戻りいただき、光栄です」

渡海は暗い眼で笑う。

「役者は揃った。親父から引き継いだやり残し、俺がやり遂げさせていただこう」

渡海は、高階講師が剝離し露出させたペアンを摑み、無理矢理引き抜こうとする。

「よせ、渡海。手を離せ」

必死に語りかける佐伯教授の言葉を無視して、渡海はペアンの取っ手を、はじめはそっと、次第に力強く、揺する。

渡海は不思議そうな顔をする。

「確かにびくとも動かないな。何かを把持《はじ》しているのか、このペアンは？」

「やめるんだ、渡海」

かちり、とロックが外れる音。手術室の空気が凝固する。視線が渡海の指先に集中する。

ゆっくり引き抜かれた渡海の手には、くすんだ銀色のペアンが持たれていた。

「……取れた」

渡海が放心したように呟く。

猫田が差し出した銀色の膿盆《のうぼん》に、からん、とペアンを投げ捨てた。

銀色の遺失物を見ながら、高階講師が言う。

「終わりましたね」

渡海が答える。「ああ、終わったな」

場にほっとした空気が流れる。

「……そうだと、いいがな」

高みに陣取った佐伯教授が呟く。高階講師が顔を上げる。視線がぶつかるが、何も言わない。渡海はにやにや笑っている。

視線を術野に戻し、高階は言う。

「閉腹しましょうか」

高階講師が猫田に、把針器《はしんき》をオーダーする。

猫田はその言葉に反応しない。

「猫田主任？　把針器をお願いしたはずですが」

猫田の細い指が、ペアンの跡を指し示す。高階講師が、おや、という顔をした。

「出血？」

手を下ろしかけた渡海が、戻って覗き込む。

「どす黒いな。静脈出血か？」

佐伯教授が、高みの台からゆっくり降りながら、言う。

「藤原婦長、私の手術セットを準備。ここから先は、君が手洗いして入りたまえ」

藤原婦長はうなずくと、脱兎《だっと》の如く扉の外へ姿を消した。

立ちすくむ高階講師と渡海を交互に見ながら、言う。

「小僧どもが、とうとう地獄の扉を開けたな。これは仙骨前面静脈叢《せんこつぜんめんじょうみゃくそう》からの出血だ。外科医としてのプライドがあるなら、お前たちの技量を尽くし、私が手洗いを済ませるまでに止血してみせろ」

高階講師と渡海は顔を見合わせる。それから、骨盤腔を覗き込む。

「吸引」二人が叫ぶのと、猫田が吸引機のノズルを差し出すのが同時だった。

佐伯教授はドアのところで世良を振り返る。

「一年坊、輸血部からありったけのB型の血液を調達しろ。クロスマッチは省略しても構わない。それから麻酔科の田中君を呼び出せ。彼が一番腕がいい」

手術室から騒然とした気配が漂ってくる中、手洗い場では佐伯教授が悠然と手洗いをしていた。

「止まりますか？」

一足先に手洗いを終え、身支度を調えた藤原婦長の問いかけに、佐伯教授は肩をすくめる。

「私にわかるはずがないだろう」

手洗いを終えた佐伯教授の周囲に、介助の看護婦たちがまとわりつく。がっしりした身体が、あっという間に青い術衣にくるまれる。

藤原婦長がひと言、言う。

「絶対に止《と》めて下さい」

佐伯教授は答える。

「ああ、全力は尽くす」

ゆったりとした足取りで手術室に向かう佐伯教授の背後に、影のように藤原婦長が付き従う。ふたりの後ろ姿を、介助の看護婦たちの祈るような視線が包み込む。


扉が開いた。吸引の音が鳴り響く中、阿修羅と悪魔は血まみれになりながら苦闘していた。

「そこじゃない。そっちはダミーだ」

「ダメだ、こんなに出血していては電気メスが利かない」

「手が邪魔だ。しっかり術野を作れ」

ふたりの怒号が手術室に響きわたる。外回りの世良と花房は、凍りついたように動きを止めて、術野の喧噪《けんそう》を見つめている。

佐伯教授が静かな声で尋ねる。

「小天狗、止まったか?」

佐伯教授の問いかけに、高階講師は顔も上げない。術野から視線を切らずに首を左右に振る。

「ダメです。出血点は確認できず、吸引をかけてもたちまち血液が溢れ出す。電気メスも発火しない。アビテンはすぐ剝離してしまう」

佐伯教授は麻酔医の田中医師に声をかける。

「輸血のパンピングを全速でお願いする」

「出血量、五分で千五百。言われなくてもやってます」

総合外科の教授に対しての、ヒラの麻酔医の言葉遣いではない。田中麻酔医の意識は完全に、血液のパンピングに没頭していた。

佐伯教授が高階講師をじろりと見る。高階講師はその風圧に気圧されて、後ずさるようにして一歩、身を引く。空いた空間に、当然のように佐伯教授は身を置いた。

顔を上げて、自分の正面に立ちすくんでいる渡海を見つめる。

「止血にトライする前に、言っておく」

術野が揺れた。器械出しの台を入れ替え、猫田主任に代わり藤原婦長が定位置につく。

真新しい布が敷かれた手術台の上には、銀のペアンが手早く並べられる。その端には、夜の闇よりも黒いブラックペアンが、物語に終止符を打つかのように、青い滅菌布の片隅で手術室の煌々《こうこう》とした輝きを吸い取っている。

ブラックペアンをちらりと見て、佐伯教授は言う。

「お前の父、渡海一郎との一件は、不幸な行き違いだった。東城大学を代表して、改めて息子のお前に謝罪したい。父、渡海一郎には本当に申し訳ないことをした」

佐伯教授は、頭を下げた。渡海は苛立《いらだ》たしげに、佐伯教授を傲然《ごうぜん》と見下ろす。

「ご託《たく》はいいから、さっさと止血しろよ」

「最初で最後の機会だから、聞け。私がかつて、この患者を直腸穿孔で手術した時、仙骨前面の静脈叢からの出血を止められず、やむを止ずペアンを体内に留置したまま閉腹した。置き忘れではない。外せなかったんだ。そのことを患者と家族に告げるべきだった。だが素人に必然の留置だったと納得させることができただろうか。私には自信がなかった。仕方なく、家族と本人に状態を伏せて退院させた。フォローはきちんと行うつもりで、な。ところがそこで行き違いの悲劇が起こった」

佐伯教授はどす黒い出血を見つめ続けている。高階講師が吸引を行い、出血分に見合うだけの輸血を、麻酔医が懸命に行っている。

「私はお前の父、渡海一郎を心から信頼していた。だから海外学会参加中に、私の患者のフォローを頼んだ。だが、年に一度の術後検査だけの飯沼さんが、腹痛で入院するなどとは夢にも思わなかった。飯沼さんを診断した渡海一郎は当然のごとく腹部X線撮影をした。そして腹部に取り残されたペアンを発見してしまった」

「出血量二千、です」

麻酔医の声が手術室に反響する。佐伯教授は一瞬黙りこむが、ふたたび淡々と話し始める。

「スペインの片田舎の大学が主宰した小さな国際学会だった。私はホテルのフロントで電報を受け取り愕然《がくぜん》とした。すぐに国際電話をかけようとしたんだが、田舎町のこと、なかなか連絡が取れなかった。そうこうするうち講演の時間は近づいてくる。仕方なく私は電報を打った。ホテルをチェックアウトする直前だったから返事は待てなかった。とにかく緊急手術だけ避けられれば、説明は後でできる。それがこじれてしまい、帰国してみると、渡海一郎はすでに大学病院を追われた後だった」

佐伯教授は苦いモノを飲み込むような表情で、渡海に言った。

「それからだ。私がブラックペアンを特注し、手術器具に必ず入れるようになったのは」

「出血量二千五百」

麻酔医の声を聞き流し、佐伯教授は続ける。

「ブラックペアンは私自身への戒《いまし》めだ。自分の手技に溺《おぼ》れず今日までこれたのは、このペアンの存在があったからだ。そして、ブラックペアンを使う時、それは私が外科医を辞める時だ、と覚悟していた」

器械台の上で、ブラックペアンが鈍い輝きを放つ。

「私はお前の父を探した。ようやく探り当てた渡海一郎は離島の医者になっていた。私は大学に戻ってほしい、と頼んだ。お前の父は、戻るつもりは全くない、と答えた」

佐伯教授は言葉を続ける。

「せめて何とか罪滅ぼしがしたかった。私の繰り返しの申し出に根負けして、お前の父は、最後にひとつだけ、頼み事をした。それは、息子のお前を私の手で一人前の外科医に仕立て上げて欲しいという願いだった」

佐伯教授の眼が柔らかく渡海の身体を包み込む。佐伯教授は淡々と続ける。

「お前を教室に引き受けたのは、そうした経緯からだ。だがだからといってお前を特別扱いしたわけではない。お前は外科の天分を持ち合わせていた。私は、見守るだけでよかった。私はむしろ、技術の継承以外の部分で、お前に芳《かんば》しくない影響を残しただけのような気がする。それが残念だ」

渡海の眼をまっすぐに見つめ、呟く。

「お前を外科の正道に導けなかった。それだけが心残りだ」

荒涼とした血まみれの手術室を一瞬、静寂が包み込んだ。悲鳴のような、麻酔医の田中の声が再び響きわたる。

「出血量三千です」

佐伯教授は白眉を上げた。

「どけ、小僧たち」

佐伯教授が、言い放つ。

「ブラックペアン」

器械出しの藤原婦長の手が一瞬、動きを止める。それから、その指先が流れるように器械台の一番隅に置かれた黒いペアンをつまみ上げ、佐伯教授に手渡す。受け取ったブラックペアンを無影灯に掲げ、佐伯教授は眼を細める。

「さらば、渡海一郎」

佐伯教授は、ブラックペアンを患者の身体の奥深く沈めた。一瞬のことだった。ゆっくり右手を引き抜くと、高階講師に命ずる。

「吸引」

吸引機の先端を骨盤腔に差し込む。ペダルをがこんと踏む。鮮血が透明な管を通して吸引されていく。やがてジュースを空《から》すすりするような音が聞こえてきた。

「……止まった」

渡海が呆然と呟いた。高階講師と渡海は、賛嘆の眼差しで佐伯教授を見た。

佐伯教授は藤原婦長に向かって、把針器を命じる。

「閉腹する」

「え？」

「これは天佑《てんゆう》だ。我が盟友、渡海一郎が力を貸してくれたんだ」

高階講師が不安げな表情で、骨盤腔を見下ろしながら、言う。

「ブラックペアンで止血した部位を結紮《けっさつ》しないと」

佐伯教授は首を振る。

「それは、できん。仙骨前面静脈叢を破ったら、通常では止血は困難だ。ただ一度のチャンス、それが今の瞬間だ。このまま閉腹する」

「それでは術後撮影や、亡くなった時にペアンを留置したことがばれます」

「それがどうした」

佐伯教授は白眉を上げて、高階講師を睨みつける。

「その時はその時。肚をくくれ。それともお前は、エラーを避けたいというだけの理由から真っ正面から結紮を試みて、患者の命と自分の信念を天秤にかけるつもりなのか？」

高階講師は唇を噛んで黙り込む。

「それは患者のためを思っての言葉ではない。自己満足のためのいいわけだ」

ぎらり、と視線を投げかける。高階講師は歯を食いしばり、ぎりぎりで踏みとどまっていた。わずかでも力を緩めれば、奈落の底に落ちていってしまう。

佐伯教授は眼を細めて笑う。

「ふん。かろうじて外科医の矜持《きょうじ》は残っているようだな」

佐伯教授は穏やかな口調で続ける。

「ブラックペアンは特注のカーボン製だ。レントゲンには写らないし、火葬されたら一緒に燃えて、後には残らない」

高階講師は、掠《かす》れ声で尋ねる。

「なぜ、そんなものを……。まさか今日の日を予感していたのですか？」

佐伯教授は笑う。

「予感などありはしない。ただ、あの日のような出来事は二度と繰り返してはならない、と思っていた。あのような時に使うために用意したペアンだ。そして今日は、単にその日がやってきただけのこと」

高階講師の隣で、渡海が呆けたような表情で、佐伯教授を見つめる。

佐伯教授はひとこと言い放つ。

「閉腹」

その声に従って、藤原婦長が把針器を手渡す。

閉腹を開始した佐伯教授に、高階講師が黙々とつき従う。佐伯教授は縫い合わせた糸を次々と結紮していく。

閉腹終了。高階講師は、腹壁の表面を結紮した糸の竪琴をクーパーで一気に切っていく。

佐伯教授は、最後の糸が切離されたのを見届けて、ひと言、言った。

「私は今回の事態の責任を取って、辞任する」

渡海の瞳が、黒々と闇に沈み込んだ。その眼に佐伯教授の白眉が映る。

手術室は静寂に包まれた。


「ばかばかしい、やってられっかよ」

静寂を破り、声を上げたのは渡海だった。一歩身体を引き、紙マスクを乱暴に引きちぎると、床にたたきつける。

渡海は佐伯教授を見つめて、毒づく。

「今さら辞めれば済むと思っているのか？　親父は不名誉な形で辞任させられ、世間から白い眼で見られ続けた。それなのにこれで幕引きだ？　うんざりだ。こんなくだらないところは、こっちの方からおさらばだ」

　渡海は血塗れの術衣を脱ぎ捨てていく。上半身裸になると、じろりと場を見回す。そして、渡海は大股で手術室を出ていった。

　無影灯の光の輪が、取り残された国手の残骸を煌々と照らし続けた。


　渡海を追いかけ、世良は外科控え室に飛び込んだ。普段着に着替え終えた渡海は、世良を見て、微かに笑う。

「よう、世良ちゃん。短い間だったが、なかなか楽しませて貰ったよ」

　真っ白なワイシャツが眩しい。渡海は机に向かって走り書きをしていた。書き終えると、その紙を封筒に入れ、世良に投げつける。

「そいつをジイさんに渡しておいてくれ」

　世良が見ると、『辞職願』と書かれている。

「渡海先生、本当に病院を辞めてしまうんですか？」

　渡海は肩にバッグを提げて、言う。

「いい機会だからな。こんなところに長居するなんて、俺らしくなかった」

　世良は言う。

「佐伯教授をこのまま野放しにしておくんですか？　悔しくないんですか？　このままではやられっぱなしじゃないですか」

渡海は驚いたような表情で、世良を見た。

「おいおい、世良ちゃんは教授の忠犬じゃなかったのか？」

世良は言う。

「当然、そうです。俺は佐伯教授の部下ですから。でも渡海先生が胸にもやもやを抱えたままでここを去るのは、卑怯《ひきよう》です。言いたいことを言って、佐伯教授にこてんぱんにされてしまえばいいんだ」

渡海は笑う。

「何だ、世良ちゃんが俺を叩き潰すんじゃなかったのか？」

世良は、胸がいっぱいになって、言葉に詰まる。言いたいことがたくさんあるのに、口をついて出るのは憎まれ口ばかりで、肝心の言葉が出てこない。そしておそらく、世良の言葉が途切れたとき、渡海は病院を去っていってしまう。

——何か言わなければ。何かを。

世良から、決して口にすることはないだろうと思っていた言葉がひとひら、こぼれおちた。

「俺はまだ、渡海先生から教わりたいことがたくさんあるんです」

渡海は世良を見つめた。

「残念だったな、世良ちゃん。チャンスの女神には前髪しかないものさ」

世良がうつむく。渡海は世良の肩を叩く。

「がっかりするな。お前は思い切りよかった。おかげで俺の想いの一部を、お前に残せた」

渡海は世良を見つめて、続けた。

「それで充分だろう。自分の想いのすべてを他人に伝えることなんて、誰にもできないのさ。俺だって、あんなに近くにいても、親父のことも佐伯のジイさんの気持ちも全然わからないまま生きていたんだし、な」

渡海は遠い眼をして呟く。やがて気を取り直し、部屋の壁を飾る専門書を見回して、言う。

「俺はこんなにたくさんの本をタカっていたのか。クスリ屋には悪いことをしたもんだ。まあ、こうなってみれば、この書籍は立派な財産だから、佐伯外科に寄付しよう。高価な本ばかりだから、お前が管理しろ」

「渡海先生」

扉に手をかけた渡海に、世良は声をふりしぼり呼びかける。渡海はふりかえり、静かに言う。

「見方を変えてみろ。今回の件では誰かが責任を取らなければならない。俺が辞めなかったら、誰が辞める？　佐伯のジイさんか？　高階か？　どちらにしても、教室が受けるダメージは大きい。だが俺ならどうだ？　大して影響はない」

世良は渡海を見つめる。

「どうして渡海先生は、今さらこの教室を守るんです？」

渡海は一瞬遠い眼をした。

「さて、どうしてかな」

それからゆっくりと続ける。

「まあ、それでつじつまは合うわけさ。俺は自分のやったことの責任を取るだけ。飯沼さんの手術適応の判断は間違いだ。判断を間違えた外科医は退場するだけだ」

世良の視線の強さは変わらない。渡海は肩をすくめる。

「最後に熱い視線で見送られるなんて、夢にも思わなかった」

渡海は振り向いて、世良を見つめる。そしてひと言。

「世良、立派な外科医になれよ」

その言葉の眩しさに、世良は思わずまばたきをする。

次の瞬間、渡海の姿は世良の視野から失われていた。


『国際外科フォーラム1988』の特別講演は、黒崎助教授が急遽《きゅうきょ》代役を務めたが、突然の演者変更で現場は大混乱となり、評判は散々だった。戻ってきた医局員の表情は一様に暗かった。

その余波は、留守番部隊の世良と青木に、顕著《けんちょ》に現れた。海の幸の土産の大盤振る舞いという約束手形が消えたのだった。青木はぶつぶつ文句を言ったが、誰も聞こうとはしなかった。

青木の文句たれはその後、年を越すまで続いた。

十二月中旬。東城大学医学部総合外科学教室、通称佐伯外科から渡海征司郎《せいしろう》の姿が消えて、一ヵ月が過ぎた。

世良は、午後の胃癌の手術のために手洗いをしていた。世良の隣で猫田主任が、ぽつりと言った。

「渡海先生がいなくなったら、昼寝がしにくくなってしまいました」

反対側の隣で手洗いをしていた高階講師が答える。

「猫田主任に気にかけてもらえて、渡海先生もさぞ喜んでいることでしょう」

高階講師は猫田を見つめる。猫田は言った。

「たまには思い出してあげないと、ね……。淋しがりやさん、でしたから」

高階講師の視線の中で一瞬、猫田は手洗いの動きを止めた。

それが、世良が病院で、誰かの口から渡海の名前が呼ばれるのを聞いた最後の時だった。

以後、渡海の影は次第に薄れていき、世良も日々の忙しさの中、徐々にいろいろなことを忘れていった。

昭和六十三年も幕を閉じ、昭和六十四年がはじまってほんの数日たった時、世の中に衝撃が走った。昭和天皇が崩御したのだ。時の官房長官が間伸びした声で、次の元号は「平成」であると告げた時、多くの国民には、それが「ヘーセー」というカタカナ言葉に聞こえた。それからしばらくは昭和の歴史回顧と、平成という元号変更に伴う社会システム変更のドタバタ劇が紙面やテレビ画面をにぎわした。

病院長選挙がいよいよ目前に迫った一月中旬のある日。教授室では、ソファに腰を下ろした高階講師と、椅子に座り腕組みをしている佐伯教授が向き合っていた。

窓の外では木枯《こが》らしが吹き荒れているようだ。硝子越しの部屋の中では音もなく、ただ木々の梢《こずえ》が激しく揺れているのが見えるばかりだった。枯れ葉が吹き散らされ、曇り空の中で粉々に砕けていく。

佐伯教授が、言う。

「お前のせいで、私は渡海を失なった。渡海と高階、ブライトメスとブラックペアンが揃い、ようやく外科という地獄の花道のど真ん中を突き進んでいけると思ったのに」

佐伯教授は白眉を上げて、高階を見つめた。

「半身をもがれたような心持ちだよ。私から渡海を奪い去ったのは、高階、お前だ」

高階講師は煙草をくゆらせ、眼を閉じる。佐伯教授は続けた。

「小天狗、覚悟するがいい。これからはお前に地獄の道案内をしてもらうからな」

佐伯教授が立ち上がる。窓辺に佇み、外の景色を見下ろす。

高階講師は、隣に寄り添う。

佐伯教授と同じ方向を見下ろしながら、高階講師は、紫煙を吐き出す。

「私には地獄の道案内は無理です」

そう言うと高階講師はさわやかな、だがかすかに陰のある笑顔になる。

「でもご安心を。私は佐伯教授を極楽にお連れします」

どことなく渡海を思い出させる笑顔を顔面に貼りつけたまま、高階の視線は、まっすぐに銀色の水平線に注がれていた。


ようやく街が日常のリズムを取り戻した厳冬のある晩。赤煉瓦棟三階、佐伯総合外科の一日が終わろうとしていた。世良は、患者の退院サマリーのまとめ書きをしていた。時計の針が日付変更線を越える時間。珍しいことに青木の姿もなく、深夜帯の巡回時間のため看護婦の姿も見えない。

深夜のナースステーションで、世良はひとり、年末に退院した患者のカルテを眺めていた。手にしていたカルテの氏名欄には「飯沼達次」とあった。

カルテをめくる。乱暴に書きなぐられた手術記載のページで世良の手が止まる。見覚えがある、なつかしい筆跡。

世良は手術記載を眺める。周囲を見回し、人影がないことを確認すると、声を上げて朗読を始める。

「術者高階、第一助手渡海、第二助手青木。執刀開始十五時三十分。全身麻酔下、腹部正中切開で開腹。腸管癒着高度。剝離困難だったが、出血原因の骨盤腔の異物を除去後、止血確認し、閉腹。終了二十二時四十五分。渡海記す」

世良はぱたりとカルテを閉じる。そして呟く。

「たったこれだけ？」

世良の脳裏に一瞬、深夜まで及んだあの日の手術の光景が甦る。世良は眼を閉じて、その回想に身を浸《ひた》す。

それから、ぽつんと呟いた。

「本当にろくでなし、だな」

世良の頬が微かに緩んだ。

それにしても渡海はいつ、この手術記録をしたためたのだろう。世良に向かって軽やかに手を振り病院を去ったふりをして、こっそり病棟に舞い戻ったのだろうか。

あれほど時間外勤務を嫌っていた渡海とは思えない。だが矛盾を孕《はら》んだ行動こそ渡海らしい、とも思う。

渡海は東城大学を辞する前、術後の飯沼さんのベッドを覗き、カルテ記載を残していったのだろうか。そんな、研修医のように業務に忠実な渡海の姿を、世良は懸命に想像する。

それもまた、ありそうでもあり、なさそうでもあった。

ふと顔を上げると、深夜のナースステーションを闇が押し包んでいた。その闇の奥深く、長身の渡海が身体をゆらゆらと揺らしながら、片手をあげて消えていったような気がした。


その後、渡海征司郎の行方は杳《よう》としてしれない。

海堂《かいどう》 尊《たける》

一九六一年、千葉県生まれ。第4回『このミステリーがすごい!』大賞受賞、『チーム・バチスタの栄光』(宝島社)にて二〇〇六年デビュー。たて続けに続篇の『ナイチンゲールの沈黙』『ジェネラル・ルージュの凱旋』(以上、宝島社)と『螺鈿迷宮』(角川書店)を上梓。現在も勤務医。

ブラックペアン1988

2007年9月20日 第1刷発行

著者 海堂《かいどう》 尊《たける》
発行者 野間佐和子
発行所 株式会社講談社
東京都文京区音羽二—一二—二一 郵便番号112—8001
電話 出版部(〇三)五三九五—三五〇六
販売部(〇三)五三九五—三六二二
業務部(〇三)五三九五—三六一五
本文データ制作 講談社プリプレス制作部
印刷所 豊国印刷株式会社
製本所 黒柳製本株式会社

定価はカバーに表示してあります。

N.D.C.913 318p 20cm ISBN978-4-06-214254-0